KB049174

논문 작성
이렇게 해라

개정증보판
논문 작성 이렇게 해라
ⓒ 김기홍

초판 1쇄 1984년 10월 10일 발행
초판 17쇄 1996년   9월 30일 발행
2판   1쇄 2000년   3월   3일 발행
2판   2쇄 2001년   2월 22일 발행
3판   1쇄 2001년   8월 16일 발행
3판 19쇄 2022년   3월 21일 발행

지은이 김기홍
펴낸이 김성실
제작 한영문화사

펴낸곳 시대의창   **등록** 제10 - 1756호(1999. 5. 11)
주소 03985 서울시 마포구 연희로 19 - 1
전화 02) 335 - 6121   **팩스** 02) 325 - 5607
전자우편 sidaebooks@hanmail.net
페이스북 www.facebook.com/sidaebooks
트위터 @sidaebooks

ISBN 978 - 89 - 5940 - 198 - 7 (93800)

개정 증보판

논문 작성
이렇게 해라

김기홍 지음

시대의창

머 리 말

흔히들 외국 유학이 힘들다고 한다. 필자가 미국에서 공부할 때 가장 힘들었던 것은 언어 장벽이 아니었다. 재정적인 문제나 문화적인 갈등이 아니었다. 외로움도 물론 아니었다. 이런 문제들이 고통스럽기는 했지만 그럭저럭 해결해 나갈 수 있었다.

그러나 논문 쓰기만은 그렇지 않았다. 평생 제대로 논문이 무엇인지 배운 일이 없는데 어찌하랴! 논문을 쓸 줄 모른다는 것은 연구할 능력이 없다는 것이다. 지도 교수들이 친절하게 잘못된 내용을 몇 장씩 써서 주었다. 그러나 훈련이 안되었기에 그 설명조차 정확히 무엇을 뜻하는지 이해하기 어려웠다. 몇 학기를 보냈지만 고전을 면치 못하고 있었다.

결국 도서관에 들어앉아 논문 작성법을 연구하기 시작했다. 이것이 학문의 문을 여는 계기가 되었다. 서양은 소크라테스 시절부터 논리에 대한 훈련이 되어 있었다. 우리 식의 공부는 무조건 외우는 것이요, 논문은 이것저것 모아서 짜깁기하는 것이었다. 이제 이것을 근본부터 바꾸어야만 했다. 몰라서 그렇지 배우면 이것도 어렵지 않게 해결할 수 있다.

그러자 또 다른 근본적인 문제를 발견하게 되었다. 초등학교 시절 글짓기를 해 본 뒤에 중·고·대학을 거치면서 거의 글짓기에 관한 훈련을 받지 못한 것이다. 우리나라와는 달리 구미 여러 나라에서는 중·고·대학 과정에서 작문훈련이 철저하게 실시된다. 우리는 논문 이전에 작문 훈

4

런부터 거의 되어 있지 않은 실정이다. 그래서 작문하는 법부터 다시 시작했다.

한국에 돌아와서 학생들을 대할 때 똑 같은 문제를 만난다. 우리나라 학생들은 논문 이전에 작문부터 문제가 있었다. 글을 논리적으로 쓰는 훈련이 절대적으로 부족한 것이다. 한 사람씩 또는 강의 시간에 계속 같은 내용을 반복해 설명하자니 너무 번거로웠다. 그래서 우리 나라에서 출판된 논문에 관한 책들을 찾아보았으나 만족할 만한 것이 없었다.

모두가 각주나 참고서적 쓰는 법에서는 도움을 주지만 실제로 논문의 내용을 쓰는 요령은 거의 다루지 않고 있다. 각주나 참고 서적은 논문의 내용을 모두 구성한 다음의 일이다. 논문의 내용을 쉽게 구성하도록 안내할 책은 없는가? 그 문제를 해결하는 것이 바로 이 책이다. 논문은 골치 아픈 말의 짜깁기가 아니다. 쉽고 재미있으며 주장이 분명한 글이다.

이 책을 읽어 보라. 글이 쉬워질 것이다. 안내하는 대로 시도해 보라. 글이 살아 움직이는 것을 경험하리라. 전혀 새로운 세계로 들어가리라. 삶은 전과 비교가 안되게 풍성하리라. 연구하고 글을 쓰는 즐거움을 얻는다. 많은 논문 지도서처럼 더 복잡한 마음에 짓눌리지 않는다. 이대로 따라하기만 한다면 글이 저절로 풀릴 것이다.

이 책은 5장으로 나뉘었다. 처음 1장이 글의 기본 요소들을 설명한다.

그것들이 글이 무엇인지 말해준다. 논리가 무엇인지도 알려준다. 그래서 신기하고 재미있는 세계로 인도한다. 그것을 토대로 2장은 논리, 목차, 문단 구성을 가르쳐준다. 이 두 부분은 대학입시의 논술을 준비하는 학생들에게도 아주 적합한 내용이다.

3장은 서평하는 법을 연구한다. 서평을 못하면 절대로 연구논문을 쓸수 없다. 왜냐하면 논문의 기본 자료들이 대개가 다른 사람들의 글이기 때문이다. 다른 사람의 글을 읽고 해석, 분석, 평가할 수 있어야 그것을 자료로써 사용할 수 있는 것이다. 4장과 5장에서는 논문쓰는 법을 다루고 있다. 이 부분은 1장과 3장을 읽은 다음에 공부해야 한다.

이 책의 내용은 구미 제국이 논문 쓰는 법에 관한 여러 자료들을 편집해서 우리 상황에 적용시킨 것이다. 여기 있는 내용은 그대로 유럽이나 미국 등의 대학과 대학원에서 적용된다. 그러므로 석·박사 논문을 쓰는 이는 물론이고 외국유학을 준비하는 이들이라면 반드시 읽고 숙달해야 한다.

이 책의 기본자료는 James McCrimmon, *Writing with a Purpose*; Audrey Roth, *The Research Paper: Form and Content*; Sandra Schor and Judith Fishman, *The Random House Guide to Basic Writing*; Mortimes Adler and Charles Doren, *How to read a Book* 등이며 각주나 참고서적 쓰는 방법은 세계적으로 저명한 Kate Turabian, *A Manual for Writers of*

Term Papers, Theses, and Dissertations (6th ed.)을 따랐다.

이 책을 통해 올바른 논문작성법이 학생들에게 잘 훈련되기를 바란다. 그래서 훌륭한 인물들이 많이 배출되기를 기원하는 바이다. 조교로 원고 정리를 도와주었던 김경일, 장해경 두 분은 모두 현역 교수로 활동 중이다. 다시 한 번 심심한 감사를 드린다.

2001년 7월 지은이

차 례
Contents

차 례
Contents

How to
논문작성 이렇게 해라
Write Properly

Chapter

1

글의 필수 요소들

1. 논지(Thesis Statement)

우선 자신의 독해력을 테스트해 보자. 단 한 번만 읽어야 한다.

> 일 층에서 일곱 명이 승강기에 탔다. 다음 층에서는 네 명이 내렸고 그 다음 설 때에는 두 명이 내리고 여섯 명이 탔다. 그리고 다음 층에서 일곱 명이 내리고 두 명이 탔다.

다 읽었으면 다음 질문에 답하라. 승강기는 몇 번 섰는가? 넌센스 퀴즈와도 같은 이 질문에 정확히 답하기가 쉽지 않을 것이다. 이 문장은 처음에 무엇을 말하려는지 밝히지 않았기 때문에 독자들 스스로가 읽는 목적을 마음속에 설정한 다음 읽었을 것이다. 대부분의 독자들은 타고 내리는 사람들의 수를 계산해야 되는 것으로 알고 그것에 관심을 집중시켰을 것이다.

만약 당신이 위의 질문에 대답을 못했다 해도 그것은 당신의 잘못이 아니고 그 글을 쓴 사람의 잘못이다. 그가 독자들로 하여금 승강기가 선 횟수를 세게 하려면 글을 읽기 전에 그 질문을 했을 것이다. 이처럼 글쓴이는 어떤 방법으로든지 반드시 글의 요점이 무엇인지를 독자가 알도록 해야 한다.

글을 쓸 때 요점을 분명히 하는 일은 글쓰는 이의 책임이다. 대부분의 사람들이 논문을 골치 아픈 글로만 알고 있다. 실제로 많은 글들이 전문가들도 이해하기 힘든 단어와 문장으로 구성되어 있다. 누구를 위해 쓰는 글인가? 이것은 독자의 실력이 부족한 때문이기보다는 글 쓰는 이의 잘못이다. 특수한 경우 외에는 상식적인 수준에서 누구나 이해할 수 있도록 쓸 책임이 있다는 것을 글쓰는 이는 깨달아야 한다.

수필이든 논문이든 독자에게 요점을 분명히 전달하기 위하여 꼭 할 일이 있다. 그것은 글 전체를 통해서 쓰려는 내용을 명백하고 간단하게 한 문장으로 제시하는 것이다. 대부분의 글에서는 그 글의 앞부분에, 논문이라면 서론의 앞부분이 좋은 장소이다. 이것을 논지(Theme, thesis statement)라 한다.

글 전체에서 가장 중요한 문장이 바로 논지이다. 특히 논문에서는 전체의 요점이 되며 독자들로 하여금 저자가 쓰려는 중요한 요소들을 놓치지 않게 하는 길잡이가 된다.

그러면 몇 가지 예를 통해서 논지가 어떻게 독자들을 바로 인도하는지 살펴보자. 다음의 글은 서론 부분인데 그 끝 문장에 논지가 있다.

> 나의 소년 시절 우리 집은 교도소 근처에 있었다. 여러 번 교도소 주위를 지날 때마다 감옥 창문을 통해 본 얼굴들은 언제나 검은 얼굴이었다. 성장한 후에 나는 차츰 그 이유를 깨닫기 시작했다. 교도소 안이 흑인들로 채워졌던 주요 원인은 그들의 낮은 경제적 지위였던 것이다.

이 끝 문장의 논지는 저자의 입장을 분명히 말하고 있다. 감옥 속에 대부분 흑인들이 있었던 것은 그들이 가난했기 때문이었다는 것이다. 여기에서 독자는 이 글이 어떻게 전개될 것인지를 짐작할 수 있다. 이 글을 쓴 사람은, 여러 가지 논리와 증거를 통해 가난이 흑인 범죄의 주원인임을 증명할 것이다.

다음에는 문단 서두에 논지가 있다.

> 다투는 것을 싫어하는 사람에게 시장에서 옷을 사는 일은 보통 곤욕이 아니다. 내가 무슨 말을 하는지 모르시면 옷가게만 잔뜩 모인 곳에 나와 함께 한 번 기웃거려 보면 안다. 시간을 내어서 가까운 ○ ○ ○ 시장을 방문해 보라.

여기서 독자는 즉시 요점을 알아차릴 수 있다. 시장 옷가게는 손님들을 유쾌하게 하지 않는다는 것이요, 나머지 글은 분명히 자신의 논지가 옳다는 것을 증명하려는 내용일 것이다.

A. 논지(Thesis Statement)의 요소

앞에서 본 것처럼 논지는 글 전체에서 가장 중요한 문장이다. 그것은 글 전체를 한 문장으로 축소하여 표현한 것이다. 무엇보다도 그것은 말할 가치가 있는 것이어야 한다. 여기서 논지가 무엇인지 좀 더 살펴보자.

첫째, 논지는 글쓰는 이의 주장이어야 한다. 이는 논쟁의 소지가 있어야 한다는 말로 대신할 수 있다. 다른 말로 한다면 쓰려는 내용에 대한 자신의 견해, 해석, 이해 같은 것이라 할 수 있다. 어떤 사실에 관한 단순한 제시문, 즉 "에드가 알랜 포는 1809년에 태어났다." 같은 문장은 논지가 될 수 없다. 이것을 다르게 해서 "포의 삶은 실망으로 가득찬 것뿐이었다" 또는 "포의 통찰력은, 그의 자서전을 보건데, 어머니의 교육 때문이었다."라고 한다면 좋은 논지가 될 수 있다. 어떤 자료를 보고 요약하거나 그 내용 그대로 쓰는 것도 논지가 될 수 없다. 그것을 평가해서 자신의 의견을 나타내어야 한다. 만약에 어떤 이의 의견에 동조하면 그 의견이 옳다고 논지를 통해 주장하면 된다.

　명백한 사실이나 통설, 어떤 것의 설명 또는 누구나 다 아는 뻔한 내용 대신에 논쟁이 될 만한 것을 논지로 삼아야 한다. 예를 들어서 "물은 산소와 수소 분자들로 이루어졌다." "스승을 잘 만나야 좋은 교육을 받을 수 있다." "음식을 많이 먹고 운동을 하지 않으면 비만증에 걸리기 쉽다." 보다는 "비만증을 예방하거나 치료하려면 운동보다는 절식이 더 효과적이다." "스승이 아무리 좋아도 교육제도가 비민주적이면 진가를 나타낼 수 없다." 등의 논쟁이 가능한 논지를 세우는 것이 좋다.

　논지는 반드시 글 전체를 통해서 완결시키고 확증시켜야 할, 글쓰는 이의 주장이다. 만약 당신이 독자들에게 김 모 교수의 역사 강의에 대한 흥미를 불러 일으키려면 "김 모 교수의 역사철학Ⅰ은 금요일 오전 10시부터 12시까지이다"라고 논지를 만들지는 않을 것이다. 그것은 글 가운데 포함시킬 사실이지 논지는 될 수 없다. 당신은 자신의 견해를 주장해야 한다. 즉 "역사철학이 케케묵은 학문이라고 생각되면 김 모 교수의 강의를 들어 보라 - 그것은 당신의 현재와 미래를 분명히 보여 준다." 이것이 바로 당신이 글을 통해 발전시키고 증명할 견해인 것이다.

　둘째로, 좋은 논지는 범위가 제한되어서 한 가지 내용을 깊이 다루어야 한다. '제한된' 범위란 글쓰는 이가 주어진 원고지에 충분히 어떤 제목을 논할 수 있는 범위이다. 책 한 권을 쓸 만한 범위와 원고지 30장 정도 범위의 논지 내용이 같을 수 없다. 예를 들어 "대학의 채점제도는 부조리가 많다"라는 논지는 범위가 분명치 않아서 어느 정도 분량의 글을 쓸 수 있는지 파악할 수 없다. 동시에 어떤 부조리를 논하려는지도 알 수 없다. 주제를 몇 가지로 간추려서 분명히 한다면 다음과 같은 작은 범위들을 만들어 낼 수 있다.

- 채점제도는 학생들의 성적을 평가하는 데 비효과적이다.
- 채점제도는 교육보다는 점수에 강조를 두게 된다.
- 채점제도는 점수로만 사람을 평가하게 만든다.
- 채점제도는 당일치기식으로 공부하도록 유도한다.
- 채점제도는 학생들을 부정행위로 유도한다.

만일 작은 논문에 위의 것을 다 논한다면 분명히 피상적인 글이 되어 증거를 제시할 수 없게 되는 동시에 충분히 논할 수도 없게 된다. 그러므로 어느 한 가지로 모든 것을 다 포함하여 범위를 넓게 잡으려고 해서는 안 된다. 그렇게 할 때 무리가 생긴다. 범위가 제한되지 않으면 내용은 모호하게 되거나 피상적으로 되어버리고 만다. 만약 논지의 범위를 넓혀서 위 주제들의 몇 가지 또는 대부분을 포함시키려면 논지도 거기에 맞추어 분명한 문장이 되어야 한다. 예를 들어 "대학의 채점제도는 교육 평가적 측면에서 비효과적이다." "대학의 채점제도는 전인 교육에 역행하고 있다." 등의 논지는 위의 주제 가운데 몇 가지를 포함한 내용이 된다.

세 번째로, 좋은 논지는 내용이 단일하다. 글쓰는 이는 단지 한 가지의 중요한 주제를 다루어야 한다. 예를 들어 "유엔의 조직은 근본적으로 약하게 되어 있어 강대 세력으로 인한 세계 대전을 방지할 수 없다"라는 논지는 두 가지 주제를 다루고 있다. 이 논지는 ① 유엔 조직의 약함과, ② 유엔 조직이 강대 세력간의 싸움을 방지할 수 없음을 증명해 내야 한다. 그러나 많은 잘못된 논문들이 다음 순서로 진행된다. 즉 ②와 관계없이 유엔 조직의 약점을 ①을 중심으로 모두 나열한 다음 ②로 넘어 가므로 ①부분은 ②와 별로 상관없는 배경만 오래 다루는 결과를 초래한다. 두 가지 목적을 가진 논문은 서로 관련성이 희박한 두 부분의 내용으로 구성되기 쉽다. 만약, ①, ②의 주제가 서로 연결된다고 믿는다면 ①이 ②의 원인이 되게 하든지 하여 두 주제가 연결됨을 분명히 해야 한다. 예를 들어 "유엔의 조직은 초강대 세력간의 전쟁을 방지하는 데 무력하다."라고 한다면 이 논지는 유엔 조직이 세계 대전을 방지할 수 없는 이유만을 논하는 식으로 내용을 제한하게 되고, 글은 통일성을 잃지 않게 될 것이다.

다른 예를 들어보자. "인쇄술은 길고 복잡한 역사를 가지고 있어서 사회·문화적 개혁에 큰 공헌을 했다."라는 논지를 설정했다면 이 논지는 두 가지의 논문으로 구성될 수밖에 없다. 앞부분은 인쇄술의 역사가 길고 복잡하다는 것을 증명하는 것으로써 너무도 크고 긴 작업을 요구하며, 뒷부분에서는 인쇄술로부터 온 사회적 문화적 개혁들을 설명해 주어야 한다. 그러므로 이 논지는 "인쇄술의 발달은 사회·문화적 개혁을 가져왔다"고 고쳐야 한다. 이렇게 고치고 난 후 인쇄술의 역사 중 사회·문화적 개혁에 특정한 공헌과 관련된 부분만을 뽑아서 증명해주면 훌륭한 논문이 되는 것이다. 비슷한 예를 하나 더 들어보자. "상호금고는 우리 나라에서 급속히 성장하여 소기업들에게 특혜를 주고 있다."라는 논지는 "상호금고는 소기업들에게 특혜를 주기 때문에 우리 나라에서 급속히 성장하고 있다."로 고쳐야 할 것이다. 뒤의 논지는 상호금고가 급속히 성장하는 이유를 소기업들과 관련시켜 원인과 결과의 관계를 증명하는 단 하나의 논지이지만, 앞의 논지는 서로 관련성이 희박한 두 가지 사실들의 증명을 요구한다.

마지막으로, 논지는 명확해야 한다. 그 문장이 여러 가지 뜻으로 해석되거나 모호한 문장이어서는 안 된다. 예를 들어 "에드가 알랜 포는 재미있는 작가이다."라고 한다면 아무 의미가 없다. 그 논지는 너무 주관적 설명의 논지이다. 재미있는 작가라니… 그의 생애를 쓰든, 시의 이론을 쓰든, 공포 소설에 관해서 쓰든 무엇을 쓴다해도 그가 "재미있는 작가"라는 논지는 너무 의미가 모호하다. "축구보다 더 신나는 운동은 없다." "어젯밤의 피아노 연주는 기가 막히게 아름다웠다." "여의도 대학 기숙사 식당은 엉터리 음식만 준다." 등의 논지는 어떤 면에서, 어느 정도인지를 명확히 규정해야 한다. 즉 구체화 작업이 필요한 것이다. 이것들을 더 나은 논지로 고친다면 "축구는 기동성과 위험성이 있는 남성적인 운동이다." "어젯밤의 피아노 연주는 계절에 맞는 곡 선정으로 청중의 마음을 감동시켰다." "여의도 대학 기숙사 식당에서 영양가 있는 음식을 기대하는 것은 착오이다." 등으로 고칠 수 있다. 논지는 주관적이지만 그것의 표현은 누가 보아도 명확한 객관적인 용어로 나타내야 한다. 모호한 논지는 모호한 글을, 분명한 논지는 분명한 글을 만든다는 사실을 기억해야 한다.

그러나 명확하고도 분명한 형태의 논지를 만드는 일은 쉽지 않다. 이는 많은 연습을 요구한다.

모호한 논지의 범위를 좁혀서 구체적인 논지로 좁혀 가는 훈련이 필요하다.

1) 스포츠의 영웅

2) 축구의 영웅

3) 차범근

— 논지 : 조기 훈련을 할 때 제 2의 차범근은 가능하다.

1) 범죄의 예방

2) 범죄 예방의 방법

3) 호신술 교육

— 논지 : 노인들에게는 기초적인 호신술을 무료로 가르쳐야 한다.

1) 취미생활

2) 비경제적인 취미생활

3) 전자오락실

— 논지 : 전자오락에 미치면 아까운 젊음의 날들을 낭비한다.

● 논지의 몇 가지 예(두 번째 것이 더 좋은 논지이다)

1) 오늘날 너무 많은 어린이들이 제멋대로들 자라나고 있다.(모호)
   어렸을 때는 불평을 했지만 오늘날 나는 부모님의 엄한 교육을
   감사하고 있다.(명확)

2) 많은 여성들이 다른 사람 때문에 자신은 희생되고 있다.
   나의 어머니는 수십 년간이나 까다로운 시어머니를 모시느라 자
   신의 삶을 희생했다.

3) 오늘날 텔레비전은 너무 난폭한 프로만 방영한다.
   만약 TV프로가 난폭하지 않다고 생각되면 화요일 저녁 7시부터

9시까지 채널 9를 시청해 보라 – 등골이 오싹할 것이다.

4) 일본의 결혼 준비 관습은 우리 나라의 전통적인 결혼 관습과 비슷하다.

　일본의 부모들은 자녀들의 배우자를 결정하기 전에 그 결혼이 좋은 것인지 아닌지를 알기 위해 점성술로 점을 치는 관습이 여전히 성행하고 있다.

　요약하면, 논지(Thesis Statement)란 글쓰는이의 견해를 완전한 한 문장으로 만들어낸 것이다. 이것은 자신의 주장이요, 단일하고 제한된 내용의 명확한 문장이다. 논지는 하나의 약속을 포함하고 있는 셈이다. 즉, 독자들에게 자신의 글을 분명한 증거들로 가득 채워서 논지를 논리적으로 증명하겠다는 약속이다. 그러므로 글쓰는 이는 자신이 증명할 수 있을 만큼의 자료가 충분한 것을 논지로 선택해야 할 것이다.

2. 논지와 개요

　어떤 글이든지 그 글을 쓰기 전에 먼저 무엇을 쓸 것인가를 정하는 것은 중요한 일이다. 논문이든 수필이든 관계없다. 예를 들어, 간단한 논문을 하나 쓴다고 하자. 물론 해당되는 자료들을 어느 정도 읽은 후의 일이다. 각자의 머리 속에 어느 정도 이해가 되고, 또 어떤 견해가 생겼을 때 그것을 한 문장으로 써 보라. 그것은 각자의 이해이기 때문에 맞든지 틀리든지 그리 문제될 것은 없다. 이것이 바로 논문 전체를 대표하는 자신의 주장이요 논지(thesis)이다. 그 다음에는 그 문장과 관련시켜서 서너 문장을 더 써 본다. 이것은 그 논지에 관한 설명이지 거기에 포함되는 내용은 아니다.

논지를 뒷받침하는 문장들의 예를 다음과 같이 생각해 보자.

● 석탄 사용이 날이 갈수록 줄어들고 있다.(논지)
  1. 석탄은 사용하기 불편하므로 차츰 기름으로 바꾸어 쓰는 가정이 많아진다.
  2. 석탄을 사용하던 기관차도 모두 디젤을 사용하도록 바뀌었다.
  3. 공장에서도 석탄보다는 다른 종류의 연료로 바꾸고 있다.

위의 세 문장은 분명히 논지를 설명하는 내용이다. 이것들이 바로 논지에 대한 세 가지 이유거나 세 가지 증거가 된다. 다른 예를 들어 보자. "인류학은 원시적인 사람들에 관한 연구이다."라는 논지가 있는데, 뒷받침 문장으로 "인류학은 20세기에 시작되었다."라고 한다면 논지 전체를 뒷받침하지 않은 것이다. 논지 전체를 설명하거나 증명하는 문장을 써야 한다.

● 인류학은 원시적인 사람들에 관한 학문이다.
  1. 그것은 그들의 관습을 다룬다.
  2. 그것은 그들의 신화를 다룬다.
  3. 그것은 그들의 사회관계를 다룬다.

● 권력은 부패하기 쉽다.
  1. 그것은 권력자들을 부패시킨다.

2. 그것은 비권력자들을 부패시킨다.

3. 그것은 둘 사이의 모든 관계를 부패시킨다.

이상 각 논지에 대한 세 가지 문장은 그 논지를 증명하는 내용들이 된다.

지금까지 살펴본 것을 종합하여 하나의 법칙을 만들어 보자. 먼저 자신이 알고 있고 이해한 것을 총동원하여 한 문장으로 자신의 견해를 주장한다. 그러면 "그 다음에는 어떻게 할 것인가?"라는 질문이 나온다. 그에 대한 대답은 "그것을 몇 문장으로 좀 더 자세하게 써 보자."하면 되는 것이다. 더 자세한 내용은 글의 구성 형태를 공부한 다음, 목차 구성에서 연구하기로 한다.

How to
논문작성 이렇게 해라
Write Properly

Chapter

2

논리, 목차, 문단 구성

1. 논리 진행 방법

논문은 그 형태로 보아 대체로 두 가지가 있다. 설명형(Illustrative) 과 논증형(Argumentative)이다. 설명형은 논지나 중요한 주제들을 설명함으로 분명히 하는 것이다. 그 내용은 일반적이고 보편적인 것에서부터 특수하고 자세한 것으로 발전해 나간다. 논증형은 논지나 중요한 부속 주제들을 증명하기 위하여 증거들을 논리적으로 펼쳐 나가는 것이다. 그 내용은 전제(Premise)나 주장에서 시작, 증거를 나열하고 결론을 내림으로 앞의 주장을 확실하게 하는 것이다. 논지를 증명한다는 점에서 볼 때 두 방법은 본질적으로 같다.

A. 설명형(The Illustrative Pattern)

설명형은 다음과 같은 형태와 예를 갖는다.

과학적 연구 방법

논지가 처음 문장에 나오고 두 번째 문장에서 재언된다.

(1) 과학적 연구방법이란 인간의 정신활동을 적절하게 표현한 것일 뿐이다. 그것은 모든 현상을 간단명료하게 판단하는 방법인 것이다. 보통 사람과 과학자의 정신작용의 차이란 푸줏간에서 고기를 써는 이가 고기를 팔기 위해 저울을 보는 것과 어렵고 복잡한 분석과정 중에 화학

논지가 과학자와
상인 사이의 정신
작용으로 비교로써
소개된다.

교수가 실험실에서 고도의 정밀한 저울을 재는 정도의 차이이다. 즉 저울의 움직임이나 균형의 원리가 다른 것은 아니지만 후자는 전자보다 훨씬 가벼운 것을 재더라도 무섭게 세밀한 눈금의 차이가 있다는 것이다.

과학적 방법이 정
의되고 논지가 이
설명에 의해서 다
시 증명된다.

(2) 다른 예를 들면 더 이해가 쉬울 것이다. 우리가 수없이 되풀이해서 들은 바는 과학자가 귀납법과 연역법을 사용하여 자연으로부터 어떤 특정한 법칙을 찾아내고 이것을 근거로 하여 가설과 이론들을 자신이 개발한 기술로 세운다는 것이다. 많은 사람들은, 이러한 과정은 보통 머리를 가진 사람으로서는 절대로 할 수 없으며 특수한 지도를 받아야만 된다고 생각한다. 그러한 거창한 말들을 듣노라면 과학자들의 두뇌가 보통사람의 것과는 다르게 구성되었으리라 상상할지도 모르지만, 알고 보면 그러한 생각은 순전히 잘못된 것일 뿐만 아니라 이러한 한심한 사고가 우리 생의 매일매일 매순간 우리 자신을 사로잡아 왔다는 것을 알게 된다.

다음에 올 특정한
내용을 통해 간단
한 예가 소개된다.

(3) 평범한 예를 들어보자. 어떤 사람이 과일 가게에 갔다. 그가 그래서 그 사과를 보았더니 딱딱한 사과였다. 사과 한 개를 집어서 한 입 먹어보니 너무 시었다. 다시 옆의 것을 집어 맛을 보았는데 그것도 시었으며 파랗고 딱딱했다. 가게 주인이 다른 사과를 하나 맛보라고 주었다. 그러나 그는 그 사과를 맛보기 전에 그것이 파랗고 딱딱한 사과임을 알았다. 그때 그 사람은 보나마나 실 것이라고 하며 그 사과를 먹으려 하지 않을 것이다.

(4) 너무 간단한 예라고 생각하는가. 그러나 만약 당신

소개된 예는 그 자체 내에 귀납법과 연역법이 함께 포함된 것으로 분석된다.

이것은 먼저 과학적 연구 방법의 내용과 같다. 사과의 연구는 과학의 자연법칙을 닮은 어떤 법칙을 유도해 낸다.

이 이 문제를 마음속에서 어떻게 논리적인 요소로 분석하고 추적했는지 알면 놀랄 것이다. 즉 당신은 귀납적인 연구를 한 것이다. 두 번의 실험으로 파랗고 딱딱한 사과는 시다는 것과 관련이 있음을 찾아낸 것이다. 첫 번에 발견한 사실이 두 번째에 분명해진 것이다. 실험은 두 번뿐이었지만 추론하기에는 충분했다. 즉 "파랗고 딱딱한 모든 사과는 시므로 다른 것도 그럴 것이다"라는 당신이 찾아낸 일반법칙은 완전한 추론이다. 이제 이러한 자연법칙을 가진 뒤, 다른 사과를 받았을 때 당신은 "파랗고 딱딱한 모든 사과는 시다. 이 사과는 파랗고 딱딱하다. 그러므로 이 사과는 시다"라고 말할 것이다. 이런 식으로 생각하는 훈련을 논리학자들은 삼단논법이라고 부른다. 이것은 대전제, 소전제, 그리고 결론으로 이루어진다. 이렇게 귀납법에 의해 한 일반법칙이 세워졌을 때 그 위에다 어떤 특수한 경우에도 같은 결론이 나오도록 연역법을 세울 것이다. 자 이제 당신이 이 법칙을 발견한 후에 사과의 질에 관하여 친구와 이야기하게 되었다고 생각해 보자. 당신은 이렇게 말할 것이다. "재미있는 것을 발견했는데, 파랗고 딱딱한 모든 사과는 신 것이야." 친구가 묻기를 "어떻게 알았지?" 즉각 대답하기를 "내가 여러 번 먹어보니까 언제나 그렇던데." 자 만약 이것이 상식적 차원이 아니고 과학적 차원이었다면 이것을 가리켜 실험적 증거라 했을 것이다. 그리고 만약 친구가 계속 반대하면 "내가 대구와 대전과 광주의 사과밭에서 일하는 사람들에게 들었는데 모두 같은 말을 하더군. 한 마디로 이것은 언제나 일어나는 분명한 법칙이야"라고 말한다면 그 친구가 웬만큼 비이성적이 아닌 다음에야 아무 말 못하고 찬동할 뿐 아니라 당신의 결론이 옳다고 확신할 것이다. 당신의 친구는 여러

이 예를 과학연구에서의 증명과정으로 유추되도록 발전시킨다.

가지 증거—빈번한 실험이 같은 결과를 준다는 것과 여러 가지 다른 조건하에서도 같은 결과가 얻어진다는 사실을 알 때, 결론이 더 확실해진다는 사실을 몰랐어도 더 이상 논쟁하지 않고 그것을 받아들이게 될 것이다. 그는 그 실험이 여러 가지 다른 조건 즉 시간, 장소, 사람에 의해서 진행되었는데도 같은 결과를 얻은 것을 알게 될 것이다. 그리고 당신이 세운 그 법칙은 정확하므로 믿을 수밖에 없다고 말할 것이다.

결론 문단
과학적 연구와 상식적인 연구와의 유사 점을 재확인한다.

(5) 학문에서도 같은 일이 행해진다. 학자들은 훨씬 더 미묘한 방법을 사용하지만 결국 같은 식으로 진행한다. 학문적 연구에서 가정된 법칙을 모든 가능한 종류의 증명을 통해 밝혀내는 것이 학자들의 업무이다. 이것은 사과의 경우처럼 우연에 의한 것이 아니고 의도적으로 진행된다. 학문에서도 보통생활과 마찬가지로 한 법칙은 실험적인 증명과정에서 언제나 같은 결과가 나와야 한다. 예를 들어 우리가 어떤 물건을 쥐고 있다가 놓으면 그것은 즉시 땅으로 떨어진다. 이것은 가장 확고한 자연법칙인 중력의 법칙에 대한 매우 평범한 증거이다. 과학자가 법칙을 세우는 방법은 우리가 파랗고 딱딱한 사과는 시다는

전체 내용 속에서
논지를 재언함으로 결론을 맺는다.

법칙을 세우는 것과 같은 방법이다. 우리는 모든 사람의 경험이 증명하고 우리 스스로도 언제든지 증명할 수 있는 것을 확실히 주저없이 믿는다. 그리고 그것은 자연법칙이 설 수 있는 가장 강력한 토대인 것이다.

이 글을 다음과 같은 문단의 요약으로 분명하게 만들 수 있다.
(1) 논지가 주장되고 설명된다.

(2) 중요한 단어 "과학적 연구의 방법"이 논지의 설명을 더 전개하
도록 설명된다.

(3)—(4) 논지의 의미를 단순한 상황에서 설명되도록 한 예를 들고
분석한다.

(5) 결론짓는 문단이 지금까지의 주장을 요약하고 논지의 타당함을
마지막으로 재언한다.

이것이 바로 설명적인 형태의 글이다. 물론 이렇게 선명한 형태를
갖추는 경우만 있는 것은 아니다. 때때로 논지에 대한 끝맺음 재언은
생략될 뿐 아니라 많은 경우에 논지를 여러 군데에서 재언하지 않는
다. 어떤 경우에는 하나의 긴 예 대신에 여러 개의 짧은 예를 든다. 여
하간 이 형태의 요점은 논지의 제시, 논지에 대한 설명, 그리고 논지
에 대한 예증이다. 예증의 가장 흔한 형태는 실례, 비교, 대조 등이다.
과학적 방법에서 사과를 맛보는 예는 비교이다. 그리고 경험을 근거
로 일반화시킴을 과학적 방법과 비교한 것이다. 다음은 동물학자에
의해 쓰여진 글로 논지와 계속되는 예증으로 이루어진 글이다. 그 예
증은 어떤 동물들이 태어난 후 처음 만나서 소속되었던 종류의 동물
에 자신도 소속되었다고 믿는 경향이 있다는 것을 말하고 있다.

논지가 주장되고
설명된다.
　　　　자신과 같은 종류로부터 분리되어 키워진 새들은 일반
적으로 자신들이 어떤 종류에 속해 있는지 알지 못한다.
즉 그들은 사회적 반응뿐 아니라 성적 욕망까지도 자신들
의 어린 시절을 함께 보낸 생물을 향해 나타내는 것이다.
따라서 인간의 손에 개별적으로 키워진 생물은 자기가 인
간인 것으로 착각하고 생식활동에까지도 인간만을 배우자
로 알게 되는 것이다.

예 1   지금 내가 키우고 있는 암커위 한 마리는 여섯 마리의 동배들이 폐렴으로 죽어버리고 단 하나 남은 것이다. 따라서 이 친구는 병아리들과 함께 자랐는데, 우리가 잘 생긴 수커위를 사왔음에도 불구하고 수탉의 발 밑에 머리를 디밀고 구애하며 그가 다른 암탉과 연애하는 것을 질투해 방해하며 수커위에 대해서는 전적으로 무관심을 표명하는 것이다.

예 2   비슷한 비극적 희극의 주인공은 비엔나 동물원의 아름다운 흰 수콩작이었다. 그 역시 추운 날씨에 죽어버린 동배들 중 하나 남은 것인데 동물원 직원은 그를 살리기 위해 가장 따뜻한 방을 마련해 주었다. 그것은 큰 거북의 집이었는데, 이 불행한 새는 그의 여생 동안 아름다운 암공작의 매력에는 아무런 반응도 표하지 않게 된 것이다…

예 3   또 다른 수칼가마귀는 나와 사랑에 빠져서 나를 동류의 연애상대로 대우했다. 이 새는 넓이가 몇 인치밖에 안 되는 좁은 둥우리로 나를 기어들어 가게 만들었다. 가장 성가신 것은 계속적으로 자기가 맛있다고 생각하는 음식을 내게 먹이려고 하는 것이었다…

    이 설명형은 논지＋예1＋예2…논지의 재언으로 구성되어 있다. 이 저자는 논지가 옳았다는 선언으로 다음의 문단을 통하여 결론 짓는다.

논지의 재언   이러한 예들은 첫 경험의 일반적인 단계를 설명한 것이다. 새로 태어난 새는 그의 환경 안에서 가장 먼저 섞인 종류와 자신을 동일시한다. 그는 그가 그 종류의 일원이라고 생각한다. 이러한 착각된 동일시는 고유의 본능에 영향을 주지 않는다. 그는 여전히 거위나 공작 또는 갈가마귀가 항상 했던 것과 같이 행동한다. 그가 성숙했을 때 그는 본래의 자기 종류가 본능적으로 하는 구애의 형태를 따르며, 그 대상도 그것을 따를 것을 기대한다. 단지 그는 자기와 자기의 구애 대상자가 전적으로 다른 종류인 것을 모를 뿐이다.

이러한 설명형은 융통성이 많다. 많은 예를 들어 자세히 설명하므로 긴 논문을 쓸 수도 있으며 반면에 한 문단이나 한 문장으로 줄일 수도 있다. 다음 글에서는 하나의 짧은 논지가 몇 개의 설명형 주절로 수식된다.

다락 속의 상자는 옛날 언젠가 한 번 대단히 의미 있었던 물건들로 채워진 보물상자이다—가족에 의해 더 이상 확인 될 수 없는 친척의 사진들, 자녀들이 운동회나 학예회에서 상 받는 내용이 실린 낡은 신문 조각 모은 것들, 작은 상자 속에 고무줄로 묶여진 편지들, 아이가 어렸을 때 쓴 글짓기 공책, 40년이나 지난 해방 직후의 감회가 새로운 철 지난 옷들.

여기에 있는 예들, 사진, 편지 등등이 "언젠가 한 번 대단히 의미 있었던"이란 논지의 주 내용을 설명하는 것이다.

다음에는 비교·대조의 설명형에 관하여 잠시 생각해 보자. 두 주제 A와 B가 비교 또는 대조될 경우, 글의 내용은 A와 B가 엇갈려 나온다. 그것은 다음의 두 가지 형태가 되거나 두 가지를 합한 것이 될 것이다. (1)글의 본론이 두 부분으로 나뉘어서 A가 처음 부분, B가 나중 부분이 된다. (2)A와 B의 순서로 관련된 부분이 계속적으로 비교 또는 대조된다. 그 예를 들면 다음과 같다.

A+B의 예

목적 : 럭비와 미식 축구의 중요한 차이점을 대조해 보임
A. 미식 축구에 대한 설명과 후반부에 나올 럭비와 대조될 내용이 선택되어 기술된다.
B. 전반부에 기술된 미식 축구와 대응되는 묘사가 논술된다.

A/B+A/B의 예

● 논지 : 죽음은 언제나 장엄하지만 바다에서만큼 장엄한 죽음은 없다.

　　한 사람이 해변에서 죽었다. 그의 시신은 그의 친구들에게 남겨지고 문상객들은 모여든다. 그러나 한 사람이 배에서 떨어져 바다로 사라졌다면 사건의 돌발성에 의해 그 일을 실감하기 어렵게 된다. 그리고 그 일은 무서운 신비의 분위기를 준다. 한 사람이 해변에서 죽었다—당신은 무덤까지 그의 장례행렬을 따라갈 것이고, 비석 하나가 그 지점을 표시해 줄 것이다 … 그러나 바다에서의 그 사람은 당신 가까이, 아니 바로 옆에 있었다. 당신이 그의 목소리를 듣고 있던 순간 그는 사라졌다. 그리고 공허만이 그의 죽음을 보여주고 있다 …

완결될 때까지 대조가 계속되면서 이글은 진행된다.

B. 논증형 (The Argumentative Pattern)

대체로 논증형은 자신의 주장을 다른 사람들에게 설득하는 것으로만 이해되기 쉽다. 그러나 무엇보다 먼저 글쓰는 이 자신이 논증을 통해 자기의 주장에 도달해야만 한다. 증거들을 시험해보고 그것으로부터 어떤 결론을 얻을 때, 증거들과 결론 사이의 관계가 논증이다. 가장 간단한 형태는 두 문장으로 구성되는데 둘 중 하나는 다른 것으로부터의 결론이다.

> 축구는 위험한 운동이다. 최근 보고에 의하면 축구 경기에서 많은 부상이 발생했다고 한다.

여기에서 보면 앞부분의 결론은 뒷부분의 문장 곧 전제(Premise)로부터 나오는 것을 알 수 있다. 여기서 이해하기 쉽게 전제를 증거라고 부르자. 논증형은 하나 이상의 증거와 하나의 결론이 연결되면서 이루어진다. 다음 중에서 결론과 증거가 연결된 것과 되지 않은 것의 차이를 보자.

연 결	비 연 결
학기말 시험은 학생과 교수 모두에게 불필요한 어려움의 원인이 되고 있다. 학기말 시험은 폐지되어야 한다.	학기말 시험은 학생과 교수 모두에게 불필요한 어려움의 원인이 되고 있다. 학기말 시험은 당일치기식 공부를 조장한다.
홍길동씨는 경험이 가장 풍부한 국회의원이다. 그는 20년간이나 국회의원으로 일하면서 여러 가지 위원회의 장을 역임했다.	홍길동씨는 경험이 가장 풍부한 국회의원이다. 그는 자녀가 9명이나 된다.
선거 연령은 19세로 낮추어져야 한다. 19세라면 군에 입대할 의무가 주어지므로 정치적인 권리도 주어져야 한다.	선거 연령은 19세로 낮추어져야 한다. 21세부터 투표권을 갖게 되는 것은 논리에 맞지 않다.

논증형의 글에서 주장이 언제나 타당하게 보일 필요는 없다. 어떤 독자는 증거들의 내용을 받아들이지 않을 것이고 또 어떤 독자는 결론을 받아들이기 전에 많은 증거를 요구할 것이다. 어쨌든 위의 예를 볼 때, 왼쪽의 문장들은 서로 연결되어 있지만 오른쪽의 문장들은 그렇지 않다. 만약 증거 뒤에 "때문에"라는 말을 붙이거나 결론(또는 주장) 문장 앞에 "그러므로"를 붙인다면 훨씬 이해하기 쉬워진다. 오른쪽의 문장들에서는 이런 것이 성립되지 않는다. 예를 들어 자녀가 9명이나 되는 것과 국회 경험이 풍부한 것과는 관계가 없다.

지금까지 가장 간단한 구조, 즉 하나의 증거와 하나의 결론으로 된 글을 보았으나 대부분의 논문들은 내용이 더 복잡하다. 하나의 결론을 위해 여러 가지 증거를 제시하는 것이다. 예를 들어서 학기말 시험은 폐지되어야 한다는 결론을 위해, ① 그것이 학생들의 건강에 해롭고, ②암기식의 공부만 하게 하며, ③ 매일 매일의 공부보다는 마지막 당일치기를 하게 될 뿐만 아니라, ④ 신경이 예민한 학생은 실력발휘를 할 수 없다는 증거(또는 전제)를 나열하는 것이다. 한 걸음 더 나아가 여러 가지 증거로 만들어진 결론이 다른 결론을 위한 증거가 되기도 한다. 다음의 예를 보자.

1) 만약 1년이 13개월인 역법이 채용된다면 현존하는 기록의 날짜들이 바뀌어야 한다. (3의 증거)
2) 회사나 개인 또는 국가간의 모든 계약 날짜들도 재조정되어야 한다. (3의 증거)
3) 그러한 역법의 갱신은 새로운 체계로의 전반적인 전환을 필요로

한다. (1, 2의 증거)

4) 월급도 1년에 12번이 아니라 13번을 주어야 한다. (5의 증거)

5) 이 갱신은 비용이 엄청나게 든다. (4의 결론)

6) 일년이 13개월인 역법의 채용은 엄청난 비용의 전반적인 변화를 필요로 한다. (3, 5의 결론)

이것이 바로 글쓰는 이의 마음속에서 논증이 진행되고 있는 내용이다. 이것이 아래와 같은 내용의 목차와 꼭 같다고는 할 수 없으나 다음과 같은 줄거리로 진행될 것이다.

결 론	논지 : 일년이 13개월인 역법의 채용은 엄청난 비용의 전반적인 변화를 필요로 한다.
증거+결론	Ⅰ. 그러한 역법의 갱신은 새로운 체계로의 전반적인 전환을 필요로 한다. (논지의 증거이며 아래 A, B의 결론)
증 거	A. 현존하는 기록의 날짜들이 모두 바뀌어야 한다. (Ⅰ을 위한 증거)
증 거	B. 회사나 개인 또는 국가간의 모든 계약의 날짜는 재조정되어야 한다. (Ⅰ을 위한 증거)
증 거	Ⅱ. 그러한 갱신은 엄청난 비용을 필요로 한다. (논지의 증거이며 아래 A, B의 결론)
증 거	A. 모든 기록의 날짜를 바꾸는 것은 대단한 비용이다. (Ⅱ를 위한 증거)
증거+결론	B. 기업을 운영하는 비용도 엄청나게 높아진다. (Ⅱ를 위한 증거이며 아래 1의 결론)
증 거	1. 월급을 12번이 아닌 13번을 주어야 한다.

논증의 구조는 증거들과 결론들을 논리적으로 배열해서 논지를 증명하는 것이다. 위의 내용을 보면 모든 문장들이 오로지 증거 자료를 제시할 뿐이지만, 어떤 문장은 때때로 다른 문장들의 결론이 되기도 하는 것이다. 하나의 논지만이 다른 것의 증거 자료가 아니므로 결론만 될 수 있다.

2. 목차 구성(Outline)

짧은 글을 쓸 때나 논문식 시험을 볼 때는 앞에서 공부한 내용이 꼭 필요할 것이다. 그러나 긴 논문을 쓸 경우에는 논문을 쓰기 이전에 앞과 같은 내용을 좀 더 자세히 만들어 놓을 필요가 있다. 그래야 혼동 없이 진행하거나 지도교수에게 조언을 받을 수도 있는 것이다.

만약 어떤 저자가 논문의 논지를 확정하고 줄거리를 잡아본다면 자신의 글이 어떻게 진행될 것인가를 파악할 수 있다. 줄거리를 대강 잡아 성급히 시작하는 것보다는 시간을 두고 더 나은 내용의 줄거리를 만드는 것이 더 타당한 글을 만든다.

앞에서 말한 바와 같이 논지는 언제나 제한되어야 하며, 단일 명확해야 한다. 글쓰는 이는 이미 연구한 후에, 어떤 결론을 가지고 독자들을 확신시키려 하는 것이다. 그러므로 서론 부분에다 논문의 목적을 쓸 때 논지를 말해야 한다.

다음의 목차들은 몇 단계를 거쳐 발전시킨 것이다. 이 글을 쓴 사람은 개개인의 특성이 유전적인가 환경의 영향인가를 면밀히 연구해 본 뒤에 어느 한 쪽만이 더 영향을 준다고 말할 수는 없다고 결론을 내린 것이다. 이 결론이 바로 이 논문의 논지(thesis)요, 이 논문의 목적(purpose)은 이 논지를 증명하는 것이다.

실제로 우리 나라 학생들의 논문을 읽어보면 대부분 아무런 논지도 없이 그저 "이 논문의 목적은 …에 관해서 연구해 보고자 하는 것이다."라고만 기술하고 있는데, 이것은 자신이 아무런 주장도, 증명할 내용도 없다고 말하고 있는 것과 같다. 논지가 분명하지 않은 글은 언제나 그 내용도 분명치 않다. 가장 중요한 논지에 대한 확신이 줄거리에 앞서 언제나 선결되어야 한다.

1 단계	논지 : 유전과 환경 중 어느 것이 개인의 특성에 더 영향을 준다고 단언할 수 없다.
	1. 유전과 환경을 정의하기 어렵다.
	2. 과거의 경우들에 관해 연구하기가 어렵다.
	3. 실험적 연구가 어렵다.

2 단계 먼저 번의 중요 증거들의 더 자세하게 그리고 논지에 더 가깝게 발전한다.	논지 : 같다.
	1. 유전과 환경이란 용어를 정의하기 어렵다.
	A. 유전과 환경을 분리할 수 없다.
	B. 환경이란 너무 모호한 단어이다.
	2. 위인들과 악인들에 관한 연구는 별 의미가 없다.
	A. 위인 : 셰익스피어, 뉴턴, 링컨
	B. 악인 : 김악한 가족
	3. 어린이를 대상으로 유전과 환경을 구별지을 수 없다.
	A. 갓난 아이도 열 달이나 복중 환경 속에 있었다.
	B. 쌍둥이는 서로 꼭 같지 않고 아주 다른 환경을 가

질 수도 안 가질 수도 있다.

    C. 똑같이 생긴 쌍둥이는 같은 유전을 받았을지도 모르나 그들이 꼭 같은 환경 속에서 자랄 것이라고 보장할 수는 없다.

제목 : 유전과 환경

3단계

논지 : 같다.

Ⅰ. 현실적으로 유전과 환경과의 차이를 정확히 정의할 수 없다.

    A. 성격의 유전이란 환경의 영향일지도 모른다.

        1. 사과 파리의 유전된 특성 중 어떤 것은 특정한 환경 하에서만 나타난다.

        2. 도토리는 언제나 참나무로만 자라겠지만 정말 참나무가 될지 안될지는 토양 · 습기 · 온도를 비롯한 여러 가지 환경 조건에 달려 있다.

    B. 환경이란 말은 정확히 정의할 수 없다.

        1. 어떤 특정한 사회에서 개개인의 환경이란 너무 복잡해서 간단히 정의할 수 없다.

        2. 어떤 제한된 조건의 실험실을 제외하고, 환경이란 너무 모호하고 변화가 많아 어디에나 적용할 수 없다.

Ⅱ. 유전이나 환경의 상대적인 영향을 가지고 유명한 인물이나 보통 사람들의 역사를 연구해 어떤 결론에 도달할 수 없다.

    A. 셰익스피어, 뉴턴, 링컨의 연구가 해답을 주지 못한다.

        1. 만약 그들의 위대함이 유전된 것이라면 그들

의 가족 중 다른 이들은 왜 그들처럼 되지 못
했을까?

2. 만약 그들의 위대함이 환경 때문이라면 같은
환경에 있었던 다른 이들은 왜 그들처럼 되
지 못했을까?

B. 악명 높은 김악한의 가족에 관한 연구도 해답을
주지 못한다.

1. 그의 악행이 유전된 것이라는 증거가 없다.

2. 그의 가족 환경이 그를 그렇게 만들었다면 그
의 다른 가족과 또 그러한 환경의 모든 어린
이들도 그같이 악한이 되어야만 한다.

Ⅲ. 유전과 환경을 서로 떼어놓고 실험적 연구를 할 수
없다.

A. 갓난아이의 연구를 통해서 가능하지 않다.

1. 그들이 태어나기 전에 이미 10개월이나 복중
의 환경이 있었다.

2. 그들의 유전된 성격이 나중에 나타날 수도,
나타나지 않을 수도 있다.

B. 쌍둥이의 연구를 통해서도 가능하지 않다.

1. 이란성 쌍둥이는 다른 유전을 받는다.

2. 쌍둥이들도 남자 쌍둥이, 여자 쌍둥이, 남녀
쌍둥이들은 서로 다른 환경을 갖는다.

C. 일란성 쌍둥이의 경우 그들이 같은 유전을 받아
도 같은 환경을 가질지는 알 수 없다.

30페이지 정도의 작은 논문을 요구받았을 때, 많은 학생들은 이 많
은 분량을 어떻게 채울 것인가를 고민한다. 그러나 "천리 길도 한 걸

음부터"라고 하나씩 해결해가면 큰 문제가 아니다. 먼저 논지가 되는 문장을 쓰고 그것을 뒷받침하는 세 개(또는 몇 개이든)의 문장을 써본다. 이것들은 물론 이 논문의 각 장(chapter)들이다. 이때 각 장은 이미 10페이지 정도의 작은 논문이 된다. 이제 각 장의 문장 밑에 3개(또는 몇 개)의 뒷받침 문장을 써 본다. 이것이 절(section)들이다. 결국 학생들이 할 일은 3페이지 짜리 논문을 여러 개 쓰는 것이다.

이제 순서대로 목차를 써보자. 맨 위에 논지가 있어서 다른 여러 가지 줄거리를 통제할 것이다. 이 논지가 바로 글쓰는 이가 증명하고자 하는 내용이다. 나머지 문장들은 이 논지를 증명하는 것과 관련되어 있는 증거들이다.

논지 :
A.
1.
2.
3.
B.
1.
2.
C.
1.
2.
3.
4.

A, B, C는 논지에 대한 직접적인 증거들이다. 그러므로 한 눈에 보아도 관련을 가져야 한다. 1, 2, 3을 증명하는 더 작은 증거들도 있을 수 있다. 이러한 줄거리 형성(목차보다는 문장으로 자세하게 쓴 것)은 전체 논문의 모습을 그대로 말해 준다. 때때로 많은 논문들이 더 많은 단계를 거쳐서 구조를 만든다. 반드시 명심할 것은 논지와 관련해서 그것을 증명하고 강화할 수 있는 줄거리로 써야 한다. 구조를 시험할 때 다음과 같은 질문을 던져보자.

1) 논지가 정확한가?
2) 부분 부분의 연결이 잘 되었는가?
3) 각 부분의 진행이 논지에 비추어서 논리적으로 되고 있는가?
4) 줄거리가 완결되었는가?
5) 목차의 각 부분이 증거를 충분히 가지고 발전될 수 있는가?

아라비아 숫자 1, 2, 3……은 영자 A, B, C에 또한 A, B, C는 로마자 Ⅰ, Ⅱ, Ⅲ에, Ⅰ, Ⅱ, Ⅲ은 그 내용상 논지를 뒷받침하고 있는가. 사실상 위의 질문들은 한 가지 질문 속에 포함되어 있다. "이 주장이 독자들을 믿게 만드는가?" 믿을 수 있는 주장은 반드시 받아들일 수 있는 증거들을 제시해야 한다.

이 증거들이 받아들여질 수 있는가? 그것들은 사실이거나 증언(연구자료)이다. 만약 사실에 관한 내용이라면 진실과 거짓뿐이다. 그러나 진실과 거짓이 언제나 분명히 결정될 수는 없다. 예를 들어 다른 천체에도 생물이 있다면 아무도 그것을 알 수 없지만, 확실한 대답 하나는 "더 확실한 증거가 나올 때까지 기다릴 수밖에 없다"이다. 그렇지만 태양이 지구 주위를 돌고 있다고 말하면 그 증거는 거짓이요, 그로부터 나오는 모든 논증은 거절될 수밖에 없다.

때때로 증거들은 언제나 보편타당성 있게 적용되지 않는 수가 있다. "여자들은 질투가 많다"고 한다면, 어떤 여자들은 분명히 그렇지만, 그렇지 않은 여자들도 있다. 그러므로 증거의 범위를 제한하든지 아니면 보편타당한 증거를 제시해야 한다. 보편타당치 않은 증거를 보편화해서 적용시킨 결론은 받아들일 수 없다. 가능성이 있는 것만을 가지고서는 결론을 내릴 수 없다.

증거가 다른 사람들의 연구를 인용한 것일 때는 그들의 증거를 확인해 보고 받아들여야 한다. 때때로 유명인사의 글을 인용할 수 있으나, 유명인사가 반드시 전문가일 수는 없다. 분명히 알려진 전문가의 글을 인용할 때도 그 글을 시험해보고 그 내용을 받아들일 수 있을 경우에만 자신의 비판과 함께 증거로 인용해야 하는 것이다. 이것을 뒤에 더 연구하기로 한다.

한 마디로, 받아들일 수 있는 주장은 받아들일 수 있는 증거들에 근거하고 있다고 할 수 있다. 또한 학문이란 다른 사람들의 연구를 근거로 해서 자신의 주장을 쌓아 올리는 경우가 많으므로 다른 사람들의 논문을 비판하는 훈련도 뒤에 더 연구하기로 한다.

이제 학생이 쓴 논문을 하나 읽어보자. 제목과 논지 그리고 목차들이 잘 구성되었는가 보고 또한 내용을 논지 및 목차들과 대조해 보자.

제목 : 한반도 통일의 저해 요소들
논지 : 주변 강대국들의 국가이익에 관한 정치적 이해관계는 한반도 통일의 저해요소로 작용하고 있다.
　　　1. 한반도는 강대국들의 안전보장에 대한 지형적 요충지로 제공되고 있다.

2. 한반도의 현상유지는 미국 안보의 방위선의 지속에 필요하다.

3. 소련의 공산주의 사회건설과 안보를 위해서는 최소한 한반도의 현상유지가 필수적이다.

4. 한반도의 현상유지는 중국 안보와 경제발전의 필수 요소이다.

5. 일본의 안보 및 경제적 이익을 위해서는 한반도의 현상유지가 필요하다.

결론 : 강대국들은 남북한의 공존과 현상유지를 원하고 있다.

한반도 통일의 저해 요소들

김 우 경

서 론

지난 30년간의 일제통치하의 쓰라린 경험과 6.25 민족분단의 체험에 따른 교훈, 그리고 한반도 주변에 위치한 강대국들의 정치적 이해관계의 유동적인 상황 속에 존재하고 있는 한반도의 현실은 통일에의 염원이 더욱 절실히 요청되고 있는 것이다. 특히 80년대에 들어서서 빈번한 각국 수뇌회담 때마다 논의된 문제는 궁극적으로 한반도 통일 문제와 연결해 볼 때 어떠한 영향을 미치고 있는가 한 번쯤 재고해 보아야 할 문제라고 생각된다. 이러한 문제를 한반도 통일이라는 관점에서 볼 때 "한반도 주변 강대국들의 국가이익에 관한 정치적 이해관계는 한반도 통일의 저해 요소로 작용하고 있다"라는 결론에 이를 수 있다. 이와 같은 문제의 해답은 한반도가 이들 국가들의 이익에 어떠한 것을 제공해 주는가의 문제와 이들 나라들의 한반도에 대한 이해를 중심으로 분석해 볼 때 명확해질 수 있으며, 또한 이 문제를 해결함으로써 한반도의 분단지속이 단순히 남북 대립의 차원을 넘어서 새로운 국제 정치 요소가 은밀히 작용되고 있다는 것을 발견할 수가 있다.

끝으로 이들 나라들이 한반도에 대한 전망과 우리가 취해야 할 입장에 대해 서술하고자 한다.

1) 한반도는 강대국들의 국가이익에 무엇을 제공하는가?

국가이익의 의미 속에는 많은 요소들이 내포되어 있지만 특별히 한반도에 대한 주변 강대국들의 이익이라는 측면에서 볼 때 한반도는 이들 나라들의 안전보장에 대한 지형적 요충지로 제공되고 있다는 것이다.

모든 국가들의 대외정책에 근본을 이루고 있는 국가의 안보라는 점에서 한반도의 위치는 대륙으로부터 일본과 연결되어 유럽으로 진출할 수 있는 교량적 역할을 감당하고 있다. 특히 유럽으로 진출하려는 소련 세력의 확장은 미·일·중국의 안보에 지대한 영향을 미치고 있는 고로 이들 나라들에 있어서 한반도는 매우 중요한 지역이 되고 있다. 또한 소련 역시 이 지역을 통과해야만 유럽으로 진출할 수 있는 발판이 되기 때문에 소련의 프롤레타리아 혁명의 대 목표를 위해서는 중요한 지대가 아닐 수 없다.

2) 한반도의 현상유지는 미안보 방위선의 지속에 필요하다.

레이건 행정부가 한반도에 있어서의 중요성에 큰 비중을 두고 있는 것을 미루어 볼 때 한반도가 미국 안보방위에 주는 영향을 짐작할 수 있다. 특히 지난 포드 정권 때에 태평양 방위선 즉 "미국의 아시아 방위선으로서의 한국, 일본, 필리핀, 인도네시아를 이르는 라인"(김성환, 「고대신문」 1983년 11월 7일자)의 구상에 대해 만일 한반도가 대륙세력의 영향권에 들어갈 경우 미국의 안보 방위선에 대한 타격적인 영향을 가할 수 있는 것이다. 또한 아시아 지역에서의 소련의 급격한 군사진출, 즉 소련 태평양 함대의 증강과 항공모함 SS 20 미사일 배치와 아프칸 침공을 통한 군사 협력체제는 미국의 안보와 직결되는 상황이므로 미국은 한반도에서의 소련 진출을 저지해야만 하는 과제를 안고 있는 것이다. 그러므로 미국은 중국과의 협력체계를 통해 소련을 견제하면서 남북한 공존을 유도하려고 하는 것이다.

3) 소련의 공산주의 사회건설과 안보를 위해서는 최소한 한반도의 현상유지가 필수적이다.

미·일·중국 3대 강대국의 협력체계가 이루어진 현실에서 볼 때 소련의 한반도 진출은 이들 세력의 견제와 소련이 한반도로 진출해야만 유럽으로 진출할 수 있다는 요소에서 필수적이다. 그러나 만일 한반도가 소련 세력권에 들어갈 경우 소련의 세력 진출이 유리해지지만, 역으로 북한이 미국의 세력권에 들어갈 경우 소련 세력 진출이 막히며 미국의 방위선이 소련과 더욱 근접할 수 있고 그 기반이 확실해 진다는 것이다. 이런 의미에서 볼 때 소련 역시 최소한 남북한의 현상유지를 바라고 있는 것이다.

4) 한반도의 현상유지는 중국 안보와 경제발전의 필수 요소이다.

반소 정책을 취하고 있는 중국으로서는 소련 세력의 한반도 진출은 곧 소련의 중국 포위를 의미한다. 그 이유는 소련이 이미 베트남 군사기지와 아프카니스탄을 확보해 놓고 있기 때문에 한반도가 무력에 의해 통일될 때 중국의 활동 무대에 큰 제한이 있기 때문이다. 그리고 최근 미·일과의 경제 협력관계를 통해 경제발전에 치중하고 있는 중국으로서는 한반도에서 분쟁이 유발될 경우 한반도와 관련된 이해 당사국들간의 분쟁으로 확대될 것이기 때문에 미·중국, 중국·일본간의 유대관계가 와해될 것이라는 우려에서이다. 또한 한반도가 통일된다고 하더라도 민족주의 성향 때문에 한반도에서의 새로운 분쟁의 야기와 일본의 재무장 등의 필연적 요소가 있기 때문이다.

5) 일본의 안보 및 경제적 이익을 위해서는 한반도의 현상유지가 필요하다.

일본의 경제력을 지속시키고 안보가 유지되려면 한반도의 평화유지가 지속되어야 하기 때문에 한반도 문제에 대해 "궁극적으로 한반도가 중·소와 같은 대륙세력에 의한 위협을 막아야 하며, 그러기 위해서는 한반도가 대륙세력인 북한과 반대륙 세력인 남한이 공존하고 그 양 세력간에 균형이 유지되기를 바란다"(김세진, "북한의 대일정책", 「북한외교론」, p.156)고 밝힌 것처럼 일본은 한반도에 있어서 소련 및 북한의 세력을 견제하면서 남북의 대립 관계 및 중·소의 대립 관계를 통해 경제적 이익을 추구하려는 것이다. 또한 한반도에 있어서 소련의 세력이 확대될 경우 소련의 유럽 진출을 위한 일본과의 충돌이 불가피하게 될 것이므로 일본의 안보에 커다란 영향을 미치기 때문에 한반도의 남북간의 세력 균형유지, 즉 현상유지를 바라고 있는 것이다.

결 론

이상에서 살펴본 바와 같이 한반도를 둘러싸고 있는 강대국들의 안보를 중심으로 한 국가 이익의 추구는 한반도에 있어서 남북한의 공존을 원하고 있으며 현상유지를 바라고 있는 것이다. 그 이유는 위에서 살펴본 바와 같이 그들 국가들간의 안보 및 그들의 이해관계를 통한 국가 이익 추구에 도움이 되기 때문이다. 이러한 요소들이 한반도 통일의 저해 요소로 작용하는 이유는 북한과 소련 중국, 남한과 미국, 일본 등 강대국들과 긴밀한 관계를 맺고 있고 한반도가 이들 나라들에 중요한 위치에 놓여 있기 때문에 한반도의 현상 유지를 위한 이들 국가간의 이해 관계가 한반도 통일의 지향에 있어서 나타나지 않는 하나의 은밀한 요소로 작용하고 있기 때문이다.

이들 나라들의 한반도에 대한 전망을 볼 때 미·일·중은 소련 세력을 견제하면서 그들의 국가 이익을 위해 미국은 중국을 활용하여 북한을 끌어들여 남북간의 공존을 유도하려고 할 것이며, 중국 역시 문호개방의 점차적 확대와 북한을 끌어들여 중국의 소련에 대한 견제책으로 삼고자 노력할 것이며, 이런 상황 속에서 일본은 만일의 사태에 대비하여 군사력의 점차적 증강과 평양과 서울을 다 만족시키는 등거리 외교를 취할 것으로 전망된다. 또한 소련도 이들 미·일·중의 협력관계를 견제하면서 유럽으로의 진출을 꾀할 것으로 전망된다.

   끝으로 언급하고 싶은 것은, 한반도의 현상유지의 지속은 남북한 모두 국가 발전의 장해요소가 됨을 충분히 인식하여 통일 노력에 힘쓰는 한편 주변 강대국들의 이해관계를 깊이 예의 주시하여 적절한 대책을 강구하는 것이 바람직한 길이라 하겠다.

3. 효과적인 문단(Paragraph)

   문단은 논문 전체나 에세이 전부를 쓰는 것과 똑같은 과정을 거친다. 물론 그 규모는 작다. 어떤 글이나 목적이 있듯이 각 문단에도 목적이 있다. 글의 목적을 논지라고 한다면 문단의 목적은 주제문장이라고 할 수 있다. 글이 반드시 분명한 구조와 논리적인 진행을 필요로 하듯이 문단도 그렇다. 논문에는 논지를 확실하게 증명하는 자료들이 있듯이 문단에는 주제 문장을 분명하게 만드는 증거들이 필요하다. 그것들은 주제 문장을 증명하는 설명, 정의, 예화, 이유, 비교나 대조, 실례, 인용 등을 사용함으로 강화할 수 있다. 한 마디로 문단은 최소 형태의 논문인 것이다. 그러므로 전체의 글을 잘 구성한다는 것은 각각의 문단도 잘 구성하고, 또 한 문단을 잘 구성한다는 것은 전체 글도 잘 구성할 가능성이 많다.

A. 좋은 문단의 4가지 요소

① 완결성(Completeness)

하나의 문단은 그 안에서 말하고자 하는 내용이 끝남으로써 마쳐진다.

> 눈 오기에는 너무 춥다고? 춥다고 해서 절대로 눈이 오지 않는 것은 아니다. 그러나 때때로 너무 추워서 함박눈이 안 오는 수가 있다. 영하의 기온에서는 함박눈이 되기에는 대기가 너무 건조하기 때문이다.

위의 짧은 문단은 질문으로 시작해서 대답으로 끝난다. 이 문단이 완결되었을까? 그것은 영하의 기온에서는 왜 함박눈이 오지 않는지를 독자들이 이해했나 못했나에 달려 있다. 이 저자가 스스로 질문하고 답한 위의 글을 읽고 전문가가 아닌 사람이 왜 함박눈이 안 오는지를 이해할 수 있을까? 만약 '아니요'나 '글쎄' 라고 대답한다면 아래 문단을 살펴보자.

> 눈 오기에는 너무 춥다고? 춥다고 해서 절대 눈이 오지 않는 것은 아니다. 그러나 때때로 너무 추워서 함박눈이 안 오는 수가 있다. 함박눈은 대기의 온도가 0℃나 그보다 약간 낮을 때 내린다. 이 기온에서 대기는 대체로 눈송이가 서로 붙어 커지기에 충분한 습기를 가지고 있어서 자연히 함박눈이 온다. 기온이 더 낮아지면 대기는 메말라지게 되며 눈은 송이가 되지 않고 가루처럼 떨어진다. 영하의 기온에서 큰 눈송이는 드물다. 이 때 떨어지는 눈은 작은 비늘

같고 반짝이는 금강석 가루처럼 된다. 영하의 기온은 함박눈이 오기에는 너무 건조하다.

첫번째 예문은 독자를 이해시키기에는 설명이 너무 부족하므로 완결되지 못했다. 두 번째 예문의 밑줄 그은 부분은 첫번째 예문의 부족한 점을 메꾸기 위해 필요한 것이다. 이렇게 함으로써 마지막에 있는 주제 문장을 확실하게 하는 증거들을 제시하는 것이다. 주제 문장이 독자들에게 분명한 이해를 주고 더 나아가 확신을 줄 뿐 아니라 흥미 있는 문단을 만들기 때문에 재미있는 글을 쓰기 위해서는 여러 가지 자세한 보조 문장들이 필요하다. 그 중에는 묘사 문장이나 설득을 위한 문장들이 있다. 먼저 묘사를 위한 문장들을 보면 "작은 비늘 같고 반짝이는 금강석 가루처럼," "칠판 위의 분필이 삑삑 하는 소리," "부글부글 끓는 분노를 억제할 길이 없어서 노도처럼 고함을 지르고 말았다" 등등이다. 다음은 유명했던 타이타닉 호의 침몰 광경을 기록한 문단이다. 문단 속의 장면에서 사람들이 어떻게 말했고 행동했는지 자세한 설명이 주어진다.

몇 사람은 찬송을 함께 불렀다. 어떤 이들은 기울어진 갑판에서 기도하고 있었다. 많은 사람들이 선미 쪽으로 달리고 있었고 이미 완전히 기울어져버린 그곳 끝 부분의 멎은 추진기 위에는 수 백 명이 매달려 있었다. 찬송은 거의 끝나고 있었다. 악단을 지휘하던 바이올리니스트가 그의 활을 들어 간막이를 두드리면서 〈가을〉을 연주할 것을 요구했다. 물은 이미 발목에서 휘돌고 있었고 여덟 명의 악사들은 기울어진 배에서 몸의 균형을 잡았다. 사람들은 갑판에서 물 속으로 뛰어들고 있었다―얼음같이 찬 바다에. 한 여자가 울부짖었다. "살려주세요, 제발 구해 주세요." 한 남자가 대답한다. "부인 스스로 자신을 구하십시오. 하나님만이 지금 당신을 구하실 수 있습니다." 악단은 〈가을〉을 연주하였다.

"자비와 긍휼의 하나님
우리들의 고통을 불쌍히 여기소서…"

위 예문은 공포와 체념 사이의 모습을 보여준다. 주제 문장이 겉으로 드러나지는 않았으나 주제는 악단의 영웅적 모습과 연주이다. 이 주제를 중심으로 하여 공포와 체념(기도)의 광경이 함께 설명된다. 그리고 악단이 연주하는 음악의 내용으로 설명이 끝난다.

논문에서는 설득을 위한 자료들로써 증거들이 논리적으로 나열된다. 다음 문단에서의 설득을 위해 제시한 자료들은 회복할 수 없는 상층토의 부식을 통하여 어떻게 자연이 파괴되어 가는지 독자에게 증거하고 있다.

지나친 벌목과 방목 그리고 잘못된 농토 관리의 가장 뚜렷한 결과는 토양침식이다. 9인치의 상층토 위에 세워진 미국 문화는 현재 그 토양의 삼분의 일을 잃었다. 휴 베넷 박사는 이미 1939년 국회의 청문회에서 다음과 같이 증언했다. "미국의 짧은 역사 동안에 우리는 농지나 목지를 282,000,000 에이커나 파괴했다. 또한 775,000,000 에이커에서 침식은 계속 진행중이다. 약 100,000,000 에이커의 농지 즉 우리가 가진 최상의 농지가 사라졌다. 그것을 회복하는 것은 불가능하다. 자연이 일 인치의 상층토를 만드는 데 걸리는 기간은 300년에서 1,000년이나 된다."

이 예문에서 볼 수 있는 설득은 자세한 자료 즉 사실과 통계에 의해서이다. 이러한 자료가 없는 주제 문장은 독자를 설득하기에는 너무 모호하다. 만약 베넷 박사의 증언을 빼버리면 미국은 토양침식에 의해 삼분지 일의 상층토를 잃었다는 주장만 남는다. 웬만한 전문가가 아니고는 그것이 무슨 말인지도 모른다. 그러나 자세한 자료를 덧붙임으로 상태가 얼마나 심각한지를 증명하고 있는 것이다.

논문에서 이러한 설득은 여러 가지 자세한 자료를 증거로 요구한다. 작성자는 문단의 주제 문장을 증명하고 독자를 설득하기 위해 자신이 읽고 연구한 자료들을 인용하거나 요약하거나 의역(paraphrase)할 수 있다. 이것들은 후에 더 연구하기로 한다.

② 통일성(Unity)

한 문단에는 문장으로 씌어졌든 암시되었든 반드시 주제가 있으므로 그 주제를 뒷받침하는 내용만이 씌어져야 한다. 잘못된 문단은 ① 주제와 관계없는 내용이 나타나거나, ② 주제와는 다른 방향으로 점차 흘러가는 경우이다. 다음의 예를 차례로 보자.

> 어렸을 때 말을 배우는 것이 얼마나 다행인가. 만약 어른이 된 후에 말을 배워야 한다면 어려움 때문에 대단히 고생할 것이다. 그런 경우에 아마 정견 발표는 수화로 하고 방송국 직원들은 모르스 부호를 써야 할 것이다. 우리는 어린아이들이 말 배우는 것을 당연하게 생각하지만 부모들도 그들의 4살짜리 아이가 말을 더듬거리거나 문장이 뒤죽박죽일 때 적지않이 걱정한다. 그 어려운 말을 배운다는 지적 업적에 비할 때 상대성 원리의 발견은 오히려 하찮은 것에 속한다.

이 예문에서 저자는 분명히 말을 배우는 일이 사람의 가장 위대한 지적 업적이라는 점을 주장하려고 한다. 그러나 시작은 그럴 듯하게 하였지만, 도중에 우리가 말을 배우지 않았을 때의 결과에 관해서 써 버렸다(밑줄 부분). 만약 저자가 그러한 내용을 발전시키려면 다음 문단에서 해야 한다. 이 문단에서 쓰면 문단 전체의 주제는 약화될 수밖에 없다.

> 우리 나라 경제가 조화를 이루려면 국회는 노조로 하여금 좀 더 책임성있게 행동하도록 압력을 가해야 할 것이다. 이것은 반발적인 제안이 아니다. 노동력 그 자체를 위해서이다. 조직된 노동력은 한 나라 경제의 재산이다. 우리는 지난 몇 십 년간 공장과 탄광에서 동료들과 단결할 힘을 빼앗긴 노동자들이 근시안적인 자본주들의 무책임한 방임주의를 막을 수 없음을 보아왔다.

여기에서 저자는 한참 다른 방향으로 흐르다가 자기가 주장한 것의 반대로 끝을 맺는다. 자세히 읽어보면 두 번째 문장부터 옆으로 흐르고 있음을 알 수 있다. 그가 반발적인 제안을 하는 것이 아니라는 것을 말하려고 노동운동을 역사적으로 기술한다. 즉 그것은 경영의 부조리와 싸워왔다는 관점이다. 그러나 쓰다보니, 노조의 무책임성으로부터 시작한 첫문장(밑줄 부분)과는 정반대인 경영의 무책임성을 강조하는 것으로 끝이 나고 말았다.

만약 주제 문장에서 두 쪽이 다 한 문단 안에 나올 것이라고 암시하지 않을 때에는 한 가지 주제만을 다루어야 한다. 그러므로 이 저자는 처음의 주제 문장으로 돌아가서 노조의 무책임성을 이 문단에서 논하고, 다음 문단에서 경영의 무책임을 논하든지 할 것이다.

③ 순차성(Orderly Movement)

문단이 조직적으로 만들어지려면 내용의 진행이 질서를 갖추어야한다. 여기 몇 가지 방법을 소개해 보자. 물론 이 방법들은 문단뿐이아니고 전체 논문을 작성할 때도 그대로 적용할 수 있는 것들이다. 그러나 문단은 작은 규모이므로 그 방법도 단순하다. 대개 다섯 가지 방법이 있는데 ① 시간 순으로, ② 공간 순으로, ③ 증거로부터 주장으로, ④ 주장으로부터 증거로, ⑤ 질문에서 대답 또는 결과에서 원인으로 진행된다.

시간 : 시간순 또는 연대순은 어떤 과정을 단계적으로 설명하는 데자연스럽다. 내용은 일어난 순서대로 나열된다. 첫번째, 두 번째, 다음에 등의.

공간 : 공간의 순서는 저자가 자신이 보는 것을 설명할 때 유용하다. 내용의 진행은 저자의 눈의 진행을 따른다. 반드시 왼쪽 끝에서오른쪽 끝이나 그 반대로 설명할 필요는 없다. 왜냐하면 관찰자가 먼저 보는 것은 가장 흥미 있는 대상이기 때문이다. 하지만 논리적이거나 자연스러운 어떤 진행이 요구된다.

증거에서 주장으로: 이것은 어떤 증거나 실험들을 통해서 결론에도달할 때 사용된다. 이럴 때에는 주제 문장이 끝 부분에 있을 때가많다. 아래 예를 통해서 저자가 주제문장인 "논리학은 재미있는 것이다"를 어떻게 이끌어 가는지 보라.

> 만약 당신이 바둑이나 장기의 작전을 좋아한다면, 만약 개구리가벽을 넘기 위해 계속적으로 3m 뛰어오르고 2m 미끄러지는 이야기나 두 사람의 사이를 주자의 콧등 사이를 열심히 왕복하는 파리 얘기에 흥미를 느낀다면, 만약 신문의 가로 세로 글자풀이를 좋아한

다면, 만약 숫자를 가지고 놀기 좋아한다면, 만약 음악이 어떤 형태로 표현된다고 느낀다면, 만약 전깃줄의 참새시리즈에 흥미를 느낀다면―당신은 분명히 논리학을 좋아할 것이다. 아마 경고를 먼저 들어야 할 것이다. 광신자가 되고 만다. 그렇지만 재미있는 시간을 갖는다. 가장 오래 가고 매혹되고 돈 안드는 쾌락을 얻는다. 논리학은 재미있는 것이다.

주장에서 증거로 : 가장 많이 쓰이는 방법인데 이것은 일반적인 주제 문장에서 시작하여 자세한 예나 자료를 가지고 증명하거나 설명하여 독자로 하여금 저자의 주장을 받아들이게 하는 것이다. 주제 문장이 대개 맨 앞에 나오는데 문단의 전체 내용을 요약해 소개하는 것이지만 분명히 자신의 주장이 있다. 이 방법은 하나 또는 몇 개의 보조 문장으로 그 내용을 설명해 주는 수가 있다. 그 다음에는 주제 문장을 뒷받침하는 내용인 자세한 예 또는 증거 등이 나온다.

아마 일곱이란 가장 강력한 수일 것이다. 숫자에 얽힌 미신이 있는 곳에 7이란 숫자는 결정적인 역할을 한다. 예를 들어, 동인도의 원주민들은 6일 일하고 7일째에 쉬기를 거절한다. 그렇게 하면 큰일이 난다고 믿는다. 그대신 선교사들이 뭐라건 8일째 되는 날 쉰다. 히브리인들에게 일곱은 신성한 숫자다. 성경에는 7이란 수가 많이 나온다. 하나님이 천지를 6일 동안 지으시고 7일째 쉬셨다. 같은 방법으로 창세기에 일곱 해 동안 풍년이 들고 일곱 해 동안 기근이 온다든가, 야곱이 레아를 위해 7년, 라헬을 위해 7년을 라반에게 일했고 그의 자식들도 그가 죽었을 때 7일간 곡했다. 여리고의 함락에서는 성을 일곱 번 돌았다. 발람은 일곱 제단에 일곱 수소와 일곱 양을 요구했다. 엘리야는 비를 위해 일곱 번 기도했고, 엘리사는 나아만에게 일곱 번 목욕하라 했다. 후에 예수께서 마리아의 일곱 귀신을 쫓아내었고 십자가에게 일곱 마디를 말했으며, 제자들에게 일곱 번만 아니라 일흔 번씩 일곱 번이라도 용서하라고 가르쳤다. 희랍 사람들도 일곱을 행운의 수라고 믿는다. 우리의 한 것은 7이란 수의 잠재력에 대한 공통된 신앙에 근거를 두고 있는 것이다.

이 방법을 사용하면 독자가 각 내용을 주제 문장과 연결시킬 수 있는 장점이 있고, 저자에게는 자신의 주장을 처음에 분명히 하기 때문에 불필요한 다른 설명을 할 필요가 없다. 또 다른 방향으로 흐를 위험이 줄어든다는 장점이 있다.

질문 - 대답, 결과 - 원인 : 논문 전체의 구성에는 가장 보편적인 방법으로 사용되지만 문단 구성에는 잘 사용되지 않는다. 그러한 문단이 씌어진다면 주제 문장 없이 그냥 질문과 대답이 나오게 된다.

시간 순서

· 첫 번 또는 가장 최근 것
· 둘째 번 최근 것
· 셋째 번 옛날 것

일어난 순서대로 또는 그 반대로 적는다. 주제 문장이 없을 때도 있다. 문단에서는 첫 번 것 또는 나중 것부터 적어나간다.

공간 순서

왼쪽 ➡ 오른쪽
앞 ➡ 뒤
위 ➡ 아래
다른 한 쪽에서 다른 쪽으로 논리적으로 이동

문단 안의 문장들로 한 쪽에서 다른 쪽으로 저자가 보는 대로 또는 마치 보는 것처럼 쓴다. 어디에서나 어느 쪽으로든 움직일 수 있으나 독자가 따라가기 쉬워야만 한다. 주제 문장이 없는 때가 많다.

증거 ➜ 주장

자료들이 주제 문장으로 결론지어지도록 나열된다.
↓
주제 문장

　　설명이나 예 또는 증거자료로써 결론을 끌어낸다. 결론이 곧 주제 문장이다.

주장 ➜ 증거

주제 문장
결론 또는 주장 뒤에 자세한 증거나 설명

주제문장
↓ 증거, 설명, 예
결론

　　주장이 먼저 주제 문장으로 나오고 그 다음에 설명, 예 또는 추리가 그 주장을 뒷받침한다.

　　주제 문장이 문단 끝에 다시 결론으로 나타난다.

질문-대답, 결과-원인

질문 또는 결과
↓
대답 또는 원인

　　문단이 질문이나 결과로 시작해서 질문은 대답이 나오고 결과는 그 원인이 보여진다. 대개 주제 문장이 없다.

④ 연결성(Coherence)

　　연결이 잘 된 문단에서는 비약이나 논리부족으로 인한 어색함 없이 독자들이 쉽게 한 문장에서 다음 문장으로 넘어갈 수 있다. 연결성이 결여된 문단을 읽을 때 독자는 따로따로 떨어진 문장들의 덩어리를 보는 것 같은 느낌을 받는다. 그러므로 한 문장에서 그것과 연결이 잘 안 되는 다른 문장으로 쉽게 넘어갈 수 없게 된다. 다음 문단을 보자.

(1) 나는 채용되어서 일을 시작했다. (2) 나의 지식은 주로 책에서 배운 것이었다. (3) 나는 처음 적응하는 기간의 어려움에 익숙치 않았다. (4) 나는 금방 나 자신에게 실망했고 내 직업의 불만 때문에 거의 그만 둘 지경이 되었다. (5) 내 상관이 이것을 눈치 챈 모양이었다. (6) 그는 나를 자기 사무실로 불러 내 업무에 관해서와 진급할 수 있는 기회에 관해 말해주었다. (7) 나는 내 자신이나 내 직업에 문제가 있는 것이 아님을 깨닫고 계속 일하기로 결심했다.

위의 예문은 완결되고 단일하고 또 논리도 있지만 아직도 무엇인가 부족하다. 즉 저자의 의도가 한 문장에서 다음 문장으로 부드럽게 넘어가지 않는다. 다시 말하면 문장들이 따로따로 있을 뿐이지 서로 연결은 잘 되지 않고 있다.

나는 채용되어 일을 시작했다. 그 때까지 내 지식은 주로 책에서 배운 것이었고 불행히도 그 책들은 적응하는 기간의 어려움에 관해 설명해주지 않았다. 따라서 나는 금방 나 자신에 관해서 실망했고 내 직업에 대한 불만으로 인해 직장을 거의 그만둘 지경이 되었다. 아마도 내 상관이 이것을 눈치 챈 모양이었다. 그래서인지 그는 나를 자기 사무실로 불러 내 업무에 관해서와 그것으로 진급할 수 있는 기회에 관해 말해주었다. 그 이야기가 대단히 큰 도움을 주었다. 그리하여 나는 내 자신이나 직업에 문제가 있는 것이 아님을 깨닫고 다시 일하기 시작하였다.

이 두 번째 예문은 먼저 것보다 읽기가 훨씬 부드러워졌을 것이다. 단어를 몇 개 더함으로 두 문장 사이에 다리가 놓여진 것이다. 이렇게 다리 놓는 단어는 문장과 문장 또는 생각과 생각 사이의 간격을 메꿔

주어 독자들로 하여금 저자의 의도를 쉽게 읽을 수 있게 하는 것이다.

한 문단 내에서의 연결뿐 아니라 문단과 문단 사이의 연결도 또한 중요하다. 그러므로 한 문단이 끝날 때 또는 그 다음 문단이 시작할 때 약간의 단어를 넣으면 문단과 문단 사이의 연결도 마찬가지로 부드러워진다. 문단과 문단 사이의 다리를 놓기 위해서 때때로 또 하나의 새 문단이 필요할 때가 있다. 이러한 전이문단은 앞의 문단들이 말한 내용을 요약하거나 그 중 중요한 주제만 다시 언급할 수도 있다. 혹은 다음에 무엇을 말하려는지의 내용에 관해 언급할 수도 있다. 다음은 전이 문단의 예이다.

시작하기 전의 요약 :

이 제안의 장점을 분석하기 전에 지금까지 말한 것을 음미해보자. 먼저의 계획이 사람들에게 여러 번 설명되었으나 빈번히 거부당했다는 것을 연구해 보았다. 또한 제안자들도 실재하지 않는 문제에 해답을 주려고 시도하고 있음을 분명히 밝혔다. 한 걸음 더 나아가서 그 계획은 아무에게도 이익을 주지 않고 다만 몇몇의 자본주만 명예롭게 될 뿐이라는 것을 지적했다.

몇 개의 예를 소개하기 위해 :

저자가 지금부터 말하려는 것은 대단히 추상적으로 보일 수 있다. 그러므로 좀 더 분명한 설명을 위해서 세 가지 예를 들어보겠다. 그것들도 일상생활의 경험에서 나온 것이다.

B. 효과적인 문단의 구성

다음에는 몇 가지 예를 들어 효과적인 문단을 만들어보자. 각기 먼저 문제를 말하고 다음에는 그것을 분석하고 마지막에 해결책을 찾아보라.

어떤 학생이 논문을 준비하고 있다. 그의 논지는 "토마스 제퍼슨의 글은 조심스런 연구와 개인 명상의 습관에서 이루어졌다"이다. 그 논지에 대한 한 설명으로 제퍼슨의 저서 「나사렛 예수의 생애와 도덕」을 인용하려고 한다. 다음이 그의 노트에서 수집한 자료의 내용이다.

---

1) 제퍼슨은 희랍, 라틴, 영, 불어를 사용해서 신약 전서를 읽었다.
2) 제퍼슨은 성경을 다른 책들과 같이 비판적으로 읽어야 한다고 생각했다.
3) 제퍼슨은 예수에 관한 글을 자연법칙에 근거해서 받아들이기도 하고 거부하기도 했다. 그러므로 예수의 가르침은 믿었지만 기적들은 믿지 않았다. 계시에 의해서 설명되어야 하는 것도 거절했다.
4) "내 생각에는 모든 기독교의 분파가 계시 외에는 하나님 존재의 완전한 증거가 없다고 하는 일반 교리로 인해 무신론자들에게 꼬투리를 잡히고 있습니다."―아담스에게 보낸 편지의 일부
5) 제퍼슨은 기독교를 도덕의 가장 순수한 체계로 본다.

만약 위의 내용을 그대로 연결하여 문단을 만든다면 아래와 같을 것이다.

제퍼슨은 희랍어·라틴어·불어·영어를 읽을 줄 알았으므로 신약전서의 내용을 여러 가지 언어로 읽었다. 그는 성경을 다른 책들과 같이 비판적으로 읽어야 한다고 생각했다. 그래서 그는 예수에 관한 글을 자연법칙에 근거해서 받아들이기도 하고 거부하기도 했다. 그러므로 그는 예수의 가르침은 믿었으나 기적은 믿지 않았다. 계시에 의해 설명되어야 하는 것도 거절했다. 아담스에게 보낸 편지에서 그는 "내 생각에는 모든 기독교 분파가 계시 외에는 하나님 존재의 완전한 증거를 알 수 없다고 하는 교리 때문에 무신론자들에게 약점을 잡히고 있습니다"고 썼다. 제퍼슨은 기독교를 도덕의 가장 순수한 체계로 본다.

이 문단의 약점을 지적한다면

1) 이 문단의 목적이 무엇인가? 물론 우리는 그의 논지가 무엇인지 미리 알고 있기 때문에 그가 이 문단에서 자신의 논지에 관한 설명을 하려는 줄 알고 있지만 이 문단만 보고는 도무지 알 길이 없다. 여기 나오는 자료들은 물론 제퍼슨의 생각이나 공부하는 습관을 나타내고 있지만, 주제 문장을 먼저 쓴다면 더욱 분명해질 것이다.

2) 여기에 제퍼슨의 글을 인용했지만 이 문단에서 또 다른 문장들과 무슨 관계가 있는지 밝히지 않고 있다. 앞이나 뒤에 몇 마디만을 덧붙여 자신이 왜 이것을 인용했으며, 그것이 이 문단에서 어떤 역할을 하는지 알려야 한다.

3) 계속적으로 '그'라는 대명사를 씀으로써 문단 내의 연결이 분명해지고 있지만 아직도 약간의 전이 문장이 필요하다. 특히 처음 두 문장과 마지막 두 문장은 아무 관계가 없어 보인다.

4) 특히 끝 문장은 전체 문단과 관련이 없는 엉뚱한 소리같이 들린다. 좀 더 설명이 필요하다.

다음이 발전된 문단이다.

　　그 책의 저술은 주로 두 가지 방법으로 이루어졌다. 즉 증거 자료의 조심스러운 수집과 비교, 그리고 권위보다는 이성을 토대로 해서 그것들을 받아들이거나 거절한다는 것이다. 증거들을 비교하기 위해 제퍼슨은 신약전서의 내용을 희랍어 · 라틴어 · 불어 · 영어로 나란히 놓고 읽었다. 그가 4가지 언어에 능통했기 때문에 이 방법으로 성경 말씀의 참 뜻에 더 접근하리라 느낀 것이다. 교회 전통에 의한 권위보다는 이성이 그를 인도함을 확신하기에 그는 성경도 다른 책처럼 비판적으로 읽어야 한다는 자신의 주장대로 따랐다. 따라서 그는 예수의 가르침을 나타내는 내용을 받아들이고, 기적에 관해 쓴 내용은 예수의 가르침과 아무 직접적 관련이 없다고 느껴서 거절했다. 또한 계시에 의해서 설명되는 부분도 거절했다. 그가 아담스에게 쓴 편지에는 "내 생각에는 모든 기독교인 분파가 계시 외에는 하나님 존재에 완전한 증거를 알 수 없다고 하는 교리 때문에 무신론자들에게 약점을 잡히고 있습니다."라고 했다. 그 결과가 바로 이 책인데 제퍼슨에 의해 기독교는 도덕의 가장 순수한 체계로 설명되고 초자연적인 설명이 요구되는 사건들은 제거되거나 의미가 약화되고 있다.

달라진 점:

1) 문단의 논지요 서론인 주제문장이 문단의 목적을 말해 주고 있으며 또한 '그 책의 저술'이란 말로써 앞의 문단(여기에는 나타나

지 않지만)에 관해서 언급함으로써 그것과 연결짓고 있다.

2) 왜 제퍼슨이 4가지 다른 언어로 된 성경을 나란히 놓고 읽었는지의 설명이 있다. 이 설명은 그의 철저한 공부 습관을 언급하기 위해 필요하다.

3) 그가 자료를 받아들이거나 거절하는 이유에 관해 먼저 문단보다 분명한 설명이 주어진다.

4) 끝맺는 문장은 여러 가지 증거자료들을 가지고 선명한 결론을 내려주고 있다.

5) 약간의 전이 문장을 덧붙임으로써 훨씬 부드러운 문단이 되고 있다.

6) 노트한 짧은 내용을 가지고 훨씬 창조적인 글을 만들어낸 것이다. 즉 그가 얻은 자료를 그냥 연결한 것이 아니라 자신이 이해한 대로 자신의 말로 형태를 주어 훌륭한 글이 되었다. 논문이든 짧은 에세이든 마찬가지이다.

지금까지 일반적인 글의 필수적인 요소들은 연구해 보았다. 이 내용들을 자꾸 읽고 완전히 숙달해야 할 것이다. 다음은 전문가의 글이다. 처음 주제 "영원히 살 것처럼"에서는 논지와 논지 설명이 주어진다. 첫 번 문단이 논지이다. 다음 "죽어본 자의 체험"에서는 논지를 뒷받침하는 예를 두 가지 들어 자신의 논지가 옳음을 증명하고 마지막 "보잘 것이 없는 존재"에서는 다시 논지를 확증하면서 재미있는 인용으로 끝을 맺는다.

지금까지 공부한 것들을 토대로 이 글과 함께 다른 글들도 읽고 분석 비평을 함으로써 비판력을 기르고 자신의 글도 향상시켜 보자.

천문학을 아시나요*

류 근 일

영원히 살 것처럼

인간을 하늘 높은 줄 모르게 오만하게 만드는 가장 큰 착각—그것은 마치 수 백년 수 천년, 아니 영원히 산다는 양 착각하는 아둔함이다. 사람은 기껏 살아야 80년, 그 이상 장수한대도 언젠가는 반드시 죽는다. 이러한 사실은 모르는 사람이 없다. 그런데도 곧잘, 마치 영원히 산다는 듯이 처신한다.

무슨 일이건 너무 지악스럽고 악착스럽게, 그리고 너무 염치없고 지독하게 하는 것을 보면, 그런 인상을 받는다. 대체 얼마나 살겠다고 저 야단인가 …

그런 사람들은 어쩐지 자신들이 언젠가는 죽으리라는 생각을 영 하지 않는 것처럼 보인다.

필자는 영국의 대영박물관에 들렀을 때 그런 감회를 강하게 느꼈다. 고대 앗시리아 제국의 석제 개선문 기둥, 이집트의 미라, 로마의 전차, 그리스 신전의 지붕 일부… 모두가 지금은 죽은 물체들이지 영원한 것은 없었다. 그러나 그때의 그 향유자들은 자기들의 오만의 상징들이 지금 이처럼 박물관 진열대에 처량하게 전시

---

* 「조선일보」 1984년 7월 13일자, 5.

돼 있으리라곤 꿈에도 생각지 않았을 것이다.

만약에 그때 그 사람들이 약간이라도 지금의 그 우중충한 진열대 위의 신세를 예견할 수만 있었다면, 아마도 조금쯤은 더 겸손하고 온유하지 않았을는지, 그래서 그런지 어떤 종교의식에선 이마에 재를 발라주는 행사가 있다. 당신들이 아무리 잘난 체해도, 언젠가는 한 줌 재로 돌아갈 뿐이란 엄숙한 상기이다. 이것이 상기될 때 사람은 결코 오만할 수도, 강포해질 수도, 편협해질 수도, 탐욕스러울 수도 없으련만, 그래도 사람들은 그런 이치를 모른다는 듯 살아간다.

이런 감회에 젖을 때마다 필자는 이미 몇 번을 더 읽었는지 모를 두 권의 책을 책상 위에 펼쳐 놓는다. 레이먼드 무디의 죽음에 관한 보고서와, 마이클 시드의 「호라이즌」이란 천문학 책이다. 앞의 책은 한 사람의 의학도가 수집한 죽었다가 깨어난 사람들의 이야기인데, 그렇다고 무슨 심령과학 운운하는 책은 아니다. 의사의 진단에 의해 심장이 멎었다고 판정됐던 사람들이, 어찌 어찌해 다시 살아난 사례들만 조사해서, 그들의 「증언」을 객관적으로 제시하기만 한 책이다.

죽어본 자의 체험

그 증언들 가운데 한 가지 각별한 흥미를 끄는 대목이 있다. 그것은 그들 모두가 "다시 산 이후엔 대단히 겸손하고 진지한 사람이 됐다"는 점이다. 왜 그렇게 됐을까 인생의 참 가치가 무엇인지를, '죽어있는 동안'의 체험(?)을 통해 분명히 알았기 때문이라 했다. 그리고 인생의 참 가치는 바로 삶과 사랑이라 했다. 어쨌든

이 보고서에서 인상적인 것은, 인간이 진심으로 죽음을 알게 되면서부터 무척 겸손해지더라는 사실이다.

뒤의 책은, 지구상에서 저 잘났다고 깝죽거리는 인간이란 존재가, 뭐, 그리 잘난 체 뽐낼 것이 없다는 교훈을 던져 준다. 수소와 헬륨과 기타 물질들의 먼지로 이루어진 성간물질—그 먼지들이 지극히 우연한 계기에 중력에 의해 똘똘 뭉쳐진 불덩어리가 요컨데는 별이라 했다. 지구란 말하자면 그 불타는 먼지 덩어리의 한 부스러기인 셈이고, 인간이란 또 그 부스러기의 한 작은 부산물밖에 더 되는가. 기껏해야 먼지의 아들—딸이란 이야기이다. 도대체 진짜 본체인 우주의 입장에서 볼 때는 인간이란 "아이쿠, 나는 개똥도, 아무 것도 아니올시다" 하고 백 번 야코가 죽어도 시원치 않을 존재라는…

그래서 이 책의 저자는 끝에다 이렇게 충고하고 있다. "우리의 책임은 우리 인류를 영구한 존재인 양 치부하는 것이 아니다. 우리가 할 일은 다만 이 행성의 믿을 수 있는 관리자로서, 그것을 보전하고 찬미하고 이해하는 것이다. 그러기 위해 우리는 지구의 자원과 다른 생명들에 대한 우리의 행위를 극적으로 바꾸지 않으면 안 된다." 요컨대, 좀 온유해지고 겸손해지자는 제언일 듯 싶다.

어떤 사람들은 이러한 감회를 허무주의라고 오해할지도 모르겠다. 그러나 이것은 허무가 아니라 오히려 진지함을 위한 이야기이다. 인간은 자신의 '죽음'을 알 때라야 비로소, 무엇은 해도 좋고, 무엇은 할 것이 아니라는 분별을 할 줄 알 것이니까.

필자가 갑자기 죽음의 보고서니 천문학 책이니 하는 것들을 들먹여 가면서, 이런 이야기를 꺼내는 까닭은 다른 데 있는 것이 아니다. 살다가보면, 사람이 마치 천년 만년 산다는 듯 온 세상을 땅땅 울리며, 다른 생명들에게 밥맛을 잃게 하는 일들을 곧잘 벌이기에 하는 말이다.

보잘 것이 없는 존재

이것은 현상적으로는 세속적 사회과학으로도 분석돼야 할 일이겠지만, 더 깊게는 죽는다는 사실을 잊고, 우주의 크기를 잊은, 오만과 어리석음의 탓이라할 것이다.

아무리 땅땅 큰소리를 내보았댔자, 언젠가는 박물관 진열대에나 오를까말까할 대단찮은 존재들…

"해도 달도 별도 죽을 것이다. 은하계도 죽을 것이다. 온 우주가 죽을 것이다. 인구를 조절하고 자원을 재순환시켜도 지구상의 생명엔 끝장날 날이 올 것이다"―「호라이즌」의 한 구절.

영구히 살 듯이 착각하는 사람들이 한 번쯤 읽어주었으면 좋겠다.

How to
논문작성 이렇게 해라
Write Properly

Chapter

3

서 평

 글쓰는 법을 잘 아는 사람은 다른 사람의 글을 읽고 평가도 할 수 있
다. 글쓰는 훈련이 되어 있으면 다른 사람이 쓴 글도 잘 평가할 수 있
기 때문이다. 또한 다른 사람의 글을 읽고 평가할 수 있어야 비로소 그
것들을 자료로 해서 글을 쓸 수 있다. 대부분의 자료는 다른 사람의 글
이므로 자료를 평가하는 능력은 좋은 글을 쓰는 필수 요건이다. 다른
사람의 글을 잘 평가하는 일과 글을 잘 쓰는 것은 상관관계가 있다.

 다른 사람의 글을 평가하는 일을 비평이라고 한다. 그런데 비평은
절대로 요약이 아니다. 책의 줄거리를 말해놓은 것이 비평이 될 수는
없다. 비평은 작품에 어떤 의미를 주지만 요약은 그렇지 못하다.

 책이나 논문을 비평할 때, 크게 나누어 4가지의 질문이 필요하다.
물론 이것이 자료를 평가하는 방법도 된다. ① 이 작품이 말하려는 것
이 한 마디로 무엇인가? ② 그것을 어떻게 증명했는가? ③ 그 과정이
올바른가? ④ 그 결과 이 분야에 무엇을, 어떻게, 얼마나 공헌했는가?

 비평은 세 가지 과정을 가진다. 즉 해석, 분석, 비판이 그것이다. 해
석은 작품 전체를 이해하여, 위의 4가지 질문 중 첫번째에 답하는 것
이다. 분석은 그 책의 저자가 논지를 증명하려고 취한 기술적 방법 즉
두 번째 질문에 대답하는 것이다. 그리고 비판은 작품을 평가해서 그
작품의 목적에 얼마나 효과적으로 씌어졌는지 설명하는 것으로 세 번
째와 네 번째 질문에 대답을 준다.

1. 해 석

첫번째 단계에서 비평가는 자신이 그 작품을 어떻게 이해했는지를 말해야 한다. 작품 내에 해석이 주어지지 않기 때문에 그 해석은 읽는 사람의 마음속에 있기 마련이다. 아래의 예는 셰익스피어의 희곡「햄릿」에 대해 만들어 본 여덟 가지 해석이다. 그것들 하나 하나가 작품으로부터 나온 해석들이다.

1)「햄릿」은 자신의 마음을 결정하지 못한 어떤 사람에 대한 연극이다.
2)「햄릿」은 전통적인 복수극이 셰익스피어에 의해 세련되게 만들어진 것이다.
3)「햄릿」은 우울증에 희생된 한 매력적인 왕자의 비극이다.
4)「햄릿」은 악한 환경과 악한 기준에 의해 변질되어 버린 한 도덕적 인간의 비극이다.
5)「햄릿」은 어머니를 사랑하고 아버지와 계부를 미워한 한 젊은이의 오이디푸스 콤플렉스의 극적인 예이다.
6)「햄릿」은 자기와 친했던 모든 사람들에게 파멸을 가져다 준 죽음의 사자를 그린 작품이다.
7)「햄릿」은 왕들에게 요구되는 무자비함과 지도자의 정치적 책임감이 양심에 의해 약해졌을 때 일어나는 문제를 다룬 작품이다.
8)「햄릿」은 무대 위의 계속적인 웅장한 장면으로 감동시키려는 대극이다.

위의 모든 해석들은 그 작품 내에서 그 해석들에 대한 증거를 찾아 낼 수 있다. 그러나 위의 해석들은 서로 일치하고 있지 않기 때문에 우리는 그것들이 각각 어떤 한 면만 강조하고 다른 면은 무시하거나 간과하고 있음을 알 수 있다. 각각의 해석이 어떤 통찰력을 가지고 있기는 하지만 모두 다 그 작품의 '참 뜻'을 설명해 주지는 못한다. 그저 비평가 자신이 어떻게 그 작품을 이해했는지를 설명한 것으로 볼 수 밖에 없다.

서평을 할 때는 어떤 단순한 사건을 보는 것처럼 객관적인 정확성을 요구할 수 없다. 각각의 비평가는 자신의 읽는 방법과 관심, 경험 등에 의해 해석하기 때문이다. 그렇기 때문에 단순히 어떤 해석이 옳다거나 틀리다거나 말할 수 없게 된다.

그러나 비평에는 논리적인 기준이 있다. 따라서 학문적으로 잘 다져진 작품의 내용이나 사실들에 모순되지 않는 비평이 주어져야 할 것이다. 아무런 논리적 근거가 없는 평은 삼가야 할 것이다. 그렇지 않으면 그 서평을 읽는 독자는 공감할 수 없게 된다.

앞에서 밝혔듯이 해석은 절대로 요약이 아니다. 또한 줄거리나 말하는 것이 비평이 될 수는 없다. 비평은 작품이 의미를 주지만 요약은 그렇지 못하다. 예를 들어서 윌리엄 골딩의 소설 「파리대왕」의 요약은 그 소설의 내용을 순서대로 설명해 줄 수는 있다. 다음의 예를 보면 아주 일반적인 내용 외에는 상세히 요약하지 않는 것을 알 수 있다. 오히려 그것은 내용이 주는 의미를 서술하고 있다. 즉 비평가는 중요한 것이 무엇인가를 결정하는 것이다. 이것은 한 비평가의 해석이다.

이 책은 은유의 방법을 쓴다. 소년들은 전형적인 인간 본성을 상징하고 있다. 그들을 섬에 고립시킨 것은 인간의 참 모습을 그리기 위해서이며 문명이란 것을 초월하기 위한 착안이다. 이 책은 초자연이라든가 계시라든가 하는 것과는 아무 상관이 없다.

이 책의 논지는 인간 조건이 불합리하다는 것이다. 인간에게는 본래 타고난 천성이란 것이 없고 오히려 혼돈스럽고 무자비하며 맹목적인 힘, 즉 무의미하고 난폭한 힘으로부터의 이상 생성물이란 것이다. 인간은 이러한 힘들로부터 시작했으며 다시 그 속으로 후퇴하고 있다. 그 섬에서 일어나는 폭력들은 세계 도처에서 일어나는 폭력의 상징이다. 그 섬에서 소년들은 어떤 핵전쟁의 결과로 모인 것처럼 보인다. 그 섬을 침입한 사람은 격추당해 죽은 조종사뿐이었고, 결국 소년들은 전함에서 싸우는 무장한 사람들과 그 섬을 떠난다. 모든 것이 묘사되고 끝났을 때 인간의 조건은 무엇인가 저주스러운 것으로 비쳐진다. 그러므로 이 소설은 다분히 현대 사상과 예술의 정신을 표현하고 있다.

불을 유지하겠다는 랠프의 망상은 문명이 구원을 가져다 줄 것이라 믿는 인간의 망상을 의미하고 있다. 불의 사용이 문명 예술과 과학을 상징한다는 것은 프로메데우스의 전설에서 묘사되었는데 혼돈의 세력이 불을 다시 훔쳐가려고 계획할 때 그 전설이 회상된다. 여하간 문명이란 인간의 근본적인 본성을 감추는 순간적인 겉치레에 지나지 않는 것이라는 것이다. 그리고 압력에 못 이겨 문명의 주인공 랠프 조차도 불의 중요성을 잊고 원시단계로 돌아간다.

소년들이 섬에 도착한 직후 폭력과 맹목적 힘과 잔인한 세력은 잭과 로저의 일당에 의해 대표되어 랠프 그룹으로 대표되는 문명의 가치와 전통적인 권위에 대항해 주도권을 잡기 위해 몸부림친다. 이 폭력과 원시적 혼돈을 동경하는 소년들은 사냥하는 무리로 묘사된다. 곧 사냥과 피에 굶주린 그룹이 문명의 가능성을 가진 불을 잃게 만들자 그들의 적대감은 원한으로 변한다. 이 시간에 어떤 괴상한 짐승의 유령이 소년들에게 나타나기 시작한다. 그들 가운데 있는 어떤 초자연적인 힘에 대한 두려움이 커지면서 이 짐승은 그들에게 공포와 분열의 원인이 된다.

그 짐승은 무엇인가? 그것은 인간 자신이다. 피기가 이것을 암시한다. "난 그런 짐승이 없다는 것을 알아—내 말은 발톱과 그런 모든 것을 가진 짐승 말야. 그렇지만 그것은 무서움 자체만도 아니야—우리가 사람들을 무서워하지 않는다면." 그러나 예언자 사이몬이 진실을 분명히 말한다. "어쩌면 그런 짐승이 있을지도 몰라… 그것이 우리들인지도 몰라. 우리는 어떤…" 사이몬이 인간의 근본적인 문제를 표현하는 순간에 표현이 불분명해진다. 그러자 영감이 그에게 떠오른다. "무엇이 가장 더러운 것인지 아니?" 이 당돌하고 의미 있는 응전의 대답으로 잭은 이해 못할 침묵으로 빠져든다. 이 문단은 결정적이다. 인간의 가장 야비함이 인간 자신의 상징으로 사용된다. 이것은 어쩌다 나온 표현이 아니다. 왜냐하면 인간의 쓸모 없음이 책 전체를 통해서 깔려있는 내용이기 때문이다. 이러한 견해에 대한 수정 가능성은 그 짐승이 사이몬에게 나타나서 그의 통찰력을 확증함으로 깨어져 버린다. "짐승이 네가 사냥해서 죽일 어떤 것이란 생각은 망상이야! 넌 알고 있었지? 내가 너와 같은 편이라고? 다 끝났다! 내가 다 틀리게 만든 이유라고? 어떤 이름이 이 짐승에게 주어졌나? 그것은 '파리의 왕'이다. 이것은 독자들을 위한 해석이다. 왜냐하면 아랍어의 '바알세불'이 항상 그렇게만 번역되지 않기 때문이다. 다른 의미가 또 하나 있는데 그것은 '똥의 왕'이다. 이 짐승이 바로 인간 본성 자체이다. 인간—무용지물로 상징된 비열하고 악한 것. 이것이 바로 잭이 숭배하고 경배하는 악한 세력인 것이다.

인간이란 결국 자신이 나와서 다시 그 곳으로 들어가는 더 큰 혼돈의 한 부분에 지나지 않는 것이다. 사이몬의 살해는 소년들이 우주의 광포 즉 찢어지는 바람, 몸서리쳐지는 천둥과 세찬 폭풍우로 상징되는 난폭한 춤을 출 때 일어난다. 그리고 죽은 자들은 어디로 돌아가는가? 사이몬과 피기는 바다로 운반되어 나간다. 불가항력적인 움직임으로 우주의 광활하고 무의미한 목적임을 상징하는 바다로. 이것이 9장 마지막 문단의 중요한 내용이다. "두 사람만이 죽었습니다." 랠프가 구조대원에게 하는 말이다. 그리고 의미심장하게 덧붙인다. "그리고 그들은 사라졌습니다."

그렇다면 이 책은 인간과 우주를 무자비하고 불합리한 혼돈으로 묘사하고 있는 것이다. 현대 예술의 전형인 이 예술적인 이상이 인간이 가진 절망의 의미와 미움을 가리킨다. 인간은 인간을 죽도록 미워함으로 사탄과 한 패가 된다. 이것이 바로 어떤 비평가들이 현대 예술의 어떤 면을 마귀적이라고 정의하는 이유이다. 이 책 제목 자체가 대단히 냉소적이다. 앞에서 말한 대로 '파리 대왕'이란 단어는 바알세불의 번역이다. 그리고 바알세불은 사탄이다.

이 비평을 쓴 사람은 이렇게 이해하고 독자들과 함께 자신의 그러한 이해를 나누었다. 이렇게 함으로써 자신의 해석을 증명해 주는 소설 내의 사건들을 상징하고 배열하였다. 그의 선정과 배열은 주관적이며, 그것은 책에 대한 개인적인 견해에서 나온다. 그러나 그의 해석이 소설의 내용과 모순되지는 않는다. 만약 그가 저자와는 다른, 자신의 개인적 견해에 맞추기 위해서 소설의 내용과 의미를 왜곡시킨다면 그러한 해석은 믿을 만한 것이 못된다. 같은 유의 서평을 하나 더 보자.

노인과 바다

전 순 섭

논지 파악   이 작품의 주제를 한 마디로 말한다면 주인공 산티아고가 한 말 "인간은 죽는 일이 있을지언정 지지는 않는다"라는 인간승리에 집약되어 있다고 할 수 있다. 어네스트 저자의 입장을 해석한다.

전체 작품에 대한 해석

논지를 증명하기 위해 논지와 관련시킨 내용 요약

헤밍웨이가 삶의 절박한 패배의식을 감추기 위해 자살하였던 것만 같은 생각이 든다. 그는 자신과 반대로 작품 속에서 강한 인간 의지를 나타낸 것이다. 그의 여섯 번째 작품인 「노인과 바다」는 한 인간이 굳은 신념과 인내로 고독과 허탈을 극복하는 진정한 승리를 나타냈을 뿐 아니라 또 다른 꿈을 연속적으로 간직하게 만드는 여운을 남긴 작품이다.

세상의 황혼기에 접어든 노인은 아내도 잃은 홀아비 어부이다. 그는 넉넉한 고기잡이 도구도 제대로 갖추지 못하고 넝마조각과 같은 돛을 달고 조금만 파도가 심해도 침몰할 것 같은 작은 목선을 갖고 있다. 이렇게 비참하리만치 가난한 어부인데다 그나마 생계를 연명할 고기잡이마저 되지 않는다. 하루하루의 끼니를 걱정해야 할 그에게 닥친 불운은 자칫 그로 하여금 삶의 포기까지 우려되는 84일 간이란 긴 날들을 바닷가에서 빈 그물을 들고 세상사를 한탄하게 한다. 그러나 그는 좌절하지 않고 그물을 고치며 누더기 돛을 달고 새로운 희망을 품고 바다로 떠난다. 무엇인가에 기대를 갖고 목선에 꼭 한 번쯤 만족하리 만큼 고기를 채울 날이 올 것이라는 강한 신념 속에 나가는 것이다…(중략)

대어를 잡고 뿌듯이 귀환한다. 그러나 인간사는 그렇게 쉽지 않았다. 피 냄새를 맡고 쫓아오는 상어의 추격을 한 마리, 두 마리 물리치지만 아귀같이 몰려드는 상어에게 대어를 내어주고 만다. 배가 해변에 닿았을 때는 뼈만 앙상하게 남은 말린을 바라보며 철저히 허탈해지는 노인을 발견할 수 있다. 마스트를 내려 돛을 감고 지칠 대로 지친 몸을 끌고 오막집에 들어간 그는 물을 한 잔 쭉 들이키고 깊은 잠에 빠져든다.

"노인은 사자 꿈을 꾸고 있었다… 이것이 다시금 노인
에게 신념을…" 새로운 바다에로 향한 여운을 남기고 있
는 구절이다. 노인은 뼈만 남은 말린을 끌고 왔지만 패배
하지는 않았다는 것을 작가는 강렬히 주장하는 것이다.
"인간은 죽는 일이 있을 망정 지지 않는다"는 주인공의
말은 인간정신의 최상으로 불굴의 투쟁정신으로 인한 인
간의 영원한 승리를 의미한다. 늙은 어부 산티아고의 이
말은 철학도 사상도 아닐지 모르지만 인간의 보편적인 목
표라 할 수 있겠다. 대어와의 싸움 뒤에 오는 노인의 불
행은 인간의 패배를 의미하는 것이 아니라 비극 속의 인
간승리를 보여주고 있다. 인간의 신념, 한계, 참다운 행동
에 대한 이상을 이 작품을 통해서 본다.

2. 분 석

기술적인 분석은 작품의 구조, 증명 방법, 관점 등을 설명한다. 논
문을 비평할 때는 저자가 전체를 증명하려는 논지나, 해결하려는 문
제(혹은 문제들)가 무엇인지를 반드시 찾아내어야 할 것이다. 논지와
전체의 내용이 서로 어떻게 연결되어 있는지, 어떤 식의 논리를 전개
했는지는 이 책의 제1장 '글의 필수 요소들'을 통해서 볼 수 있을 것
이다. 다음은 기술적 분석의 예이다.

〈월터 미티의 숨겨진 생활〉 James Thurber 저

〈월터 미티의 숨겨진 생활〉이 그저 재미있는 하나의 단편 이상의

위치를 차지함은 저자의 고유하고 재치 있는 대조의 방법에 있다. 예를 들어 처음 세 문단을 보자. 여기에서 미티의 상상력이 그의 실재와 함께 나란히 나열된다. 철심장의 해군 사령관 미티가 부하들에게 명령하는 것과 겁쟁이 미티가 자기 아내로부터 명령받는 것의 대조가 너무 명확하게 나온다. 대조의 사용이 이야기의 앞부분에만 제한된 것이 아니다. 오히려 이것은 마지막 단어에까지 계속적으로 사용된다. 번개 같은 두뇌의 소유자 유명한 의사 미티와 자동차 주차도 제대로 못하고 바퀴의 사슬도 못 벗기며 개의 비스켓 살 것도 아주 쉽게 잊어버리는 미티는 너무 대조적이다. 무엇을 볼 때의 용감한 미티 선장이 움직이지 않고 위엄 있게 서 있는 것과 호텔 로비의 한 구석에서 사람들을 피해 조용히 숨어있는 것도 역시 대조적이다. 대조가 어떤 작가에게나 효과적인 방법이기는 하지만 터버(Thurber)의 분명한 묘사는 그 효과를 놀랄 만큼 강화시키고 있는 것이다.

대조된 내용들을 대강 읽고 난 독자들은 상상도 미티와 실제 미티 사이에는 아무런 연관이 없다고 느낄지도 모르겠다. 그러나 좀 더 자세히 보면 저자가 여러 가지 표현으로 사실상의 미티와 가공의 미티 사이를 잘 연결하고 있는 것을 볼 수 있다. 다음은 첫 번 문단의 마지막 문장과 두 번째 문단의 첫 번 문장이다.

"그 사람[미티]은 우리 문제를 해결해 줄 거야" 그들이 서로 하는 말이다. "그 늙은이는 지옥도 무서워하지 않거든!…"

"그렇게 빨리 가지 말아요! 당신 왜 그렇게 빨리 몰아요?" 미티 부인의 말이다. "왜 그렇게 덤벼요?"

이 내용들을 볼 때 미티부인과의 생활이 지옥하고 연관되었지 않은가 하는 두려움이 일어난다. 불행하게도 그것은 사실이었다. 미티 부인이 렌쇼우 박사에 대해 말한 것과 차가 병원 옆을 지나게 된 것을 통해서 어떤 연상이 일어나는가? 미티는 금방 자신이 유명한 외과의사 렌쇼우를 도와 어려운 수술을 하는 상상에 빠져든다. 또 신

문팔이 소년이 외치는 워터베리 사건 재판이란 기사 제목이 그 다
음 문단에서 어떻게 월터 미티 자신의 재판으로 바뀌어 버렸는가를
주목해 보라. 현실의 사건이 즉시 상상 속의 사건으로 바뀌게 만드
는 뛰어난 전이의 기법은 문학적 관점에서 뿐 아니라 심리학적 관
점에서도 바람직한 것이다.

이 비평자는 해석에는 관심이 없다. 왜냐하면 어떤 소심하고 불안하
며 약한 사람이 영웅적인 환상 속으로 피신할 수 있다는 터버의 이야
기는 누구나 금방 이해할 수 있기 때문이다. 먼저 그는 해석 대신에
이 내용을 전달하는 터버의 방법을 분석하였다. 그는 우선 월터 미티
의 현실체계와 그의 백일몽의 세계를 오락가락하면서 반복적으로 대
조법을 사용하면서 여러 가지 해당된 실례들을 들고 있다. 다음에는
그 대조법에 있어서 반대요소들이 생각이나 말에서 묘한 연관성이 있
음을 보여준다.

3. 비 판(Judgment)

해석을 통해 서평자는 작품의 내용에 관해 말한다. 분석을 통해서는
그것이 되어진 방법을 논한다. 비판은 그 작품이 효과 있게 되었는가
그리고 그것의 중요성이 무엇인가를 밝힌다. 해석을 통해서는 우선
논지와 관련 주제들이 발견되어야 한다. 그리고 분석을 통해서 그것
이 어떤 방법을 통해서 증명 또는 설명되었나를 알아본다.
비판은 논지가 어느 면에서 받아들일 만하고 또 어떤 면에서 받아들
일 수 없는지 이유를 밝히며 아울러 논지의 공헌한 점이 무엇인가를

지적한다. 비판의 단계에서는 다른 어느 단계보다 더욱 분명하게 작품 전체에 대한 견해를 피력함으로써 그 작품을 평가하는 것이다. 자신의 견해를 뒷받침하기 위해 서평자는 본문에서 증거를 제시해야 하는데 그때는 기술적인 분석이 포함되는 것이 보통이다.

이제 학생이 쓴 카뮈의 「행복한 죽음」의 서평을 통해 비판의 과정을 살펴보자. 왼쪽에는 서평에 대한 설명을 붙였다.

행복한 죽음

원 필 현

작품의 논지 카뮈의 첫 소설인 「행복한 죽음」은 그가 「이방인」을 쓰기 전에 썼고 바로 그것이 모체가 되었다고 보는 작품에서의 행복이란 오직 경제적인 것만을 추구하고 있다. 왜

논지 설명 냐하면 돈을 가졌다는 것은 시간을 가졌다는 것이며 이로써 모든 것을 살 수 있고 누릴 수 있기 때문이다.

저자의 배경을 살 핌으로 이 작품에 서의 입장을 연구 한다. 카뮈는 알제리의 몽도비에서 가난한 광산 노동자의 아들로 태어났다. 그는 제1차 세계 대전을 거치며 빈민굴에서 그의 유년시절을 보냈다. 그후 그가 술회하듯 "나는 가난 속에서 자유를 배웠다"는 그의 말은 작품에서 경제와 행복의 함수 관계가 성립되어 등장하는 것은 당연한 것처럼 보인다.

이 작품은 2부 각 5장으로 이루어졌으며 1부는 자연적인 죽음을, 2부는 행복한 죽음을 그리고 있다.

줄거리가 논지와 관련되어 요약된 다. 이 작품의 줄거리를 보면 다음과 같다. 서민생활을 하는 말단 사무원 빠뜨리쓰 메르쏘는 비참한 생활을 하는 통장이와 한 집에 살고 있다. 그가 좋아하던 여자 마르뜨에게는 불구자인 롤랑 자그리스라는 첫 애인이 있었는데

그녀의 소개로 메르쏘는 자그리스를 알게 되고 그와 함께 이야기를 나누는 동안 그가 돈을 어떻게 벌었나를 알게 되고 그를 살해한다. 그후 메르쏘는 두 가지의 연속적인 행복한 생활을 맛보려 한다. 처음에는 메종 드랑 르 몽드에서 세 여자와의 공동 생활에서, 다음에는 슈누아에서의 금욕적인 고독 속에서, 뤼씨엔느와 세 명의 여자 친구들의 방문을 받으면서, 그는 행복을 정복하였고 자그리스의 생각을 해가면서 죽을 때까지 행복을 간직한다.

논지의 증거들을 나열한다.

카뮈는 논리성 있게 이 글을 전개해 가고 있다. 실상 의·식·주 문제에 한정될 수밖에 없는 메르쏘의 노동생활, 정말 행복을 모르고 의식하지도 못한다. 그러나 자그리스와 함께 있으면서 그로부터 의식이 살아난다. "메르쏘, 당신은 가난하오. 그것이 당신의 혐오감을 반은 설명해 주고 있오." "돈이 없이는 행복할 수도 없다는 것을 나는 확신하오… 그런데 소위 엘리트라는 사람들은 돈이 없어도 행복해질 수 있다고 생각하는 일종의 속물 근성이 있습니다." "돈을 가졌다는 것은 시간을 가졌다는 것이요. 부자라거나 부자가 된다는 것은 바로 우리가 행복해질 수 있을 만할 때 행복하기 위한 시간을 갖는다는 것이지요." 메르쏘는 자신의 행복을 위해 그렇게 말하는 자그리스를 살해하고 유서로 인하여 완전범죄에 이른다. 그는 돈을 가졌으므로 부자가 될 수 있어 여덟 시간의 구속된 시간으로부터 해방되어 여행을 떠나 몸을 불태우는 여자들과 만나 즐긴다. 또한 그는 자동차뿐만 아니라 무엇이라도 살 수 있다. 무엇이라도 행할 수 있다. 무엇보다도 그는 시간이 있었던 것만으로도 행복했다.

논지와 저자의 입장을 비판한다.

카뮈는 행복의 조건을 경제적으로 보았고 그가 행복의 시간이라고 할 수 있는 것은 결국 여행과 그 과정에서 여자들과의 충동적인 유희 같은 것뿐이었다. 정말 행복의 조건이 경제력으로 평가될 수 있는 것일까? 만약 경제력이 모든 개인의 행복을 보장하고 이끌어 줄 수 있다면 물질이 풍족하고 여가시간이 풍부한 선진국 사람들은 과연 행복하기만 할까? 반면에 계획된 시간 속에서 살면서 정신적인 면으로만 풍족할 가능성이 있는 노동자들은 모두 다 불행한가? 카뮈가 본 작품 속에서 행복 즉 경제력만이 인간을 시간 속에서 해방시키므로 무엇이든 원하는 것을 할 수 있으므로 행복이라는 것은 분명한 잘못이며 그의 이 같은 무책임한 사고는 이 사회를 더욱 병들게 할 것이다.

서평자의 입장　　　행복은 결코 방종을 통해서는 얻어질 수 없는 것이다.

다음에는 시를 기교의 면에서 비판하지 않고 의미를 비판한 예이다. 먼저 번역된 시를 읽어보고 학생의 비평과 대조해 보자.

조용하고 끈질긴 거미

조용하고 끈질긴 거미 하나
조그만 가지 위에 외로이 섰다.
실, 실, 실 그는 앞으로 던진다.
풀어서 끈질기게 성공할 때까지

그리고 너 홀로 선 내 영혼아
우주의 망망한 대양속에 던져졌지만
하늘에 닿기 위해 쉴새없이 생각하고, 탐험하고, 던져라

다리가 만들어질 때까지, 닻이 걸릴 때까지

너의 실이 어딘가 닿을 때까지, 내 영혼아.

— Walt Whitman

이제는 학생의 평을 보자.

작품 소개와 함께
비평자의 논지가
나온다.

　　〈조용하고 끈질긴 거미〉는 한 세대에는 전위적이었던
것이 다음 세대에는 진부한 것으로 바뀔 수 있다는 사실
을 실증하는 작품이다. 휘트먼은 그의 시대의 선구자로서
규정된 형식을 깨고 자유로운 운문을 사용했고 인습적인
표현을 버리고 감정을 거침없이 표현했다. 이 시가 바로
그러한 시도의 대표적인 실례이다.

작품의 논지 소개

　　이 시 전체는 집을 짓기 위해 최초의 거미줄 한 가닥을
걸어 매려는 한 마리 거미의 노력과 자신의 안전을 찾아
몸부림치는 인간 영혼의 노력을 비교하고 있다. 그 둘의
행동에서 하나는 현실적이고 확실하지만 다른 하나는 상
상적이고 막연하다. 그렇지만 둘 다 끊임없는 시도와 실
패의 연속적인 과정 속에 있다. 시 속의 거미와 영혼은 모
두 성공하지 못하고 있으나 독자들은 그들의 시도가 계속
될 것을 알고 있다.

작품의 표현 방법
을 분석하였다.

　　이 계속성을 암시하기 위해 휘트먼은 어법과 구문과 운
율을 적절히 사용하고 있다. 첫째 단에서 '실, 실, 실'을
반복한 것과 둘째 단에서 '내 영혼아'를 반복한 것, 그리
고 둘째 단의 기다란 행은 동작의 연장을 표현하려는 의
도에서 쓰였다. 첫째 단은 긴 시간의 인상을 그리고 둘째
단은 완성되지 않은 문장으로 끊임없는 연속을 암시하고
있다.

내용을 해석한다.

　　이 시에서 거미와 영혼이라는 매우 다른 대상을 비교함
에 있어서 작가는 하나의 공통적인 은유의 형태를 빌어서

이 둘을 연결시켰는데 그것은 망망한 대양 속에서 닻을 걸려고 애쓰고 있는 한 조각배의 이미지였다. 그 결과로 이 시는 3가지의 이미지를 담고 있다: 거미, 영혼, 그리고 닻줄을 풀고 있는 조각배.

비평자의 비판이 논리적으로 주어진다.

만약 휘트먼이 그의 시에서 자연의 사물들보다 추상적인 어떤 것과 비교해 보았더라면 재미없었을까? 내 생각으로는 그의 생각이 진부하기 때문인 것 같다. 로버트 부루스가 거미를 보고 그 끈기 있는 투지를 자기 행동의 모범으로 삼은 이야기는 누구나 다 아는 내용이다. 이 시는 거의 같은 내용을 좀 더 세련된 방법으로 말하고 있을 뿐이다. 또한 작시법도 이제는 휘트먼에서 더 발전해 이 시에서 사용하는 그런 단순한 비교법은 별로 인정받지 못하는 단계에 이른 것 같다. 독자는 이 시의 의미를 쉽게 알 수 있다. 그러나 그 의미는 좀 고리타분한 것이며 너무 뻔한 것으로 알 것이다. 인간 개개인은 광막한 세계에 고립된 존재이며 자기 밖의 다른 존재나 그 무엇과 관련을 맺어야 한다는 말은 우리 세대에 와서 별로 새로운 소식이 못된다. 뛰어난 시는 시대를 초월해 인정을 받을 것이다. 그러나 이 시는 한 세기가 지나자 이미 낡은 것이 되어버렸다.

비판의 초점이 저자에게 맞추어져 있다. 그러므로 그의 논지나 입장을 비평하게 된다. 그러나 해석과 기술적인 분석의 단계도 포함하고 있음을 잊지 말라. 위의 글을 쓴 학생은 시의 해석이 어렵지 않다고 생각하였다. 또한 비판의 초점을 기술적인 결점에 맞추지도 않았다. 그는 개념의 진부함을 비판했다. 그러나 해석과 분석도 포함시켰다. 그 결과 그는 자신이 시의 구조를 이해하고 있으며 자신의 비판이 편견에서 나온 것이 아님을 증명할 수 있었다.

　많은 학생들이 자료가 많아야만 그것을 보고 글을 쓸 수 있다고 주장한다. 그러나 짧은 자료를 가지고 자신의 의견을 논리 있게 설명함으로써 얼마든지 긴 글을 쓸 수 있는 것을 위의 예에서 보게 되었다. 글의 됨됨이는 자료의 많고 적음보다 그 자료를 보고 평가하는 이에게 달려있다.

4. 서평을 위한 읽기와 질문

　좋은 서평을 위한 준비단계는 주의 깊게 작품을 읽는 것이다. 처음부터 읽는 목적을 가지지 않으면 무비판적으로 되어 빈약한 서평을 낳는다. 이 말은 처음 30페이지 정도에서 자신의 입장을 정해버리고 남은 부분은 그 성급한 판단을 뒷받침해줄 만한 증거를 찾기 위해 훑어나가야 된다는 뜻이 아니다. 오히려 그 반대이다. 현명한 서평자라면 드문 경우를 제외하고는 책 전체를 다 읽기 전에 최종적인 판단을 내리지 않는다. 그러나 주의 깊게 읽노라면 비판들이 떠오른다. 그러면 계속 읽어가면서 잠정적으로 그 비판들의 증거를 찾아볼 수 있겠다.

　책을 읽을 때 가장 중요한 것은 서론 또는 머리말 부분이다. 여기에는 대개 그 책의 목적이 나타나 있으며 때로는 전체 내용을 요약해 준다. 서론에는 언제나 저자가 주장하는 논지가 나타나 있기 마련이다. 이것이 책 전체를 통해 증명하려는 저자의 제안이요 의견인 것이다. 서론 부분에 서평에서 고려해야 할 어떤 설명이 들어있을 수도 있다. 예를 들어 존 F. 케네디의 전기를 쓰는 작가가 만약 그의 서문에서 자신의 연구를 케네디의 정치생활에만 국한시켰다고 말했다면, 그러한 진술은 읽지 못하고 그 책이 케네디의 사생활을 적절히 그리지 못했음을 비난한다면 곤란한 일이다. 서평자는 저자가 애초에 의도하지 않았던 일을 하지 않았다고 그를 비난할 권리는 없는 것이다. 제4장의 「서론」 부분(150쪽 이하)을 참조하면 도움이 될 것이다.

대부분의 책들은 읽어나가면서 카드에 주를 만드는 것이 좋다. 카드 작성시에는 그 작품의 목적과 논지에 대해서, 구조와 방법에 대해서 써 놓으라. 그리고 자신의 해석과 분석 또는 비판을 하되 관련된 내용을 증명하거나 잘 설명해 주는 구절이나 페이지를 함께 적어두어야 한다. 이러한 기록의 목적은 두 가지이다. 독서를 주의 깊게 만들어 주므로 그 작품의 성공이나 실패에 대한 날카로운 통찰력을 가지게 하며, 자신의 견해를 증명해 줄 내용을 찾기 위해 이미 읽은 내용들을 뒤적거리는 수고와 시간을 줄여주는 것이다.

보다 전문적인 서적에는 해석, 분석, 비판 등의 과정이 더 세분화된다. 다음의 내용은 미국 대학원에서 사용되고 있는 서평을 위한 질문들이다. 이러한 질문의 해답을 서평에 포함시켜야 한다. 그러려면 이러한 질문들을 마음속에 가지고 전문서적들을 대해야 한다. 그러나 이것들도 역시 해석, 분석, 비판의 좀 자세한 형태일 뿐이다.

서평을 위한 질문들

1) 어떤 관심, 입장, 편견 등이 저자의 분석에 영향을 주었나? 어떤 입장에서 이것들이 출발했나?

예를 들어 정치, 경제, 이념적인 입장 등이 저자의 판단을 좌우했는가? 저자의 개인적 이력이나 경력의 요소들이 어떻게 그의 견해와 관련되었나? 그래서 이러한 선입관들이 저자의 주장에 어떤 영향을 주었나?

2) 이 작품의 주요 논지가 무엇인가? 어떤 주제, 논쟁, 해석들을 이 논지가 포함하고 있는가? 다른 주요한 논지들이나 주제들이 또 있는가? 어떤 상황에서 또는 어떤 입장에서 이것들을 보았는가?

3) 어떤 특별한 장점을 이 논지가 소유했는가? 이 논지로 인해서 어떤 질문들이 일어나는가?

4) 이 논지가 옳다고 생각되는가? 논지를 지지하거나 반박하기 위해서는 어떤 증거가 필요한가? 그 논지를 위해서 어떤 증거를 사용했는가? 그러한 주장의 약점은 무엇인가?

5) 이 작품이 해당 주제에 관해서 학문적인 이해를 돕는데 어떤 공헌을 했는가? 다른 지적할 만한 강점은 무엇인가?

이 작품이 이 분야에 어떤 새로운 방향을 제시해 주었는가?

이 작품에서 지금까지의 견해에 대해 문제를 제기하거나 수정하게 한 것이 있는가?

6) 주제에 관한 중요한 내용이 소홀히 되거나 불명료하거나 잘못 다루어지지 않았나?

7) 이 작품의 범위가 해당 현상에 대해서 적절한가? 어떤 필요한 인물이나 그룹, 개념이나 운동 또는 기관 같은 것들이 범위에서 제외된 것은 없는가?

8) 연구방법이나 서술방법이 주제에 적합한가?

더 나은 방법은 없는가?

9) 이 작품에 포함된 다른 개념들, 예를 들어 인간본성, 세계관, 역사관, 기타 등은 무엇인가?

10) 이 작품의 조명 하에서 현재 상태에 직접적으로 해당되는 일이
    있다면 무엇인가? 예를 들어 사회, 국가, 세계, 교회, 또는 자신
    의 삶 등이 해당되는 일이다.

5. 서평 쓰기

　서평에 있어서 작업상의 문제점들은 특별히 없다. 이 책의 1장에서
제시했던 글쓰는 요령에 의해 이 장의 앞에서 지적했던 내용에 따라
쓰는 것이다.

　서평을 쓸 때 두 가지 분명히 할 것은 독자들이 이해하기 쉽게 써야
한다는 것과 작품에 대한 전반적인 비평을 하는 것이다. 무엇보다도
무엇을 말할 것인지 분명히 알고 밝혀야 한다. 만약 작품을 다 읽고 난
뒤에 판단이 분명히 서지 않으면 서평 쓰기를 시작하지 말아야 한다.

　1) 저자를 소개한다. 즉 독자에게 저자가 누구이고 그가 쓴 다른 책
　　 은 무엇이며 이 책을 어떻게 쓰게 되었는가를 밝힌다.

　2) 저자가 제기하는 문제에 대한 설명이나 논지에 대한 설명으로부
　　 터 시작한다.

　3) 서평의 내용에 관련된 간단한 이야기나 예화로부터 시작한다.

　4) 작품의 목적을 잘 표현하는 인용구절을 그 작품이나 다른 책에서
　　 뽑아 쓴다.

　5) 독자들에게 작품에 대한 간단하고 개괄적인 설명을 함으로써 시
　　 작할 수 있다.

　6) 그 작품을 같은 종류의 다른 작품과 비교 분류함으로 시작한다.

7) 위의 방법을 둘 이상 합쳐서 시작해도 좋다.

또한 서평을 쓸 때 다음과 같은 약점들에 빠지기 쉬우니 주의해야
한다.
1) 비평이 아닌 요약으로 끝낸다.
2) 작품 전체가 아닌 일부만을 비평한다.
3) 책의 장단점에 대해 설명하는 대신 비평자의 생각만을 나열한다.
4) 과장이나 편견이 많아서 공정치 못한 서평이라는 인상을 준다.
5) 특별한 설명이 없이 뻔한 진술로 끝나서 지극히 평범한 책 소개
   에 머무른다.

이제 마지막으로 신학 서적에 대한 서평의 예를 하나 읽어보고 독자
스스로가 비판해 보라. 비판을 돕기 위해서 설명을 붙였다. 이 서평이
만족할 만한지 이 장의 마지막 부분에 있는 4가지 질문을 던져보자.
그리고 앞에서 다룬 약점에 빠지지는 않았는지 비평해 보자.

서평 : 기독교회사(종교개혁 부분), 윌리스톤 워커 저, 이만석

전반적인 구조   워커는 종교 개혁사를 기술함에 있어서, 역사적, 문화
분석   적 배경을 통해서 보다는 개혁자들 개개인의 내적인 인격
변화를 개혁의 주원인으로 봄으로, 개혁의 선봉에 섰던
장본인들의 개인 분석에 중점을 두었다.
물론 종교 개혁사의 서두에서 당시 독일의 정치 · 경제
적 제 원인을 어느 정도 서술하고 있지만, 결국 종교개혁
책의 논지   의 불씨가 일어났던 독일에 있어서의 종교개혁의 의미를
'정의를 갈망하는 사람들의 연합운동'으로 보았다. 곧 개

논지 증거의 예 1

혁의 장본인이었던 루터를 '정의의 사람'으로 서술하고 있다. 그는 어머니의 신비적인 경건생활의 영향 아래서 성장하면서 심히 도덕적인 성향의 사람이 되었으며, 결국 한 여름날에 친구가 낙뢰로 죽는 사건을 당하면서 '깊은 죄의식'에 사로잡혀 수도원에 들어가게 되었으며, 개혁을 단행하면서도 양심에서 크게 울려오는 정의의 부르짖음을 외면치 못해 교황이 대리자인 요한 에크 앞에서 결백을 주장했다는 것이다. 그리고 선제후 프레드릭은 물론

예 2

지도자 그룹의 인문주의자들도 루터와 신앙 노선을 같이 하지 않은 이까지 당시 교회의 부패는 꼭 퇴치되어야 한다는 입장에서 정의의 편에서 루터를 도와주었다고 보았

예 3

다. 더욱이 이러한 개혁운동에 결정적인 역할을 한 것은 바로 독일 국민들의 호응이었는데, 그들은 장구한 세월 동안에 로마 교회의 비리를 목도해왔고 특히 과중한 헌금 징수에 환멸을 느꼈기 때문에 루터에 동조하게 되었다는 것이다.

책의 논지

　　이러한 관점에서 가장 문제가 되는 당시 교회의 부패상을 여러 각도에서 규명하기 위해 노력한 면이 나타나 있

논지를 뒷받침하는 내용 요약

다. 즉 교직자들의 부도덕한 행위, 교황청의 면죄부 판매 등의 비리에 대해 일반 신자들뿐 아니라 뜻 있는 신학자들, 심지어는 독일 지성인들까지 역겨움의 반응을 보였다고 본서는 주장하고 있다. 특히 이러한 관계를 서술함에 있어서, 루터가 종교개혁을 공식화하자 이에 대한 교황청이나 교회의 반박은 대단히 비논리적이며, 심지어 비인간적 이기까지한 어설프고 비굴한 방법을 사용한 것으로 묘사되고 있다. 반면에 루터를 비롯한 개혁자들은 논리 정연한 주장과 확고한 신앙과 완벽한 이성을 조화시켜, 분명한 하나님의 뜻인 이 개혁을 성취한 것으로 본 것이다.

이로써 저자는 회중교회 목사의 아들로 성장해왔던 과거처럼 철저한 개신교를 고수하는 신앙가임을 알 수 있으며, 그가 학술생활을 한 대학들의 전통처럼 로마 카톨릭에 대한 심한 반감을 본서의 논술을 통해 나타내고 있다. 분명한 프로테스탄트 신학자로서 자신의 신학과 신앙의 입장에서 종교개혁사를 기술한 것은 당연하나, 그래도 너무 한 쪽에 치우친 느낌이다.

아쉬운 것은, 당시 교회제도에 대한 상세한 서술과 그 제도를 운영하는 교회 고위 교직자들의 신학적인 바탕 및 의식구조와 당시 지식층과 농민들의 그것들을 면밀히 분석해 기술했다면 하는 것이다. 정말로 그 당시의 로마 카톨릭 교회의 권위가 그렇게 쉽게 무너지는 것이 교회의 부정적인 요소 때문만이었을까? 전혀 중세와는 다른 시대가 되어서 중세식의 교회 치리가 더 이상 받아들여질 수 없다는 역사적인 상황을 다루는 데 더 치중했어야 하지 않을까? 또한 당시 국민들이 경제적으로 궁핍하므로 치부하는 교회에 대해 반감을 갖게 되었다면, 단지 교회가 국민의 재산을 헌금 명목으로 갈취했기 때문에 국민들이 궁핍케 되었는가 아니면 또 다른 이유가 있었던가 하는 문제는, 본서만을 통해서는 상세한 설명이 있지 않은 고로 알 수 없다. 물론 이러한 내용은 저자가 다루려는 주제의 범위 밖인지도 모르겠다. 그러나 그렇기에 더욱 일방적인 느낌을 주는 것이다.

그리고 개혁자들이 개혁을 단행할 것이 공식화 될 즈음에 로마 카톨릭 교회에서 취한 태도가 단지 종교회의에 소환시켜 협박과 위협을 가한 것뿐이었던가? 아니면 체계적이고 조직적이며 합리적인 대책이 있었는가에 대해 강한 의문이 일어난다. 몇몇 로마 가톨릭 교회의 대표자들이 신랄하게 반박했다는 내용 역시 상세하게 기술되어 독자가 비교 연구할 수 있게 되었어야 할 것이다.

서평자의 입장　　역사란 단순히 몇몇 지도자와 그들을 지지했던 군중들의 반응에 의해서만 성립된 것으로 보기에는 더 크고 많은 요소들이 있는 것 같다. 그리고 모든 이야기는 양쪽 면이 다 있게 마련인 것이다.

　서평을 작성한 다음에 또는 다른 사람들의 서평을 읽을 때 더 낫게 고치기 위해 다음의 질문을 던져 보라.

1. 서평자는 작품에 대해 어떤 해석을 했는가? 해석을 하였다면 그것이 분명한가? 하지 않았으면 빠뜨린 이유가 무엇인가?

2. 서평자는 어떤 기술적 분석을 하고 있는가? 작품의 논지를 표현하는 방법 또는 증명방법이 올바로 되었는가?

3. 작품이 잘못되어 비효과적이거나 목적이 불분명하거나 주제를 벗어났으면 그렇게 된 이유는 무엇인가? 그것에 대한 증거를 제시할 수 있는가?

4. 서평자는 작품을 공정하게 다루었는가?

논문작성 이렇게 해라

How to
Write Properly

Chapter

4

연구논문 작성 요령

영어의 연구(Research)란 단어는 '다시 찾는다' 는 의미를 가지고 있다. 물론 어떤 연구는 전혀 알려지지 않은 새로운 것을 찾아내는 일을 목적으로 하는 수도 있다. 그래도 대부분의 연구는 다른 사람들에 의하여 발견된 자료나 지식들을 찾아서 새롭게 조립하는 것이다. 그러므로 다시 찾는다는 의미가 된다.

순수 연구(Pure research)는, 예를 들어 실험실 안의 과학자들에 의하여, 목성의 주위를 돌고 있는 인공위성에서 보내는 신호를 연구실에서 분석하는 것 같은 일을 함으로써 될 수 있다. 이런 종류의 연구는 주로 자연과학에서 진행되고 있으며, 연구의 목적은 지금까지의 지식에 새로운 지식을 더하는 것이다. 물론 그러한 지식은 당장 사용할 수 있는 실제적인 용도가 없을 수도 있다.

해석사(Historiography)는 이차자료들을 통하여 일차자료나 주어진 주제에 대한 해석의 차이를 알아보는 것이다. 경우에 따라서는 해석사만을 요구하는 논문도 있다. 어떤 주제이건 해당되는 인물, 사건, 개념 등에 관한 견해가 해석자의 입장에 따라서 차이가 있게 마련이다. 그러므로 석사학위 논문 이상은 이런 것을 먼저 연구한 다음에 학문적 연구에 들어가는 것이 순서이다.

학문적 연구(Scholarly research)는 순수 연구와 근본적으로 비슷하지만 연구 방법이 물질적인 자연 현상보다는 기록된 자료들을 통해서 되는 것이 다르다. 이런 종류의 연구가 위에서 정의한 '재발견' 에 해당된다. 학생들은 이 학문적 연구를 각 과목의 교수에게 제출하는 논문을 작성할 때 경험하며, 교수들은 학술 잡지에 쓸 논문을 작성할 때 하게 된다. 기타 다른 몇 가지 연구 방법이 더 있지만, 지금 우리가 하고 있는 과정과 직접적 관계가 없으므로 생략한다.

학생들은 지금까지 학교에서 많은 보고서(Report)를 작성한 경험이 있을 것이다. 보고서는 단순히 자료를 통해 얻은 지식을 조리 있게 기록한 것이다. 어떤 경우에는 한 가지 자료(또는 책)만을 참고할 경우도 있다. 보고서는 작성자의 평가나 비평 또는 견해가 별로 요구되지 않는다.

그러나 연구 논문은 단순한 보고서와 근본적으로 다른 점이 있다. 즉 작성자가 자신의 입장을 논문을 통해서 반드시 보여주어야 한다는 것이다. 논문을 쓴다는 것은 작성자가 자료에 대한 자신의 관점을 발전시키는 것이다. 그러므로 어떠한 독창적인 견해를 표현해야 한다. 단순히 다른 사람들의 견해나 연구해 놓은 내용을 편집하여 기록하는 것만으로는 충분하지 않다. 물론 연구하는 분야에서 저명한 학자들의 견해에 동감할 수도 있다. 그럼에도 불구하고 작성자는 반드시 그들의 견해를 해석하고 분석하며 또 평가하여, 거기에서 어떠한 결론을 끌어내야만 논문이 되는 것이다.

연구 논문은 다음의 다섯 단계를 거친다.

연구 논문의 다섯 단계

1단계 : 제목 선정(Choosing the Topic)
아마도 올바른 제목을 고르는 것처럼 논문작성에 중대한 것은 없을 것이다. 이것이 가장 기초적인 단계이며 논문의 방향을 정한다. 논문이란 곧 그 제목을 질문으로 보고 그것에 대한 답변을 조리 있게 서술한 것이라고 할 수 있다. 그러므로 제목이 잘못되거나 불분명할 때 내용 역시 분명하지 못한 경우가 많다.

물론 제목을 선정할 때, 교수가 제목을 정해 줄 경우도 많다.

2단계 : 자료 수집(Collecting Information)

제1단계는 책상에 앉아서 해도 되지만, 제2단계는 도서관에서 참고 서적을 보며 해야 할 것이다. 아니면 도서관 밖에 나가야 할 경우도 있을 것이다. 설문을 돌린다든지, 과학자나 연구하고자 하는 방면의 권위자를 만나 의견을 듣는다든지, 건물의 용적을 측정하든지, 아니면 연구실로 가는 경우가 그 예이다. 이 일을 위해서는 이미 자신이 선정한 제목에 대한 어느 정도의 기본 지식이 있어야 할 뿐만 아니라 그것에 대한 해답의 가능성을 예상하고 있어야 한다. 선정한 제목에 대한 모든 책을 무턱대고 다 읽을 수도 없고, 온 세상을 헤맬 수도 없기 때문이다. 그러나 약간의 가정을 내리고 출발한다면 그것에 관련된 자료들만 조사하면 되는 것이다. 그럼에도 불구하고 약간의 기본 지식으로는 부족하므로 연구한 자료들로써 논문을 써야 할 것이다.

3단계 : 자료 평가(Evaluating Materials)

좋은 논문은 작성자가 독창력 있는 견해를 증명하기 위하여, 수집된 자료들에 포함된 사실들을 비판력 있는 입장으로 사용한 것이다. 이런 면이 특히 이 세 번째 단계에서 잘 드러난다. 모아진 자료들을 조사할 때 어떤 관점을 가지고 평가하거나, 관점을 발전시켜야 한다. 어쩌면 이 단계에서 작성자는 제목에 관련된 어떤 내용을 불필요하거나 중요하지 않다는 이유로 제거해 버리고 다른 내용에 대해서 더 연구하게 될지도 모른다. 자료 평가가 끝날때 쯤에는 분명한 관점이 생겨야만 한다. 그리고 이것은 연구 논문에 있어서 필수적인 사항이다.

4단계 : 내용 조직(Organizing Ideas)

악보 위의 음표들을 연주할 때, 소음이 되거나 좋은 곡조가 된다. 또한 쇠뭉치와 볼트, 너트 등을 모았을 때 고철 덩어리가 되거나 좋은 기계가 될 수 있다. 즉 연구한 자료들을 어떻게 조립했느냐에 따라서 결과가 달라진다는 말이다. 비록 같은 방법으로 사건들, 인용문들, 지식들을 수집했다 할지라도 무의미하기도 하고 분명한 목적을 가질 수도 있다. 만약 자료들이 잘 조직되었다면 논문은 성공할 것이다. 아무런 목적 없이 단지 이것저것 자료들만 편집하여 기록할 것이 아니라, 논지를 세우고, 자료들을 논리적으로 배열해서 그 논지가 결론으로 자연스럽게 나오도록 만들어야 한다.

5단계 : 논문 기술(Writing the Paper)

위에서 언급한 모든 단계들이 신중히 이루어졌다면, 논문을 기술하는 단계는 상대적으로 쉽게 된다. 이 단계에서는 작성자가 제목에 관하여 배운 것과 확신하는 바를 종이 위에 쓰기만 하면 된다. 물론 제출 전에 혹 잘못된 것을 수정할 것을 예상하고 시간을 넉넉히 잡아야 한다. 또한 논문을 완성하기 위해 한 가지 중요한 것은, 반드시 자료들을 어디에서 구했는지를 각주와 참고 문헌을 통하여 밝히는 것이다.

논문이란 무엇인가?

이 다섯 단계를 지나면서 작성자는 다른 곳 아무데에서도 찾을 수 없는 전혀 새로운 작품을 만들어야 한다. 논문은, 흔히 볼 수 있는 것과 같은, 여기 저기로부터 지식을 주워 모아 놓은 덩어리로만 끝나서는 안 된다. 반드시 쓰는 이의 견해(또는 논지)가 전체를 통해서 반영되어야 하며, 그의 독창성이 나타나야 한다. 그러한 논문은 다음과 같은 성격을 가진다.

1) 논문이란 어떤 제목에 대한 작성자의 발견과, 발견한 것에 대한 작성자의 평가를 종합한 것이다.

작성자가 발견한 것은 주로 지식과 아이디어, 또는 전문용어 같은 것들일 것이다. 그러나 작성자 스스로 그 발견한 것들을 평가하여 결론들을 끌어내지 않으면 무가치한 글이 되고 만다. 논문은 작성자의 의견을 반영하고 있어야 한다. 그것도 어느 한 부분만이 아니고, 전체를 통해서이다. 자료 수집과 선택, 자료들에 대한 평가, 그로부터 한 결론을 끌어내는 일, 그리고 이 결론을 입증하기 위하여 자료들을 다시 조직하는 일 등은 순전히 작성자 자신의 작품이다.

2) 논문은 작성자의 창의력의 산물이다.

논문 작성자는 연구 · 평가 · 종합을 통해서 자신의 창의력으로 새 작품을 써야 한다. 길고 복잡하게 보이는 것들을 누구든지 알 수 있도록 일목요연하게 정리하여 정해진 분량으로 만드는 작업이 곧 논문 작성이다. 대부분의 사람들은 논문이란 골치 아픈 글이라 생각한다. 또한 실제로 많은 글이 그러하다. 그러나 논문 작성자는 최선을 다하여 읽기 쉽고 이해하기 쉬운 글로 만들어야 하며, 이러한 일이 잘 된 글일수록 더 좋은 논문인 경우가 많다. 이는 작성자가 스스로 연구한 자료를 잘 파악하고 있다는 증거도 되기 때문이다.(이 책 저 책을 무턱대고 베껴 편집하고 나면 대부분 문맥이 통하지 않고, 또 전반적으로 무엇을 쓰려고 했는지를 알 수 없는 글이 되고 만다.) 같은 재료를 가지고 전혀 다른 음식을 만들 듯이 같은 자료를 가지고도 작성자에 따라서 전혀 다른 고유의 논문이 나와야 할 것이다.

  3) 논문은 사용한 자료의 출처를 밝혀야만 한다.
  연구 논문이 새로운 창의력을 보여주어야 하는 만큼 그 준비 과정에서 많은 자료들을 참고했을 것이다. 그렇다면 작성자 자신이 보고 얻은 지식이나 개념들의 출처를 알려주어야 한다. 주로 어떤 자료를 가지고 논문을 작성했는지를 이 과정을 통하여 객관적으로 보여주게 된다. 자세한 방법은 뒤에서 논하기로 한다.

논문이 아닌 것은?

  앞에서 말한 정의를 요약하여, '연구 논문 작성자가 타인들에 의해 제공된 자료들을 자신의 견해로 종합할 뿐만 아니라, 전체를 통해 창의성을 보여야 하며 사용한 자료들을 밝히는 것' 이라고 말할 수 있다. 그러나 우리는 빈번히 이러한 기본적 체계가 부족한 논문 아닌 논문들을 보게 된다. 그것들은 다음과 같다.

  1) 한 가지의 책이나 논문을 요약한 것은 논문이 아니다.

한 가지 자료만으로는 그것을 평가해서 논문을 쓸 근거로 삼을 수 없다. 그리고 요약은, 어디까지나 자료의 내용이나 견해를 그대로 따르는 것이므로 논문이 아니다. 요약은 쓸 곳이 따로 있다.

2) 다른 사람들의 견해를 평가 없이 그대로 옮겨 적은 것은 논문이 아니다.

단순한 보고서를 쓸 때에는 다른 사람들의 주장이나 결론들을 아무 비평 없이 써도 되지만, 논문에는 작성자의 주관이 반드시 들어가야 하므로 그래서는 안 된다. 아무리 위대한 학자가 한 말이라도 논문 작성자는 일단 평가를 해보아야 한다. 예를 들어 어떤 시나 소설에 관해서 쓴 글들은 그 본래의 시나 소설 자체는 절대 아닌 것과 같다. 자신의 견해를 가지고 논문을 작성하는 이라면 누구나 다른 사람들의 주장이나 결론이 타당한지 아닌지, 어떤 입장에서 어떤 동기로 왜 그러한 말을 하는지, 그 말이 뜻하는 바가 무엇인지를 평가해야 할 것이다.

3) 다른 사람들의 글을 기술적으로 많이 인용했다고 논문이 되는 것은 아니다.

인용문들은 논문 작성에 대단히 중요한 역할을 한다. 그것들은 작성자의 견해나 주장을 지지하는 글로서 주로 그 분야의 대가들의 글일 것이다. 그러나 논문 작성자의 견해나 주장 없이 인용문들로만 연결된다면, 작성자는 그 논문에 포함되지 않았다는 점이 명백해진다. 그 논문은 창의성도 잃게 된다. 왜냐하면 자신의 말은 없이 다른 사람들의 말만 쓰기 때문이다. 그러한 인용문들을 잘 연결시키는 것도 보통 힘든 일이 아니다. 이것은 마치 변호사가 아무런 주장이나 설명 없이 이 사람 저 사람 증인들로 하여금 말하게 하는 것과 같다. 논문 작성자의 의도대로 자신의 견해를 인용문들로 증명시키면 강한 논문이 될 수 있다.

4) 증거가 없거나, 작성자의 불충분한 개인적 주장이나 견해만으로는 논문이 되지 않는다.

만약 작성자가 정해진 제목에 관해 연구를 했다면 자기의 주장을 뒷받침하는 자료들을 찾아내어야만 한다. 그리고 논문을 읽는 이들로 하여금 작성자의 주장이나 결론이 옳다고 믿게 하려면 주장이나 결론과 함께 증거 자료들을 제시해야 할 것이다.

통학거리가 먼 학생일수록 공부를 잘 할 가능성이 있다고 주장한다 하자. 공감이 잘 안 되는 견해이다. 그럴 때 몇 고등학교의 각 반에서 10위 이내의 학생들의 통학거리가 멀다는 통계자료를 제시해 보라. 거기에다 약간의 설명을 더하면 강력한 증거가 제시되는 것이다. 그러므로 언제나 타당한 증거를 제시하는 훈련이 필요하다.

5) 다른 사람들의 글의 내용을 이용하되 출처를 밝히지 않은 것은 논문이 아니고 표절이다.

또한 한 줄이라도 자료를 베낀 것은 더 말할 수 없이 야비한 행위이다. 이것은 자료가 출판되었든 아니 되었든 상관없다. 다른 사람이 쓴 글이나 다른 사람의 견해를 자기의 것인 양 제시하는 것은 도덕적으로도 이미 잘못된 것이다. 물론 어떤 의미에서 보면 어떠한 글이나 사상도 완전히 독창적일 수는 없다. 왜냐하면 분명히 어디에선가 보고 배웠을 것이기 때문이다. 그럼에도 불구하고 자신이 이해한 것은 자신의 말로 쓰고 어디에서 배웠는지를 밝혀야 한다. 표절과 창의력 있는 글 사이의 차이점은 나중에 좀 더 자세히 설명될 것이다.

106

왜 연구 논문이 중요한가?

　연구 논문은 자료를 수집하고, 비판적 사고로 평가하여, 독창적으로 생각하고, 효과적으로 조직하여 충분한 증거를 가지고 써야 한다. 이러한 과정은 학교에서 논문을 작성할 때만이 아니라 사회에서 사업을 할 때에도 잘 적용이 된다. 사업가들이 어떤 사업을 어느 정도로, 어느 시기에, 어떻게 할 것인가 결정할 때에 같은 과정을 사용하면 대단히 효과적이다. 변호사나 검사도 자료 수집과 분석, 그리고 명백한 증거들로 분명한 결론을 얻어 낼 수 있다. 기자들 역시 같은 방법을 사용하여 글을 쓰고, 정치가들도 같은 방법으로 감동적이고 확신 있는 연설을 한다. 물론 정국을 예상하는 것도 마찬가지 방법으로 한다. 과학자들도 연구할 때 조사하고 분석하며, 사실들을 종합해서 결론을 내린다. 누구나 이 방법으로 가장 좋은 결과를 얻어 낼 수 있다. 학생들도 물론 이런 방법으로 어느 과목이든 흥미 있는 분야를 깊이 연구할 수 있다. 여하간 이러한 과정 속에서 비판적이며 논리적인 사고 능력을 개발하게 된다.

1. 제목 선정

　제목은 논문 전체의 방향과 범위를 정해주므로 자료를 수집하기 전에 충분히 구체적으로 되어야 한다. 물론 논문 제목을 교수로부터 받는 수도 있다. 한 마디로 말해서, 작성자는 제목을 질문형으로 만들고 그에 대한 대답을 해주면 그것이 곧 논지이며 결론이 되는 것이다. 예를 들어 "석탄의 사용 추세"라는 제목이 있다면, 그것을 이용해서 "석탄의 사용 추세는 어떠한가?"라는 질문을 할 수 있다. 그리고 그 대답으로 "석탄의 사용은 날이 갈수록 줄어들고 있다."라는 논지가 나올 수 있다. 제목과 논지가 분명하지 않으면 불분명한 논리를 만들 가능성이 있다. 그리고 자료 수집의 방향이나 범위에도 큰 차질을 준다.

제목을 정할 때 반드시 생각할 것은 논문이 어느 정도의 길이를 요구하는가와 자료가 얼마나 있는가이다. 짧은 논문일수록 범위가 좁은 제목이 요구된다.

먼저, 쓰고 싶은 분야에 대해 일반적인 제목을 정해 본다. 예를 들면 "영미 작가에 대해서"로 모호하게나마 정했다 하자. 그 다음에 할 일은 범위를 좁히는 일이다. 범위가 넓을수록 조사해야 할 부분이 넓을 것이고 자연히 논문도 피상적으로 되고 말 것이다. 범위를 좁히기 위한 몇 가지 유용한 방법들에는 세분(Subdividing), 자유연상(Free Association), 그리고 5W 등이 있다.

세분(Subdividing)

제목을 세분화하는 것은 일반적 분야로부터 점점 작은 부분으로 쪼개 나가는 것이다. 세분하는 과정에서 논문 작성자는 자신이 흥미를 가지는 방향으로 충분히 구체적일 때까지 나누어 간다.

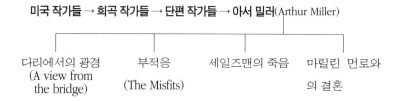

미국 작가들 → 희곡 작가들 → 단편 작가들 → 아서 밀러(Arthur Miller)

다리에서의 광경
(A view from
the bridge)

부적응
(The Misfits)

세일즈맨의 죽음

마릴린 먼로와
의 결혼

자유 연상(Free Association)

이 방법은 생각나는 대로 제목들을 써보고 마음에 드는 것을 골라보는 것이다.

배에 관해서
  기선
  경주배
  포경선
  고기잡이배
  크기의 차이
  범선과 동력선
  닻
  잠수함

생각나는 대로 써서 어떤 특정한 것을 선택할 수 있다. 예를 들어 "경주배"라고 하자. 그렇다면 경주배에 관하여 다 알아야 한다. 만약 지식이 제한되어 있으면 도서관으로 달려가서 관련 서적을 몇 권 읽어본 후에 다시 더 세분화하면 된다. 그때 위의 방법으로 세분화하든지, 계속 자유연상하든지, 아니면 5W를 써서 범위를 좁힐 수 있다.

5W

세 번째 방법은 기자들이 기사를 쓸 때 많이 사용하는 방법이다. 5W란 영어의 누가(Who), 무엇을(What), 어디서(Where), 언제(When), 왜(Why)의 머릿글자를 모은 것이다. 좀 더 분명히 하자면 아래와 같다.

누가―사람들에 관하여

무엇을―문제점, 사실, 주장, 개념 등

어디서―장소

언제―과거, 현재, 미래, 어느 특정한 때

왜―원인, 이유, 결과, 조건 등

위의 5W를 순서대로 쓰고, 그 밑에 관계되는 내용을 자유연상대로 써 본다. 그렇게 하여 일반적이고 애매한 제목을 연구논문 제목에 맞도록 좁혀보는 것이다.

범 죄

누가	무엇을	언제	어디서	왜
희생자	문단속	현재	특정도시	범죄 문제
유명한 범죄인	공중의 효과	1980년대	전국적	인구 문제
초범	방지책	어두울 때	세계적	부의 분배 문제
전문가	경찰력	대낮	영국	법의 문제
파렴치범	교도	새벽	주택가	교도소내의 문제

위의 내용으로부터 다음과 같은 예를 고를 수 있다. "영국 경찰력과 범죄 사이의 관계" "초범의 방지책으로서의 법의 강화" 등등.

어떤 제목을 고를 것인가?

1) 자신이 어느 정도 알고 있으나 좀 더 알고 싶어하는 분야에 관한 제목이 좋다. 교수가 범위를 결정해 줄 경우도 마찬가지로 그 범위 안에서 조금이라도 알고 있는 제목을 고르는 것이 쉽다. 예를 들어 조선 왕조에 대해서, 특히 세종대왕에 관해서 약간 알고 있으나 좀 더 알고 싶은 경우가 있다. 또는 이순신 장군에 대하여는

어느 정도 알고 있지만, 그에 대한 조정 대신들의 반응과 왕의 생각이 어떠했는지를 알고 싶을 수도 있다. 어떤 분야이건 어느 정도 알고 있으면, 그것을 기초로 하여 더 자세히 연구할 수 있게 될 것이다.

2) 전혀 알지 못하지만 연구해 보고 싶은 제목을 선택하는 것도 좋다. 연구하고자 하는 분야에서 대표적인 책의 목차를 보라. 여러 제목 중에서 가장 관심 있는 것, 그러나 잘 모르거나 전혀 알지 못하는 것을 선택해서 그 책보다 깊이 연구할 수도 있다. 도서관에 가서 도서 분류표를 보고 관심 있는 분야를 선택할 수도 있다.

좋지 않은 제목

시간이나 정력을 낭비하지 않기 위해서 논문 작성자는 어떤 종류의 제목이 연구 논문에 적합하지 않은가를 알아야 할 필요가 있다.

1) 다른 교수에게 제출했던 논문은 다시 또 다른 교수에게 제출하지 말라.

반복이 새로운 지식을 주지 않는다는 것을 잘 알 것이다. 또한 옛날에 썼던 것을 마치 새롭게 연구한 것처럼 제출하는 것도 속임수이다. 물론 한 번 썼던 논문을 토대로 하여 더 발전시킬 수는 있다. 또는 그 제목 하에서 다른 국면을 연구해 볼 수도 있다. 어쨌든 먼저 썼던 것을 그대로 또는 약간의 손질만 해서 내는 것은 옳지 않다. 만약 전에 썼던 논문을 토대로 새롭게 발전시킬 의사가 있으면 담당교수에게 솔직하게 의논해 보는 것이 바람직하다.

2) 자료가 한 가지뿐인 제목은 선택하지 말라.

앞에서도 말했듯이 한 가지 책이나 논문을 가지고는 절대로 연구 논문을 쓸 수 없다. 작성자가 자신의 견해를 발전시키려면 한두 개가 아닌, 여러 가지의 자료들을 수집해서 평가해야만 자기 주관대로 자신의 주장과 함께 연구한 것들을 조직해 낼 수 있는 것이다.

3) 재미없는 제목은 택하지 말라.

연구논문 작성은 힘든 작업이다. 재미없는 제목이나 쉽게 싫증나는 제목을 연구한다면 힘들 것이다. 관심이 충분히 유지될 제목을 선택하라.

4) 작성자 자신의 의견이나 주장을 표현할 수 없을 정도로 사실적이거나 중립적인 제목은 택하지 말라.

사실적인 서술에 그친 보고서를 작성하는 것으로 만족하지 않으려면, 어떤 입장을 표시하거나 결론을 내릴 만한 제목을 골라야 한다. 예를 들어 어떤 사람이 자서전을 저술할 때, 역사적으로 일어난 사건 중심으로 기술한다면 자신의 주장을 쓰기가 좀 힘들어진다. 물론 그것도 자기의 관점에 의해서 기술할 수 있다. 그러나 초보자들에게는 쉽지 않으므로 무엇인가 자신의 입장을 주장할 수 있는 제목을 택하는 것이 좋겠다.

5) 학생들간에 너무 인기 있는 제목을 택하면 곤란하다.

도서관의 참고 자료가 이미 동났을 것이며, 또한 모두 그 제목을 택하므로 비교가 되기 때문에 좋은 점수를 받기도 힘들다.

6) 너무 논쟁적인 제목도 학생들에게는 부적합하다.

우선 독자의 감정을 건드리지 않게 쓰는 기술이 필요하고, 논쟁이 많이 진행되어서 복잡한 내용을 다루기에는 지면이 충분치 못하다.

7) 제목을 분명하게 정리하기 힘들거나 연구할 방법이 막막한 제목도 삼가는 것이 좋다.

자신을 가지고 할 수 있는 제목을 우선 선택해 보라.

2. 연구 방법

이제 제목을 선정했으면, 자료를 선택하기 전에 제목에 대해 어떻게 연구할 것인가를 정해야 한다. 이런 과정들은 모두가 불필요한 시간과 정력의 낭비를 막기 위한 방법이다. 약간의 기초적인 공부 즉 그 제목에 대한 백과사전의 설명 또는 한두 권의 필수적인 책이나 논문 등을 훑어볼 때 어떤 연구방법을 택할지 생각이 날 것이다.

이것은 단지 자료수집에 앞서서 어떤 방법으로 그것을 수집하며 다룰지 결정하는 것이다. 즉 도대체 무엇을 찾아보아야 할지 알게 된다.(이러한 방법은 나중에 연구가 끝나고 내용을 조직할 때에도 도움이 된다.) 예를 들어 앞에서 본 바와 같이 아서 밀러의 희곡 「세일즈맨의 죽음」에 관한 연구에서 그의 희곡을 본래 소설의 내용과 비교한다고 하자. 그러면 구태여 아서 밀러의 다른 희곡들이나 그의 생애 등을 연구하느라 낭비할 필요가 없게 된다.

연구방법이 결정되면 그것이 제목에 영향을 주어 제목을 수정하게 될 수도 있다. 반대로 제목이 이미 연구방법을 설명하고 있는 경우도 있다. 어쨌든 제목은 주어와 술어를 포함하는데, 주어 부분이 연구할 내용이고, 술어 부분은 방법이 된다. 사회과학 논문에서는 이것을 각각 독립변인과 종속변인이라고 한다. 예를 들어서 앞서 말한 아서 밀러의 희곡「세일즈맨의 죽음」을 본래 소설「세일즈맨의 죽음」과 비교하는 법을 택한다 할 때 제목은 "아더 밀러의 희곡과 본래의「세일즈맨의 죽음」" 또는 "「세일즈맨의 죽음」—소설과 아서 밀러의 희곡" 등으로 쓴다 하자. 밑줄 친 부분이 연구할 대상이고 다른 부분은 연구방법을 암시하고 있다. 예를 더 든다면 "비만증을 극복하는 길," "소설과 영화에서의「쿼바디스」," "노인복지를 위한 제언" 등의 제목에서도 마찬가지이다.

제목은 질문으로 하지 않는 것이 좋다. 예를 들어 "광해군은 해방 후와 최근 10년 동안 어떻게 묘사되었는가?"는 "해방 직후와 최근 10년간의 역사책에 묘사된 광해군"으로 바꾸는 것이 좋다. 앞의 제목은 연구를 시작할 때 방황하게 만든다. 또한 독자가 더 좋은 혹은 예상치 않았던 답변을 하는 수도 있다. 제목이 마음에 떠오르고 연구 방법이 생각나면 반드시 두 가지의 내용을 합한 구절로 묘사해 보자. 그리고 뜻이 분명하게 될 때까지 계속 수정해야 한다.

대개 4종류의 방법을 제목에 적용시켜 연구할 수 있다.

A. 검 토(Examining)

제목과 여러 국면들을 조사해보고 두 가지 이상의 관점에서 연구한다. 어떤 주제를 검토한다는 것은 마치 그것을 현미경 아래에 놓고 내포된 내용을 세밀하게 살펴보는 것과 같다. 한 작은 사건부터 시작하여 전체의 정치적 또는 과학적 이론을 면밀히 검토할 수 있다. 즉 어떻게 구성되었고 출발점은 무엇이며 또한 배경에 깔린 것은 무엇이고 무엇이 움직이게 하는지 등등을 보는 것이다. 예를 들어 「구운몽」의 신화적 암시" 또는 "이광수의 「흙」에 나타난 삶의 묘사" 등을 통해서 문체를 검토할 수 있다. 그리고 "골다 마이어의 젊은 시절의 노조 운동", "전쟁시를 위한 대륙붕 개발" 같은 제목으로 한 사람이나 한 시대의 사회적 과학적 배경을 연구할 수도 있다.

어떤 주제를 면밀히 검토해 보면 어떠한 평가나 비판이 나오게 마련이다. 그러므로 평가나 비판은 연구방법으로서의 검토의 필수적인 면들이다. 많은 연구논문이 개인이나 어떤 작품 또는 주제들의 평가나 비판으로 이루어져 있다. 예를 들면 "새로운 입시 제도의 효율성", "루터의 국가관" 등이 그러하다.

B. 비교와 대조(Comparing and Contrasting)

두 가지 이상의 학설이나 입장이 어떻게 비슷하거나 다른지 살펴본다. 비교는 비슷한 점을 찾는 것이고, 대조는 다른 점을 찾는 것이다. 그러나 연구논문에서는 어떤 주제를 보다 잘 보기 위해 한 가지를 사용하든 두 가지를 다 사용하든 간에 반드시 필요한 것은 비교나 대조하는 기준이다. 기준을 먼저 정하지 않고 비교나 대조를 하면 일관성을 잃게 된다. 사람들이 나 이론, 작품들을 비교나 대조하는 것을 보면 반드시 공통적인 내용이 발견된다. 그때에 여러 가지 자료들을 통일성 있게 다루려면 기준을 반드시 세워야 할 것이다.

"대통령으로서의 트루만에 대한 견해들", "공해 방지법에 대한 비평들"처럼 어떤 작품이나 개인 또는 이론들을 비교 대조할 수 있다. 혹은 "6일 전쟁에 대한 이스라엘과 아랍측의 견해"처럼 어떤 사건에 대해서, "교복자율화 이후 중고생들의 품행에 대한 견해"처럼 어떤 상태에 대하여 비교, 대조할 수 있다. 한 걸음 더 나아가서 변하고 있는 이론이나 견해를 비교, 대조할 수도 있다.

C. 관계 설정(Relating)

여러 관점이나 주장 또는 학설이 서로 어떻게 관련되는지 살펴본다. 이론들간의 관계를 설정하는 것은 무엇보다도 이해를 위한 것이다. 이 방법으로 연구논문을 작성하자면 자료들을 잘 파악하고 있어야 하므로 대단히 어렵고 또한 배우는 것도 많게 된다. 앞에 한 비교 대조가 심지어는 이미 검토까지 자료들 간의 어떤 관계를 보여주고 있다. 그러나 이 방법은 훨씬 복잡한 과정이다.

예를 들면 "인권 운동의 유능한 지도자 마틴 루터 킹"에서는 한 개인의 일 또는 사상과 생애를 연관시킨다. 또 "중세 스콜라 신학의 파괴자로서의 아퀴나스", 또는 "존 스타인백과 사회인식"에서는 한 개인을 특정한 사건이나 사상 또는 이론에다 연관시킨다. "멘델의 법칙과 소의 선택 양육", "생산적인 작업 환경", "보청기의 도덕성", "에라스무스와 계몽주의", "사회, 정치, 경제의 도약 지점으로서의 1970년" 등등의 예를 더 들 수 있다.

D. 논술(Arguing)

작성자는 자기의 어떤 주장을 세우거나 다른 이들의 이론에 대하여 옹호 또는 반박하여 독자를 설득시킨다. 설득력 있는 글의 필수 요건은 자료들을 사실적으로 그리고 구체적으로 논리 있게 기술하는 것이다. 예를 들어 어떤 입장이나 주장을 옹호한다고 할 때 "과외 수업은 폐지되어야만 했다." "노벨상은 실력보다 정치적 이유가 앞선다"는 논지의 연구 방법이 그러하다. 또한 어떤 행동을 정당화할 때 "자동차의 모델은 자주 바뀌어야 한다"는 식의 논지, 그리고 어떤 주장의 옳음을 증명하려 할 때 "어거스틴의 인간 심리 분석은 현대에도 적용된다." "A회사와 B회사의 일반증권은 좋은 투자대상이다" 등등의 논지에 대한 증명으로 논술의 방법이 사용된다. 물론 위의 논지들의 제목은 다른 형태로 나타날 수 있다. 이를테면 "과외수업의 폐지 이유", "노벨상의 정치성", "자동차의 모델", "어거스틴의 인간 심리 분석", "투자대상으로서의 일반증권" 등으로 표현될 수 있다.

일단 제목과 방법이 결정되면 자료수집이 훨씬 쉬워진다. 왜냐하면 필요한 것이 무엇인지 분명해지기 때문이다. 만약 방법을 잘못 선택했다면 자료수집 과정에서 금새 나타나므로 다른 방법으로 바꿀 수도 있다.

3. 자료 수집

좋은 연구논문은 구할 수 있으면 주로 일차 자료(Primary source)를 의지한다. 그리고 가능한 일차 자료와 이차 자료(Secondary source)를 모두 사용한다. 만일 이차 자료만 사용하여 논문을 작성하면 그 논문은 신빙도가 약해진다. 물론 어떤 주제의 해석사나 이론에 관하여 쓸 때에는 이차 자료만 의지할 수도 있다.

일차 자료(Primary source)는 근본 자료(Original source)와 같은 의미로, 직접적인 정보를 준다. 예를 들어 문학에 관한 논문을 작성한다고 할 때 소설, 단편, 시, 희곡, 영화 필름, 그림, 조각 같은 것들이 일차 자료이다. 일기, 노트, 편지, 그리고 자서전 같은 것들도 일차 자료의 종류들이다. 인터뷰한 내용도 물론 일차 자료이다. 그러한 자료들은 사건이나 상황에 일차적으로 관련되어야 한다. 만약 앨빈 토플러에 관한 무엇을 쓸 때 앨빈 토플러가 직접 썼거나 만든 자료들이 일차 자료들이다. 그러나 학자들이 앨빈 토플러에 대하여 썼거나 만든 자료는 이차 자료이다. 그것은 앨빈 토플러 본인에게 직접 인도하지 않으므로 이차 자료라 부른다.

이차 자료(Secondary source)는 본래의 주제로부터 한 단계 물러선 간접적인 것이며 대개 일차 자료의 요약, 평가, 해설 등이다. 주로 어떤 주제에 관한 전문가들의 글이므로 도움이 된다. 그러나 쓴 사람의 주관이 반드시 포함되므로 편견도 나타날 가능성이 많다. 이것은 연구논문 작성시에 누구에게나 다 나타나는 과정인 것이다. 그러므로 이차 자료를 너무 의존하면 일차 자료를 올바로 볼 수 없게 된다. 쉬운 예를 들면, 어떤 음악회를 직접 듣지 않고 거기 있었던 관객들의 말만 듣고 평하는 것과 같다. 그렇기에 가능하면 언제나 일차 자료와 비교해 보면서 신중히 검토하여 일단 이차 자료를 잘 평가한 다음 사용하여야 한다. 그러기 위해서는 물론 이차 자료의 신빙성, 명확성,

편견 등을 저자의 입장 또는 주장에 비추어 살펴보아야 한다. 이 과정은 이미 서평부분에서 세밀히 설명했다.

어디서 자료를 찾을까

학생들에게 제일 쉬운 길은 무엇보다도 지도교수와 의논하는 것이다. 다음으로 도서관의 참고자료실이 연구논문의 자료를 수집하는 출발점으로 기본적이다. 이미 제목을 잡을 정도가 되면 우선 백과사전이나 해당사전들을 참고해서 기본지식을 얻었을 것이고, 한 두 가지의 논문이나 서적을 참조한 후일 것이다. 그 다음에 도서관의 도서카드를 보고 제목에 관해 도움이 될 것 같은 참고서적의 목록을 만든다. 카드는 저자, 책제목, 주제별로 나뉘어져 있는데 편의상 셋을 한꺼번에 묶어서 분류했거나 앞의 두 종류를 하나로 묶고 뒤의 것은 따로 분류하는 등 도서관마다 약간의 차이가 있다. 다음에 할 일은 그 주제에 관한 논문들의 목록을 학술잡지에서 찾아보는 것이다. 구미 제국에는 일 년에 수 차례씩 모든 잡지에 나오는 논문들의 목록을 저자와 주제별로 수록한 잡지들이 있지만 우리 나라에서는 그렇지 못하다. 그러나 우리 나라 잡지도 앞표지에 논문 제목을 쓰는 경우가 많으며 연말에는 그 해에 발표된 전체 논문의 목록을 수록하기도 하므로 한 눈에 알아볼 수 있다.

쉽고도 중요한 방법의 하나를 덧붙인다면, 주제에 관련된 참고서적 중 최근의 것 몇 권을 골라서 책 맨 뒷부분의 참고도서 목록을 복사하는 것이다. 외국서적을 참고할 때는 이 과정이 반드시 필요하다. 그 분야의 전문가가 필요한 서적과 논문들의 목록을 작성했으므로 좋은 자료이다.

다음에는 백과사전이나 전문사전들을 뒤져서 관련된 주제들이 더 있는가 확인해보고 꼭 필요한 주제들이 있으면 그것에 관련된 참고도서 목록을 찾아서 첨가한다. 기타 다른 자료들이 도서관에 없는가 사무직원에게 물어보는 것도 좋다.

도서관 밖의 자료 중에 중요한 것 몇 가지가 있다. 우선 인터뷰가 중요한 자료이다. 대상은 전문가가 좋지만, 전문가가 아닌 경우에도 개인적 반응을 물어볼 수 있다. 한 가지 기억해야 할 것은 인터뷰하기 전에 먼저 제목에 관해서 깊이 있고 유용한 질문을 하도록 주제를 잘 파악하고 있어야 하며 중요한 질문들을 미리 준비해야 한다. 그리고 질문과 대답을 정확히 기록해야 하는데 녹음기를 첨가하면 아주 좋다. 특히 인용을 하려면 녹음하는 일이 필요하다. 그 다음에 많이 사용하는 것이 설문지이다. 논문 작성자에 의해 준비되고 회수되어 평가되는 설문지는 일차 자료의 한 형태이다. 그러나 기술적으로 약간의 훈련이 필요하니 전문가들에게 자문을 구하는 것이 좋겠다. 개인 편지도 일차 자료로 무시할 수 없는 좋은 것이다. 라디오, TV프로그램도 유용하게 사용될 수 있겠다. 그리고 보고서, 소책자, 팸플릿 등도 때에 따라서는 무엇보다도 귀중한 자료가 될 수 있다.

예비 참고서적 목록

지금까지 수집한 자료들을 총망라해서 목록을 만든다. 목록에는 저자, 서명, 출판사, 출판년도 등이 정확히 기록되져야 한다. 이것은 어디까지나 예비목록이므로 어떤 것은 더 요긴하고 어떤 것은 덜 요긴

하며 또 어떤 것은 필요 없는 서적이나 논문일 수도 있다. 여하간 목록을 작성하는 것이 필수적이다. 이렇게 자료들이 정해짐으로 더 이상 방황하지 않고 연구에 들어갈 수 있다. 또한 예비 목록을 보면 연구할 범위가 어느 정도 결정되는데, 너무 분량이 많으면 제목의 범위를 더 좁혀야만 하며 너무 자료가 적으면 다른 제목을 골라야 할지도 모른다. 그리고 예비 목록대로 자료들을 읽어보면 어떤 것이 주제에 적합하고 어떤 것이 부적합하거나 전혀 해당되지 않는 것인지 알게 된다. 부적합한 것은 목록에서 제외시켜 나가면 된다.

4. 자료 기록

자료에 대한 평가를 하기 전에 자신이 연구하는 주제에 관해서 충분히 알아야 한다. 무엇을 연구하는지 목적과 방법을 분명하게 기록해 놓고 그대로 따라야 방황하지 않고 시간을 절약할 수 있다. 언제나 백과사전이나 전문사전들을 읽고 제목에 관한 어떤 중요한 요소들이 있는지 알아본다. 그 후 참고서적 목록을 통하여 주제와 직접 관련될 뿐만 아니라 일반적인 지식도 주는 자료 두 세 가지를 선택해서 서론을 잘 읽어 본 후 내용을 대강 훑어 본다. 그 자료들의 목차를 보고 내용이 어떻게 조직되었는지 파악하고 책 뒤의 색인(Index)을 통해 어떤 중요한 용어들이 있는가를 살핀다. 많은 논문들이 처음 시작할 때 제목과 부제를 쓰고 목차를 소개한다. 그것들을 간단히 읽어본 후에 어떤 자료가 가장 도움이 될까를 결정한다.

위의 단계를 거쳐서 어느 정도의 기본 지식을 얻은 후, 가능하면 가상논지(Working Thesis)를 만드는 것이 좋다. 가상논지는 연구하려는 논문의 제목에 대한 질문을 던져서 거기에 대한 대답을 시도해 보는 것이다.(일종의 가정이나 가설인 셈이다) 논지를 만드는 것에 대하여 는 이 책의 앞부분을 참조하라. 논문이란 논지를 증명하는 것이므로 가상논지에서는 무엇을 연구할 것인가를 확실히 보여주면 된다. 즉 연구의 범위를 아주 명확하게 좁혀준다. 다시 말하면 가상논지가 맞 는지 틀리는지, 맞으면 어떻게 어느 정도 맞고, 틀리면 어느 면에서 왜 틀리는지 조사해 본다. 물론 깊이 연구해 본 뒤에는 가상논지가 피 상적이었음을 알게 되고, 논문의 내용 조직 단계에서 올바른 논지로 고치게 된다.

A. 논문 개요(Prospectus, Proposal)

작성한 논문에 대한 자료가 대충 수집되고 가상 논지가 작성되면 논 문의 윤곽인 개요를 만들어 본다. 작은 논문에는 필요 없겠으나 석사 이상의 논문에는 반드시 논문 개요를 쓰는 단계가 있게 마련이다. 논 문 개요는 논문의 계획서인 바 분명하게 작성해 두면 시간과 정력의 소모를 막을 수 있다. 논문 개요에는 다음의 사항이 포함된다.

1) 해당 분야의 지금까지 연구 소개
2) 논문의 목적(문제 제기와 중요성)
3) 주제의 범위
4) 가상 논지 또는 예상되는 연구 성과
5) 연구 방법
6) 기본 자료의 소개
7) 참고 서적 목록

122

이상의 내용은 논문이 그대로 잘 진행되면 서론으로 쓸 수 있게 된다. 물론 연구하다보면 수정할 경우도 많다. 여하간 그 내용이 서론과 근본적으로 같으니 자세한 것은 뒤에 나오는 서론의 부분을 참조하라.

B. 자료 평가

연구 논문을 통해서 비판력을 기른다. 수집한 자료들을 살펴보면서 어떤 것이 다른 것들보다 더 유용하거나 신뢰할 만한지 평가해야 한다. 또한 직접적으로 관련되지 않은 중요한 견해들을 어떻게 논문에 사용할까를 알아야 한다. 본래 논문 작성자가 선택한 주제에 관해 처음부터 끝까지 직접적으로 설명해주는 자료는 없다. 만약 있다면 제목을 잘못 선택한 경우이다. 왜냐하면 남이 다 해놓은 것을 그대로 베낄 수밖에 없기 때문이다. 논문의 한 부분에 관련된 내용이 한 권의 책으로 다루어진 경우도 있고, 반면에 한두 문단으로 다룬 책도 있을 것이다. 그러나 적게 다룬 책이라고 중요하지 않은 것은 아니다. 다시 말하면 그 논문의 한 부분에 필요한 내용이 어떤 책에서는 전체의 논지가 될 수 있고, 다른 책에서는 다른 논지를 증명하는 과정에 잠시 나타날 수도 있다. 그럼에도 불구하고 대단히 중요한 견해를 제공할 수 있는 것이다. 그러므로 어떤 자료들을 통해서 어떻게 그 주제가 보여졌는지 살펴야 할 것이다. 자료를 평가할 때 도움이 될 질문은 다음과 같다.

1) 해당 분야에서 어떤 저자가 저명한가?

자료 수집 중에서 가장 많이 나오는 이름은 분명히 그 분야의 전문가일 것이다. 출판한 작품이 많다고 학문적으로 훌륭하다고 꼭 말할 수는 없으나, 도움이 되는 것은 틀림없다. 담당교수에게 물어보면 쉽게 알 수 있다.

2) 출판 연도가 언제인가?

새로운 것이 더 좋다고 항상 말할 수는 없으나 좋은 작품들은 언제나 앞서 나온 작품들을 읽고 그것들을 기초로 하여 썼거나 그것들에 대한 요약 내지는 소개를 하게 마련이다. 선진국들의 서적들에서는 이런 일이 거의 필수적이다. 특별히 과학이나 기술적인 분야에서는 최근에 가까울수록 중요한 연구가 많다. 그 외 분야에서도 출판년도를 살펴봄으로써 견해들이 어떻게 변천해 왔는지 알 수 있다.

3) 자료의 내용이 얼마나 신뢰할 만한가?

자료가 책일 때, 가능하면 그 책에 대한 서평을 읽어 보라. 미국에서는 Book Review Digest란 책이 정기적으로 출판되기도 한다. 서평을 읽어보면 어떤 비평을 받았는지 알 수 있게 된다. 우리 나라의 경우에는 서평을 찾기가 쉽지 않다. 그러므로 본서의 서평 부분을 읽고 스스로 간단하게 비평해 보라. 자료에 있을 만한 편견이 무엇인가 생각해 보라. 가령 어떤 단체에서 만든 학술잡지가 있다면 십중팔구 그 단체의 입장이 반영되었을 것이다. 편견이 있다고 쓸모 없는 자료가 되는 것은 아니다. 대부분의 자료들은 편견을 가졌다고 보아야 한다. 각주들을 살펴보면 얼마나 깊이 있게 그 주제를 다루었는지 알게 된다. 그리고 각주가 일차 자료보다 이차 자료를 더 많이 다룰수록 신빙도가 낮아질 수밖에 없게 된다. 또한 서론과 목차, 참고서적 목록 등이 그 자료에 대한 학문적 깊이를 설명해 준다. 특히 서론은 중요하다. 여기에서 그 작품에 대한 논지나 방법론이 불분명할 때 학문적인 깊이를 의심할 수밖에 없다.

 4) 어떤 자료가 가장 지식을 많이 주는가?
 어떤 자료들은 다른 것들보다 주제에 관해서 더 많이 설명해 주며 또 어떤 자료는 특별히 분명한 논지를 가졌다. 어떤 자료들은 참조할 만한 다른 자료에 대한 설명이 있다.

 5) 어떤 사실들이 두드러지게 나타나는가?
 만약 어떤 내용이 여러 자료들에 되풀이 나타나면 중요한 것일 것이다. 만약 어떤 책에서 대단히 중요하게 보이는 내용을 빠뜨리고 있다면, 그 책은 별로 신빙성이 없는 것일 수도 있다.

C. 기록하는 요령

 주제를 잘 파악하고 목적대로 범위를 분명히 정리해 놓은 다음 앞에서 했던 방법대로 자료들을 평가했으면, 내용을 카드에 적기 시작한다. 자료로부터 얻은 지식을 카드에 옮길 때에는 기본적으로 다음 세 가지 방법이 있다. 직접 인용(direct quotation), 요약(summary), 의역(paraphrase)이 그 것이다. 한 장의 카드에 이 방법 중 하나나 둘 이상을 섞어서 기록할 수도 있다.

(1) 직접 인용(Direct Quotation)

이것이 가장 쉬운 기록방법임에 틀림없다. 그러나 직접 인용을 할 때에는 상당한 이유가 있어야만 한다. 논문의 내용은 될 수 있는 대로 작성자의 말로 써야만 한다. 만약 인용 부호로만 잔뜩 채워진 논문을 쓴다면 누덕누덕 기운 옷처럼 될 경우가 많다. 대부분의 학생들이 인용 부호도 없이 마구 자료를 보고 베끼는 경향이 있는데, 이것은 부정직한 표절일 뿐이다. 때로는 전문가들도 직접 인용을 많이 사용하고 있는데, 그때는 그럴 이유가 있다. 직접 인용은 다음과 같은 경우에 대단히 유용한 자료로서 더 좋은 증거가 된다.

1) 자료의 단어들이 너무 완전하고 분명해서 그대로 쓰는 것이 가장 바람직할 때, 또는 작성자가 자료의 문장 그대로 옮겨야만 할 경우가 있을 때 그러하다. 표현이 묘하거나 괴상하거나 또는 주장하는 말을 그대로 옮겨야만 더 호소력이 있을 때 등이다.

2) 자료가 너무 중요하거나 논쟁적이거나 권위 있는 내용이라서 정확하게 옮겨야 할 경우가 있다. 이를테면 국회에서의 연설, 법원의 판결문 등이 그러한 경우이다. 또한 어떤 인물을 연구할 때 그 인물의 일차 자료를 많이 인용하고 설명하면 대단히 권위 있는 증거가 된다.

일차 자료에서 인용한 카드의 예

같은 주제에 관해서 이차 자료에서 인용한 카드의 예
「빗긴 금은 p.6가 끝났음을 표시한다」

(2) 요약(Summary)

어떤 글에서 예나 설명 등의 내용들을 빼고, 작성자 자신의 글로 요점만 기록한 것이 요약이다. 한 페이지가 한 문단이 되거나, 한 문단은 한 문장이나 몇 개의 단어로 줄어질 수 있다. 요약은 작성자의 의견이나 평을 붙이지 않고 저자의 말한 내용만 간단하게 줄여야 한다.

다음은 한 책에서 뽑은 실제 문장이다.

카뮈는 마침내 「행복한 시지프」의 이미지에까지 이르른다. 산정을 향해 굴려 올리면 다시 밑으로 떨어지는 바위를 끝없이 굴려 올리도록 운명지워진 고대 신화의 주인공 시지프야말로 인간 운명의 상징이 아니겠는가. 들판을 향해 다시 내려오는 시지프 가운데 반항과 자유와 정열을 잃은 카뮈는, 역설적으로 바로 그 가운데 인간의 위대와 행복을 보는 것이다. 자신의 노력의 허망을 의식함으로써 시지프는 사실 자신을 짓누르는 것보다 위대하다. 그리하여 자신의 운명을 충실하게 받아들이고 투쟁과 반항에서 위대를 이끌어내며 주인 없는 우주에서 가능한 행복을 구축해 나가는 시지프—우리는 이 가운에 카뮈의 모든 것을 찾아볼 수 있을 것이다.

앞의 문장을 다음과 같이 요약할 수 있다.

인간의 위대함

카뮈, 서문, 7

카뮈는 운명을 벗어날 수 없는 시지프에게서 역설적으로 인간의 위대함을 본다. 주어진 상황을 묵묵히 받아들이며 끝까지 굴하지 않고 투쟁하는 태도. 그것이 카뮈가 찾는 것이다.

요약

오른쪽 밑에 요약이라고 쓴 것은 나중에 혼동하지 않기 위해서이다.

(3) 의역(Paraphrase)

이것은 자료의 내용을 한 구절씩 작성자의 말로 옮겨 쓰는 것이다.

그러므로 의역은 본래의 자료와 길이가 비슷하게 마련이다. 의역은 기술적이나 전문적인 용어를 쉬운 말로 바꾸거나 시의 내용을 소개할 때 많이 쓰인다. 이 방법을 쓸 때 자신의 견해는 붙이지 않는다. 단지 자신의 말로 되풀이하기만 한다. 앞에 나왔던 카뮈에 대한 글 중 일부를 의역해 보자.

인간의 위대함

카뮈, 서문, 7

카뮈는 운명의 인간에서 행복한 인간으로 도약을 시도한다. 쉬지 않고 바위를 산 위까지 끌어올리고 다시 밑바닥에서 같은 일을 시작해야만 하는 무의미의 연속에서 시지프는 한계에 빠진 인간의 대표이다. 그러나 카뮈는 오히려 인간이 이러한 한계 속에서 벗어날 수 없는 것을 알기에 위대하고, 받아들이기에 행복할 수 있다고 보는 것이다.

의역

의역은 베끼는 것과는 근본적으로 다르다. 의역은 작성자가 이해한 대로 자신의 말로 자료를 옮겨놓는 것이기 때문이다. 그러므로 이러한 훈련을 많이 하는 것이 필요하다.

(4) 종합(Combination)

이것은 앞의 세 가지 방법 중 모두 또는 두 가지를 사용해서 자료를 기록하는 것이다. 앞의 예처럼 같은 자료를 가지고 종합을 시도해 보자.

> ### 인간의 위대함
>
> 카뮈, 서문, 7
>
> 이 항은 카뮈가 결국 "행복한 시지프의 이미지"에 도약했다고 보
> 았다. 운명을 벗어날 수 없는 시지프에게서 역설적으로 인간의 위
> 대함을 본다는 것이다. 인간은 자기에게 주어진 운명을 묵묵히 바
> 라볼 때 위대하고 또한 행복할 수도 있다. 이런 한계 속에서도 "가
> 능한 행복을 추구해 나가는 시지프"는 카뮈의 추구하는 목표이다.
>
> 종합

(5) 개인적 견해, 주장 등

주제에 관하여 연구하다 보면 논문에 대한 좋은 생각이나, 자료들에
대한 의견이 나올 것이다. 그 때에는 재빨리 카드에다 기록해야 한다.
좋은 질문이 나올 수도 있는데 그럴 때는 대답을 써 둔다. 자료 평가에
대한 비평들도 써 둔다. 이러한 내용들을 각각의 카드에 기록해 둔다.

> ### 인간의 위대함
>
> '행복한 시지프'는 결국 말장난뿐이 아닌가? 냇물에 떠 내려
> 가는 개미 한 마리가 그 사실을 알고 그것을 받아들인다고 위대
> 해질 수 있을까? 인간의 위대함도 이와 마찬가지이다.
>
> 원문

오른쪽 밑에 원문이라고 쓴 것은 그 카드의 내용이 작성자 자신의
것이란 뜻이다. 즉 작성자 자신이 자료가 된다.

130

(6) 표절

자료를 읽다보면 내용을 그대로 옮겨 놓고 싶은 충동이 생길 수도 있다. 그 이유는 주로 두 가지이다. 하나는 자료의 내용이 너무 좋기 때문에 그대로 쓰는 것이 의미를 손상하지 않을 것 같아서이다. 이때에는 꼭 필요한 부분만 직접 인용하고, 나머지 부분들은 앞에서 공부한 방법 중 하나를 선택해서 카드에 기록해야 한다. 논문은 작성자 자신의 글이기 때문이다. 다른 하나는 자료의 글 내용이 난해해서 분명히 이해하지 못했을 때이다. 이때는 앞의 어떠한 방법도 사용할 수 없다. 물론 직접 인용하면 되겠지만 이해하지도 못한 글을 자신의 논문에 사용한대서 무슨 도움이 될 것인가? 한 가지, 논문 작성자가 알아야 할 사항은 난해한 글의 대부분은 사용할 만한 가치가 없는 자료라는 것이다. 아무리 읽어도 이해가 되지 않는 글은 그 글을 쓴 사람에게 문제가 있다고 보는 것이 옳을 때가 많다. 뜻이 분명하지 않은 장황한 미사여구도 마찬가지이다. 이런 것들은 자료에서 빼는 것이 좋다. 여하간 베끼는 일은 절대로 피해야 한다. 문장 중의 단어 몇 개 정도 바꾼다고 베낀 것이 아닐 수는 없다. 다음 예를 보라.

인간의 위대함

카뮈, 서문, 7

카뮈는 결국 행복한 시지프의 개념에까지 도달한다. 산꼭대기까지 올려다 놓으면 다시 아래로 굴러 내려가 버리는 바위를 한없이 밀어 올리도록 운명이 정해진 시지프는 인간의 고뇌를 상징한다. 산 아래로 다시 걸어 내려가는 시지프를 통해 열정과 자유와 항거가 없는 까뮈는 오히려 그 속에서 인간의 위대함과 행복함을 발견한다.

위의 카드를 다음의 실제 문장과 비교해 보라. 그저 단어만 약간 바꾼 글일 뿐이다.

> 카뮈는 마침내 「행복한 시지프」의 이미지에까지 이르른다. 산정을 향해 굴려 올리면 다시 밑으로 떨어지는 바위를 끝없이 굴려 올리도록 운명지워진 고대 신화의 주인공 시지프야말로 인간 운명의 상징이 아니겠는가. 들판을 향해 다시 내려오는 시지프 가운데 반항과 자유와 정열을 잃은 카뮈는, 역설적으로 바로 그 가운데 인간이 위대와 행복을 보는 것이다. 자신의 노력과 허망을 의식함으로써 시지프는 사실 자신을 짓누르는 것 보다 위대하다. 그리하여 자신의 운명을 충실하게 받아들이고 투쟁과 반항에서 위대를 이끌어내며 주인없는 우주에서 가능한 행복을 구축해 나가는 시지프―우리는 이 가운데 카뮈의 모든 것을 찾아볼 수 있을 것이다.

그 다음에 흔한 표절은 분명히 어떤 이의 자료를 이용해서 논문을 작성하면서도 그 자료에서 배웠다는 것을 말하지 않는 경우이다. 의식적이건 무의식적이건 타인의 의견을 각주도 없이 자신의 논문에 그냥 사용하는 일은 비도덕적이다.

D. 자료를 잘 기록하기 위해 필요한 사항

논문을 구성함에 있어서 사용한 자료를 기록할 때 명료, 정확, 완결의 특성을 언제나 유념해야 한다.

(1) 명료성(Legibility)

자료를 카드에 기록한 뒤, 몇 주 또는 몇 달 뒤에 논문을 쓰게 된다. 여러 가지 학교 외의 활동이나 다른 과목 등의 공부로 인하여 한 가지 논문에만 집중할 수 없기 때문이다. 그러므로 카드를 기록할 때에는 언제 읽어도 알 수 있도록 주의해서 써야 한다. 마구 갈겨쓴 글이나 이해할 수 없는 약자들은 아무런 소용이 없게 된다. 여기 명료한 자료 기록을 위한 몇 가지 제안을 소개한다.

1) 잉크로 쓴다.

연필로 쓰면 지워지기 쉽다.

2) 한 면에만 쓴다.

특별히 길지 않은 자료는 앞에만 쓰도록 한다. 뒤로 넘어가는 경우는, 몇 마디 남아서 다른 카드에 쓰기에는 약간 어색할 때만 그리한다. 긴 내용은 여러 장의 카드에 쓸 수 있다. 앞 면에만 써야 나중에 카드를 배열할 때 쉽게 알아볼 수 있게 된다.

3) 한 장의 카드에는 한 가지 주제만 쓴다.

같은 자료에서도 다른 주제가 나올 수 있다. 그럴 경우에는 카드를 따로 사용한다. 그래야만 나중에 배열할 때 혼란이 없다.

4) 약자는 분명히 알 수 있는 것만 사용한다.

'K' 라는 한 자만 쓰면 Kant 인지 Kung인지 알 수가 없게 된다. 그

러나 긴 말이나 되풀이 되어 나오는 단어는 분명히 알 수 있는데, 이
럴 때 약자로 쓰면 편리하다.

(2) 정확성(Accuracy)

논문을 쓰기 시작할 때는 카드만을 가지고 쓸 경우가 많다. 그러므
로 내용이 정확해야 한다. 만약 내용이 부정확하면 논문도 부정확하
게 될 것이다.

1) 자세히 읽는다.

잘못 이해한 내용은 언제나 신중히 읽지 않았기 때문이다. 한 단어
라 해도 다른 말로 잘못 기록되면 전체 의미가 바뀌는 경우가 많다.

2) 정확히 기록한다.

각 낱말들을 정확히 기록해야 한다. 특히 전문적인 용어는 더욱 그
러하다.

3) 사실과 견해를 분명히 구분한다.

자료에서 배운 것이 명백한 사실일 수도 있고, 자료를 쓴 사람이나
혹은 논문 작성자의 생각일 수도 있다. 그러므로 사실인지 혹은 누구
의 견해인지를 분명하게 기록해야 논문 작성시 혼란이 없다. 너무 약
자를 많이 쓰면 혼돈 되는 수도 있다. 그러므로 카드에 분명히 차이를
기록해 두라.

4) 자료를 기록할 때 관례적인 방법을 따른다.

그렇게 함으로써 논문 쓸 때 혼란이 없게 된다. 다음은 그러한 관례

의 몇 가지 중요한 예이다. 자세한 것은 각주에 대하여 다룰 때 말하기로 하자.

(가) 모든 인용은 인용부호를 하고 출처를 정확히 기록한다. 아래 예를 보라.

Huftel, 172.

「부적응」의 본래 이야기는 아서 밀러 자신의 세 카우보이와 함께 한 야생말 사냥에서 얻은 경험에 근거한다. 그는 술회하기를 '내 동료들에 대해 신기하게 느낀 점은 그들의 내면이 언제나 떠돌이의 상태였음에도 조금도 고통을 느끼지 않는다는 것이다. 그들은 놀랄 만한 독립심을 가지고 있었으나 동시에 강하지는 않았다.'(*Saturday Review*, 1961, 2.4.) 그와 동료들의 이러한 자유스러운 감정이 주인공 속에 함축된 것이다.」

(나) 위의 예에서 큰 따옴표 안에 있는 작은 따옴표는 인용문 안의 인용문을 뜻한다.
(다) 인용문을 문장 한 가운데서 생략할 때는 마침표를 세 개(…), 그리고 문장을 하나 이상 생략했을 때에는 마침표를 네 개(…·)한다. 원리에 의하면 세 점은 생략이고 마지막 점은 문장의 마침표이다.
(라) 책, 신문, 잡지의 이름 밑에는 밑줄(워드프로세서로 작업할 때는 이탤릭체로 변경한다)을 긋고, 어떤 논문이나 책의 한 장의 제목은 인용 부호 안에 넣는다.

(마) 세 줄 이내의 시는 인용 부호 안에 넣되 각 행의 끝은 빗긴금으로 표시한다.

"나 보기가 역겨워/가실 때에는/말없이 고이 보내 드리우리다"

세 줄이 넘을 때에는 본래의 모습대로 옮겨 놓아야 한다.

(바) 인용문 안에 자신의 설명을 넣을 때에는 대괄호를 넣는다. 일반적으로 다음 경우에 대괄호를 사용한다. ① 인용문 속의 대명사가 누구를 가리키는지 불분명하여 분명한 명사를 넣으려고 할때, ② 인용문 속의 문장이 이상하거나 틀렸지만 그대로 쓰고 싶을 때 sic이란 단어를 넣는다. ③ 개인적 의견을 넣을 때

① 이 편지를 읽을 때 그[안중근]는 주먹을 움켜쥐었다.

② 그 편지의 내용은 이러했다. "그 나지요[sic]는 고장났다."

③ 인디안의 평균 수명은 단지 44세[밑줄 첨가]로서 백인들보다 20년이 적었다.

(사) 평범하고 일반적으로 알려진 지식, 역사적 사실들은 출처를 밝힐 필요가 없다. 이를테면 책이 출판된 연도나 유명한 전쟁의 전투 지점, 흔히 쓰이는 화학 구조식, 저명한 인물의 생년월일이나 사망년도 등은 여러 자료에서 볼 수 있으므로 각주가 요구되지 않는다.

(3) 완결성(Completeness)

명료하고 정확한 기록이라면 아마 완결성도 문제가 없을 것이다. 그러나 기록이 완전하지 않을 때는 당황하게 된다. 자료가 책꽂이에 꽂혀 있으면 별문제지만, 다시 도서관에 가야 한다든지 아니면 다른 곳에 가야 할 때 곤란을 느낀다. 그러므로 시간과 정력의 소모를 막기 위해서는 완전한 기록을 만들어야 한다.

1) 자료의 출처를 명확히 한다.

적어도 한 장은 완전한 내용을 적어야 한다. 저자 · 책명 · 출판지 · 출판사 · 출판년도 · 페이지 등이다. 카드의 오른쪽 위가 좋은 장소이다.

2) 카드 위에 주제들을 적어 놓는다.

왼쪽 위에 쓰는 것이 좋겠다. 무엇에 관하여 쓰고 있는지 밝혀야 한다. 앞의 예들을 참조하라.

카드의 수는 사람에 따라서 다르지만 30매의 원고지를 채우는데 대략 50장 정도 쓰는 것이 보통이다. 더 많이 쓰는 이들도 있긴 하지만 카드의 분량보다는 질이 더 중요함을 기억해야 할 것이다. 다음은 구미 서적을 위한 약자들이다. 익혀두면 편리하다.

bibliog.	bibliography
biog.	biography
cor©	copyright
c. or ca.	*circa* ("about")-used with approximate dates
cf.	compare with
ch. or chap.	chapter
col., cols.	columns
comp.	compiled by, or compiler
ed., eds.	edited by, or editor(s)
e. g.	*exempli gratia*("for example")
enl.	enlarged
esp.	especially

et al.	*et alii*("and others")–always abbreviate, never use full form
etc.	*et cetera*("and so forth")
f., ff.	following page(s)
fig., figs.	figure(s)
fn.	footnote
ibid.	*ibidem*("in the same place")
I. e.	*id est*("that is")
illus.	illustrated or illustrations
introd.	introduction
l., ll.	line(s)
ms., mss.	manuscript(s)
N.B.	*nota bene*("mark well" or "take notice")
n. d.	no date of publication given
n. p	no publisher given ; no place of publication given
p., pp.	page(s)
passim.	here and there throughout the work
pseud.	pseudonym
pub.	publisher, published, publication
sic	so, thus
tr., trans.	translator, translated by, or translation
v. or vide.	see
viz.	*videlicet*("namely")
vol., vols.	volume(s)

5. 내용 구성

연구논문은 어떻게 보면 빙산의 일각과도 같다. 밖으로 나온 부분이 물 속에 잠긴 부분의 십 분의 일 밖에 되지 않는 것이 빙산이다. 연구 논문을 읽는 데는 긴 시간이 걸리지 않아도, 그것을 준비하고 작성하는 모든 시간이 말할 수 없이 길고 고통스럽다는 것은 해 본 사람만이 알 것이다.

자료의 기록을 끝냈을 때 가장 중요한 단계에 도달해 있게 된다. 이 때는 기록을 평가해서 논문에 사용할 내용을 선택하는 것이다. 자료를 선택하고 평가하는 능력이 좋은 논문의 내용을 결정한다. 아무리 좋은 자료라도 논지와 관련이 없으면 버려야 한다. 조직 단계에서 작성자는 자신이 주제에 관해 발견한 것과 그것에 대한 평가를 종합할 수 있게 된다.

자료의 기록이 끝나갈 때 충분한 만큼의 자료들을 뽑았는지 확인해 보고 부족하면 더 보충해야 할 것이다. 참고 목록을 보고 필요한 자료가 다 검토되었는가 확인해 본다. 그 다음에는 카드들을 책상 위에 펼쳐 놓고 가장 바람직한 순서로 내용을 배열한다. 불필요한 자료는 과감히 버려야 한다. 자료의 검토와 평가를 통해 다음의 결과가 나와야 한다.

1) 전체를 움직이는 견해가 분명해 진다. 주제에 대해서 자신의 이해와 함께 의견이 생겨난다. 작성자는 논문을 통해 이것을 주장하고 증명하는 것이다.

2) 논문을 통해서 강조하고자 하는 것이 명백하게 된다. 자료를 작성하다보면 특별히 관심있거나 중요하다고 생각되는 면으로 연구가 집중된다. 그러므로 논문에 이 점을 강조해서 작성할 수 있다.

3) 자료의 논리적인 배열을 발견하게 된다. 앞의 두 과정을 통해서 어떤 배열의 방법을 이미 찾아냈을 것이다. 이것을 논문에 그대로 쓰면 된다.

A. 논지(Thesis Statement)

논지는 전체 논문을 대표하는 작성자의 견해 또는 주장을 한 문장으로 쓴 것이다. 그렇기 때문에 그것은 단일한 내용이며 관계가 분명하고 표현이 명확해야 한다. 논문이 길 때에는 다시 몇 개의 주제로 분류된다.

논지는 논문에 통일성을 준다. 이것을 통해서 작성자의 이해와 생각을 하나로 묶을 수 있다. 그러므로 내용조직을 할 때 가장 먼저 할 일은 논지를 쓰는 것이다. 우리가 머리 속에만 가지고 있는 것은 직접 써 놓는 것만 못하다. 머리 속에 있는 것은 분명하지 않고 잊어버리거나 변하기 쉬운 때문이다. 때문에 반드시 써 놓아야 한다. 물론 써 놓았다가도 다시 고쳐서 더 분명하게 만들 수도 있다.

자료 기록시에 가상논지를 써 놓았다면 지금이 수정할 단계이다. 가상논지는 자료수집의 방향과 범위를 분명히하는 데 도움을 준다. 그러나 이제는 논문의 내용을 조직하는 단계이므로 가상 논지를 참 논지로 고쳐야 한다. 이때쯤 되면 작성자의 견해가 분명해지므로 올바른 논지를 쓸 수 있겠다.

논지는 또한 전체 논문에 연결성을 준다. 만약 목차들을 써 놓았다면 그것들이 하나하나 논지를 지지하고 있는지, 즉 논지를 증명하고 있는지 확인해 보라. 만약 그 중 어느 하나라도 이 논지와 직접적으로 관련되지 않는다면 관련되도록 고치든지 아니면 내용에서 제외시켜야 할 것이다.

논지를 자꾸 길게 늘이거나 내용의 모든 요소를 다 포함시키려고 하지 말아야 한다. 논지는 단순·명확해야 한다. 논지를 먼저 세우고 내용 구성을 해야지 내용을 다 조직해 놓고 그것에 맞추어 논지를 만들면 안 된다.

많은 학생들이 논지를 제목이나 제목에 몇 마디 첨가한 것과 혼동하고 있다. 예를 들어 "대중의 공원을 위한 부지"란 제목 자체는 논지가 아니다. 또한 "본 논문에서는 대중의 공원 부지를 왜 설정해야 하며 어떻게 그것을 이룰 수 있는가에 관해서 연구하고자 한다"라는 식으로 말해도 여기에는 논지가 포함되어 있는 것이 아니다. 우리 나라의 너무나 많은 논문들이 이렇게만 말할 뿐 서론에도 결론에도 논지는 말하고 있지 않다. 그런 식으로 쓰는 논문들은 작성자의 견해나 주장이 없는 논문이다. 앞의 제목에 대한 논지는, 예를 하나 든다면, "대기업들이 아파트나 공장 건설로 자연의 자원과 아름다움을 파괴하기 전에 시민들은 정부기관을 통해서 도시 주변의 땅을 공원으로 정하도록 노력해야 한다"는 식으로 만들어질 수 있고, 논문 전체를 통해서 이 논지의 타당성을 증명하면 되는 것이다. 논지에 관한 더 자세한 내용은 이 책의 맨 앞부분을 참조하라.

B. 내용 조직

이제 논문의 내용을 논리적으로 조직하기 위한 방법들을 연구해 보자. 다음에 열거되는 방법 중 하나 또는 몇 가지를 한꺼번에 사용할 수 있겠다. 역사적인 기술이 가장 보편적이다.

(가) 시간 : 자료를 시간 순으로 배열하는 것은 기초적인 방법이다. 가장 오랜 것부터 시작할 수 있고 반대로 가장 새로운 것부터 할 수 있다. 또는 어떤 중요한 시기를 기점으로 그 전후를 말할 수도 있겠다.

(나) 잘 알려진 것에서부터 잘 알려지지 않은 것으로, 또는 단순한 것에서부터 복잡한 것으로 : 이 두 가지 조직방법은 쉬운 것부터 어려운 것의 순으로 배열하는 점에서 대단히 비슷하다. 이해하기 쉽고 간단한 것으로부터 시작해서 그것을 근거로 하여 복잡한 것을 설명한다. 만일 미사일에 관한 논문을 쓴다면 아주 간단한 폭죽에 관한 원리로부터 시작할 수 있을 것이다.

(다) 비교와 대조 : 두 가지 방법 모두 사물이나 이론 또는 인물들간의 관계를 설명한다. 이 두 가지 방법은 대체로 같이 사용된다. 여러 면으로 나누어서 한 번씩 비교와 대조를 하고 결론을 내리거나 한 번에 한 쪽을 다 말하고 다음에 다른 쪽을 다 말한 후에 결론을 내리면 되겠다. 외국 소설의 두 가지 다른 번역을 비교하거나 두 인물에 관해 비교할 때 등 각종 비교와 대조에 이 방법을 사용한다.

(라) 일반적인 것에서 특수한 것으로 또는 특수한 것에서 일반적인 것으로 : 일반적인 것에서 특수한 것으로의 방법은 넓고 일반

적인 견해나 주장을 세밀한 부분들에 적용시키는 방법이다. 반대로 특수에서 일반으로 가는 것은 특정한 문제들을 자세히 다루고 그것을 일반화시키는 방법이다. 앞의 것에 대한 예를 들면 아프리카의 여러 나라들이 어떻게 하면 경제적으로 독립할 수 있는지 한 이론을 제시한 후 몇 나라를 선택해 한 나라씩 그 이론을 적용시켜서 그 나라가 경제적으로도 독립할 수 있는 방법을 설명한다. 반면에 뒤의 방법이 예를 들면 우리 나라 농촌의 이농현상을 연구하기 위해 몇 지방을 선택해서 개별적으로 분석한 뒤 전체에 해당되는 한 결론을 끌어내는 것이다. 다른 예를 들면 셰익스피어의 작품 몇 가지를 선택해서 그 당시 여성의 사회적 지위에 관하여 개별적으로 분석하고 그의 작품 전체에 해당되는 결론을 끌어 낼 수 있다.

(마) 문제에서 해결로 또는 질문에서 대답으로 : 가장 많이 사용되는 방법인데 논문 작성자가 문제를 제기하거나 지적하고 그 해답을 주는 것으로 논문의 내용은 그 해답이 문제를 잘 해결하고 있음을 증명하는 것이다. 예를 들어서 도심지 교통 체증에 관한 논문을 쓴다 할 때, 먼저 상황을 기술해서 문제를 지적한 후에 가능한 해결방안을 제시해서 적용을 시켜 보는 것이다. 때로는 문제는 제기되지만 해답의 시도만으로 끝날 수도 있다. 이 방법에 있어서 해답 또는 시도된 해답은 곧 논문의 논지가 된다. 이 방법으로 쓴 논문의 예를 들면 마야 문명이 어떻게 멸망했는지의 질문을 던지고 대답을 시도할 수 있다. 이때는 다른 학자들이 제시하지 않았던 가능한 해답을 한 두 가지 제시할 수 있겠다. 또는 셰익스피어 작품들의 진위성을 질문하고

새로운 컴퓨터 분석으로 진위를 구별한다는 것도 좋은 예이다.

(바) **원인에서 결과로 또는 결과에서 원인으로** : 원인과 결과를 관련시켜서 논문을 작성할 수 있다. 예를 들어 어떤 사건에 관해서 기술하고 그 결과를 설명할 수 있겠다. 또는 반대로 어떤 상황을 자세히 설명한 후에 그것의 원인을 추적할 수 있다. 플라스틱이 어떻게 공업의 판도를 바꾸었는지, 도스토예프스키가 도박에 관하여 무엇이라고 썼으며 그 이유가 무엇인지, 또는 대학입시제도와 그것의 결과… 이런 종류의 주제에 이 방법을 사용할 수 있다.

C. 목차 구성

논지를 증명할 구성 방법을 결정했으면 목차를 만들어야 한다. 목차는 논문 기술에 있어서 내용을 논리적으로 또는 체계적으로 쓰기 위한 계획이다. 목차의 주요기능은 개개의 내용에 관련을 시키며 또한 동시에 논지와 연결을 시키는 것이다. 이 책의 전반부에서 연구했듯이 목차는 논지를 증명하는 줄거리이다. 목차를 쓰지 않고서 논문을 쓰면 절대로 안 된다. 왜냐하면 전체의 계통이 없이는 효과적인 조직을 할 수 없기 때문이다. 한 걸음 더 나아가 목차를 통하여 그 논문의 강점과 약점을 한 눈에 볼 수 있기 때문에 약한 부분을 보강시킬 수 있게 된다. 목차는 제목만 쓰는 경우와 문장으로 하는 경우가 있다. 자세한 것은 이 책의 앞부분 목차에 관한 부분을 읽어 보라.

목차는 논문 가운데 포함된 주제를 세분화시킨 것이다. 2번 이상 세분할 때에는 문자와 숫자를 번갈아 사용해야 한다. 아래의 방법 중 한 가지를 사용할 수 있다. 그러나 이밖에도 작성자의 편리에 따라 다른 방법을 쓸 수 있다.

목차 구성의 예(1)	목차 구성의 예(2)
Ⅰ.	1편
A.	1장
B.	1절
C.	1.
1.	가
2.	(1)
a.	(가)
(1)	①
(2)	②

6. 논문의 기술

만약 지금까지 설명한 각 과정을 제대로 잘 거쳤다면 논문을 쓰는 일은 수월하게 진행할 수 있다. 이미 자료는 다 수집했고 무슨 말을 쓸 것 인가도 알고 있다. 그러므로 작성자가 할 일은 목차를 따라서 카드를 보며 좋은 글을 써서 논문을 만드는 것이다.

글을 쓰는 사람에 따라서 시간이 걸려도 처음부터 정확하게 쓰려 하는 사람도 있고 대강 빨리 쓰고 고치는 사람도 있다. 뒤의 방법을 따라 쓰는 사람은 단어나 문장이 마음에 들지 않아도 빨리 써 나가는데 집중해야 할 것이며, 특히 나중에 고쳐야 될 부분이나 강조할 부분은 표시를 해 놓는 것이 좋다.

논문에는 대체로 삼인칭이나 복수를 쓴다. '나'나 '당신'이란 말은 대개의 경우 나타나지 않는다.(물론 인용된 문구 속에는 있을 수 있겠지만) 자료를 충분히 잘 이해하였다면 제3인칭의 입장에서 써야 한다. 왜냐하면 모든 내용은 글쓰는 사람보다 읽는 사람을 위해서 만들어져야 하기 때문이다.

문제는 단순하고 명료해야 한다. 공연히 어려운 말을 골라서 쓴다든지, 뜻도 분명치 않은 말이나 미사여구를 늘어놓지 말아야 한다. 또한 은어나 극단적인 구어체는 피하고 언제나 공식적인 문장을 사용해야 한다.

A. 좋은 시작과 잘못된 시작

논문 쓰기를 시작하기가 어렵게 느껴지는 사람이 있을 것이다. 그런 사람은 다음 몇 가지 예를 사용하면 도움이 될 것이다.

1) 제목에 관해서 분명하게 설명한다.

자신이 죽어간다는 사실을 환자가 받아들이지 않으려는 것은 조금도 놀랄 일이 아니다. 치명적인 병으로 진단된 때부터 죽는 시간까지 불가항력을 거부하는 기간들이 있게 마련이다. 환자들은 자주 진단이 잘못되었다거나 자기의 병이 별 것 아닌 것처럼 말하며 미래에 대한 계획을 세운다. 이런 가운데 간호사는 환자가 죽음을 받아들이도록 도와주는 중요한 역할을 하게 되는 것이다.(Judy Blake

의 "죽어 가는 환자와의 관계에서의 간호사의 역할")

2) 제목에 대한 논문 작성자의 입장 또는 주장을 말한다.

현대 신학의 문제점을 교리적 부정확성이나 교리적 오류에 있는 것이 아니고, 그 신학들이 내포하고 있는 불신앙에 문제가 있다. 바르트의 기도론에 있어서도 마찬가지이다. 교리는 말하자면 신앙의 문법과 같은 것이다. 교리가 틀리면 신앙의 말이 성립되지 않는다. 그러나 교리적으로 오류가 없고, 그 교리를 토대로 하는 신앙의 언어가 정확할지라도 그것이 말뿐이고 사실적인 신앙이 아닐 때 신앙의 웅변의 밑바닥에 깔려있는 불신앙을 우리가 간과할 수가 없다.(한철하, "칼빈과 칼바르트에 있어서의 기도론의 비교")

3) 제목은 잘 알려진 사실이나 최근의 사건에 관련시킨다.

지난 일요일 밤 9시 KBS와 MBC 두 텔레비전은 다같이 일본의 「한국 붐」에 관한 이야기를 다루었다. KBS는 일본인 사이에 한국어를 배우려는 열의가 대단하며 한국에 관한 책자들이 성황을 이루고 있다는 것을 보여주었고 MBC는 상당 시간을 할애해서 한국의 대중가요가 일본에서 대단한 유행을 이루고 있는 현상을 보도한 일본 TBC TV의 프로를 우리 시청자에게 소개했다.

확실히 지금 일본에는 무엇에 자극되었는지는 몰라도 한국을 좀더 알려고 하는 노력이 새삼 하나의 커다란 물줄기를 이루고 있는 것 같다. …(김대중, "전 일본인의 대륙낭인화인가")

4) 일반적인 통념에 대한 도전으로 시작할 수 있다.

자고로 우리 나라를 가리켜 동방예의지국이라고 불러왔다. 중국인들까지도 흠모할 만한 예의의 나라라는 것이다. 이 말이 우리 나라를 소개하는 데 늘 사용되었던 것도 우리가 잘 아는 사실이다. 그러나 이 말처럼 우리를 수치스럽게 만드는 것이 또 어디 있을까? 그이유를 알면 누구든지 이 표현에 분노하지 않을 수 없게 된다.

5) 제목에 관한 역설적인 표현으로 시작한다.

20세기 후반에 TV만큼 영향력이 있는 것은 없다. 그것이 교육적이라고들 말하지만 가르치는 것은 거의 없다. 그것이 사실적이라고 하지만 가장 악질적인 속임수이다. 그것이 미국의 가치들을 계몽한다고 하지만 오히려 그것들을 파괴하고 있다. 그것은 폭력과 소극성과 자만과 문맹을 동시에 조장하고 있는 것이다.(David Michaels, "Being There이 '위대한 미국 소설'이다.")

6) 짧은 인용이 흥미를 유발하면서 논지와 관련된다면 좋은 시작이 될 수 있다.

"점점 영화기술이 실용주의적으로 되가는 이 시대에 '예술'이라는 단어는 너무 범위가 좁아 보인다. 그러나 서부영화의 예술을 깊이 연구해 보려면 대중문화와 개인 영화제작자, 영화산업과 배우, 영화역사와 영화언어의 양쪽 면들을 포함시키지 않을 수 없다." 서부영화는 물론 단순한 도피주의나 욕망충족으로 끝나지 않는 그 이상의 것이다. 그것은 자신의 고유한 양식과 상상하지도 않았던 분야를 공부해야 할 만큼 모든 것을 포함하는 형태를 가진 영화 장르이다.(Sharon Lee, 「서부영화의 장르」)

7) 제목에 관련된 어떤 흥미 있는 사실이나 통계를 제시한다.

> 한국이 69개국의 기독교 성서를 출판하는 세계 제1의 성서 수출국으로 자리를 굳혀 해외선교에 이바지하고 있다.(서희건, "한국의 성서 수출")

8) 제목에 관련된 인물, 사건의 간단한 배경 설명으로 시작할 수 있다.

> 윈스턴 처칠은 1874년에 태어났다. 영국의 영광이 그 절정에 다다랐던 빅토리아 여왕시대에 어린 시절을 보내고 1900년에 처음으로 하원에 들어갔다. 그 후 은퇴할 때까지 하원은 줄곧 그의 마음의 고향이었다. 영국의 헌정사를 두고 가장 긴 의원 생활의 기록이다. 그러므로 관례에 따라서 "의회의 아버지"라는 명예로운 칭호를 받게 되었다.

잘못된 시작

다음의 예는 잘못된 시작이다. 이런 경우는 피하는 것이 좋다.

1) 제목을 반복하지 말 것. 그것은 이미 읽었으니 다시 말할 필요가 없다.
2) 질문으로 시작하면 독자들로부터 예상 밖의 대답을 들을 경우가 있으므로 피하라.
3) 사전식의 정의를 내리지 말라. 서두에는 참신한 느낌이 들어야 한다. 사전을 인용하려면 두 번째 문단 이후에 하라.

B. 서론(Introduction)

논문이 길게 되면 서론부분을 만든다. 대개 200자 원고지 15매 이내로 쓸 때는 따로 서론이라고 구분해 쓸 필요는 없다. 그래도 논문 앞부분에 간략한 서론의 내용을 써야 한다.

아마도 논문에서 가장 중요한 부분이 서두 또는 서론일 것이다. 우리 나라 책이나 논문들은 그렇지 못한 경우가 많으나 구미제국에서는 서론이 가장 중요한 부분이다. 마치 논문 전체를 소개하는 안내서나 지도 같다. 그러므로 그 논문을 잘 이해하려면 몇 번이고 완전히 소화할 때까지 서론을 읽은 다음 본론으로 넘어가는 것이다. 그러기에 논문을 작성하는 이는 서론의 중요성을 명심하고 철저하게 연습해 두어야 할 것이다.

서론에서 가장 중요한 것은 무엇보다도 논지이다. 그 논문의 논지가 무엇인가를 말하고 그것을 어떻게 증명할 것인가를 말하는 것이다. 나머지는 모두 보조 내용인 셈이다.

석사논문 이상이라면 대략 다음의 내용들이 서론에 서술되어야 한다.

1) 주제에 관한 지금까지의 연구 결과
2) 그 연구에서 해결되지 않은 문제제기 또는 연구 목적 제시
3) 연구 범위 또는 방향 제시
4) 앞의 문제에 대한 해답 (논지)제시
5) 그 해답(논지)의 설명과 부속된 주제들 소개
6) 연구 방법
7) 증명하는 방법 또는 순서(목차)
8) 이 논문의 중요성(공헌도)에 대한 간단한 진술

9) 기본 자료와 특수용어 설명, 기타

보통 학기 중에 쓰는 논문이라도 위의 내용은 될 수 있는 대로 갖추는 것이 좋다. 그러나 생략할 수 없는 것은 역시 논지의 제시와 그에 대한 설명이다. 많은 사람들이 "이 논문의 목적은…에 관해 연구하고자 함이다"라고만 하고 논지를 제시하지 않는다. 다행히 결론에라도 논지가 있으면 되는데 그렇지 않으면 문제만 있지 해답은 없는 논문이 되고 마는 것이다. 즉 논지가 없으므로 무슨 말을 할지 처음부터 분명치 않은 것이다. 대체로 구미제국의 학자들은 서론 부분에 반드시 논지를 제시함으로 자신이 무엇을 말할 것인가 또는 무엇에 대해 증명할 것인가를 분명히 하고 본론에 들어간다. 다음 한 논문의 서론을 통해서 앞에서 말한 요소들이 어떻게 구성되었는가 살펴보자.

주제에 관한 지금
까지의 연구 결과

어네스트 쌘딘(Ernest Sandeen)의 「근본주의의 뿌리」란 책이 나오기까지 근본주의 운동은 1920년대의 사회현상에 대한 반발로 밖에 보이지 않았다. 많은 학자들과 반대자들에게 그것은 사회의 부적응 또는 도시와 농촌 간의 문화적 갈등 또는 반지성, 반진화적으로 보여졌다. 1970년이 되어서야 쌘딘은 진정한 교리적 원인이 이 운동저변에 깔려있음을 발견한다. 그는 두 가지의 19세기 신학 전통 즉 전천년설과 프린스톤 신학이 이 운동 안에 합쳐진 것을 찾아냈다. 그가 보기에는 프린스톤 신학이 이 운동에 조직과 지도자들을 제공했고 전천년설은 형태와 생명력을 준 것이다. 최근에 조지 말스덴(George Marsden)이 운동의 교리적 배경에 한해서는 쌘딘의 주장을 다시 확증해 주었다. 말스덴은 쌘딘보다 좀더 넓은 견해로써 더 많은 근본주의 운동의 뿌리가 있음을 주장한다. 즉 부흥회 운동, 성결운동, 전천년설과 칼빈주의 등이다. 두 사람 모두 프린스톤 신학과 그로부터 나온 성경 문자주의가 이 운동이 가장 중요한 체계인 것에 동의하고 있다.

그 연구에서 해결되지 않은 문제 제기 프린스톤 신학자들은 스코트랜드의 상식철학을 그들의 방법으로 사용하여 칼빈주의 신학을 방어하기 위해 성경의 권위를 강조하였다. 그러므로 근본주의의 중요성을 발견해 낸 것은 쌘딘과 말스텐의 공헌임에 틀림없다. 그럼에도 불구하고 지금까지의 연구로는 해결되지 않은 문제가 남아 있다. 20세기 장로교회 내에 성경 문자주의를 신봉하는 보수주의자들이 많이 있었다. 쌘딘과 말스텐의 기준에 의하면 이들 모두가 다 근본주의자들이다. 그러나 그들 중 몇 사람만이 근본주의자들이라 불리었고 나머지는 그렇지 않았다. 왜 그랬을까? 어째서 같은 프린스톤 신학의 영향이 어떤 이들은 호전적인 근본주의자로 다른 이들은 단순한 보수주의자가 되게 했을까? 여기서는 이 질문들의 해답을 시도한다.

논지

논지 설명 장로교회 내의 논쟁시에 많은 교회론적인 문제들이 제기되었으나 역사가들은 그것을 대부분 무시해버렸다. 그러나 명백히 자유주의자들과 보수주의자들 사이의 논쟁은 교회론적인 문제가 없었다면 근본주의 논쟁은 존재하지 않았거나 있었다 해도 아주 약했을 것으로 추측된다. 그러므로 이 논문에서는 20세기 초 장로교 논쟁은 교회론적인 관점에서 보아야 할 것을 주장한다. 사실상 논쟁의 주역들은 서로 다른 개념의 교회관을 가지고 있었다. 그러므로 논쟁의 내용이 교회론적일 수밖에 없었다. 당시 크게 나누어 3종류의 무리가 충돌했다. 즉 극단적인 보수주의, 온건한 보수주의 그리고 자유주의였다. 여기서는 처음 두 무리에 대해 분석할 것이다. 극단주의자들은 자유주의자들을 기독교인으로 인정할 수 없었기에 교회내의 지도적 위치에서 물러나야 한다고 믿었다. 그러나 온건파들은 그렇게 생각하지 않았다. 그들의 교회관에 대한 확신들이 서로 반응하여 논쟁을 발전시키게 된 것이다.

연구 목적 제시   그러므로 이 연구를 통해서 1) 프린스톤 신학에 표현된 교회론, 2) 프린스톤 교회론과 근본주의 교회관과의 관계 3) 논쟁을 통해서 나타난 근본주의 교회론을 검토하려고 한다. 몇 가지 주요 주제들이 연구 전체를 통해서 증명될 것이다. 첫째, 프린스톤 전통에서 단순히 보수주의와 근본주의의 차이는 교회에 관한 개념 차이에서 시작한다. 여기서 어드만(Erdman)과 메이첸(Machen)이 후기 프린스톤 학파의 대표적 인물들이므로 그들의 신학적 입장의 차이를 통해서 교회의 개념이 토론된다. 둘째, 모든 근본주의 체계와 아울러 근본주의 교회관 역시 프린스톤 전통에서 왔다는 것이다… 셋째, 근본주의 교회관은 논쟁으로 인한 혼란기를 통해 꾸준히 주장되고 갈수록 더 강화된다.

논지에 부속된 주제들

연구 방법   연구방법 중 제일 첫 번 일은 프린스톤 신학의 흐름을 검토하는 것이다. 왜냐하면 이 신학체계 속에서 프린스톤의 교회관을 끄집어 내야만 하기 때문이다. 처음에는 프린스톤 신학 속에 특정한 형태의 교회관이 형성되어 있지 않았고 단순히 그 문제에 관한 칼빈의 가르침만을 따를 뿐이었다. 그러나 1837년 교회 분열을 통한 혼란기에 프린스톤 신학에서 교회론이 발전하기 시작했다. 둘째로 프린스톤 교회론과 근본주의 교회론의 관련이 연구된다. 그 것은 교단 내의 지도적인 근본주의자들의 입장을 프린스톤 교회론과 관련시켜 대조해 보는 것이다. 20세기 초반에 두 개의 신학적 입장이 대치해 있었다. 즉 보수주의와 자유주의이다. 그러나 논쟁이 발전해 가자 더 극단적인 입장이 나타난다. 그것이 극단적 보수주의인데 반대파들에 의해 근본주의라고 불리운다. 1920년 이전에는 보수주의자들 중에서 근본주의자들을 구분하는 것이 쉽지 않았다. 그러나 그 후에 근본주의는 결국 교회관에 있어서 배타적인 입장을 취하게 된다. 마지막으로 논쟁기간 전체를 통한 각종 교회론적인 주제들을 연구해 보고자 한다.

기본자료 설명   이 연구를 위해 알렉산더, 하지, 월필드, 메이첸, 어드만들의 일차자료들이 결정적으로 중요하다. 또한 여러 가지 공식물로서 특히 미국 장로교단의 최고기관인 총회의 회의록이 참조된다. 신학잡지 중에는 *The Presbyterian*과 *The Princeton Theological Review*가 대단히 유익하다.

최근에 각계에서 교리적인 면에서 근본주의를 연구하기 시작했다. 그러나 교리 중에 어떤 면이 가장 핵심적인 역할을 했는지 올바로 지적하지 못했다. 쌘딘과 말스덴이 지적한 바대로 칼빈주의 전통이 근본주의의 뼈대를 형성했다. 그러나 근본주의의 출발점이 교회론이란 점을 발견하지 못했던 것이다. 그러므로 이제는 근본주의의 핵심을 찾아내기 위해 그것의 교회론을 검토해 볼 필요가 있는 것이다.

논문의 내용 소개   논문의 내용은 다음과 같이 진행되어서 논지를 설명할 것이다. 제 일 장에서는 근본주의 형성에 미친 칼빈주의 전통의 역할을 밝힌다.…(후략)

C. 본론의 내용

철저한 연구 후에 신중하게 작성된 목차를 따라 논문의 본론을 쓰는

154

것은 어렵지 않다. 작성자는 증거자료나 참고자료들을 사용하여 자신의 논지를 설명하되 출처를 밝혀야 한다.

카드에 기록된 요약이나 의역한 내용들은 더 좋은 문장으로 고칠 수도 있다. 인용은 요약이나 의역으로 바꿀 수도 있다. 여하간 앞 뒤 상황에 맞추어서 더 바람직한 방법으로 얼마든지 고칠 수 있겠다.

인용문이나 다른 사람의 의견을 쓸 때는 반드시 그것에 대한 자신의 견해를 붙이면서 써야 한다. 많은 논문들이 적절한 설명이 없이 다른 사람의 말을 많이 인용해서 짜맞추고 있는데 이것은 절대로 논문이 될 수 없다. 논지에 관련된 논지를 증명하는 자료들을 본론에 쓰되 반드시 작성자 본인의 말로 논지와 관련을 시키라. 그리고 필요하면 그 자료의 배경 설명을 덧붙이라. 작성자는 잘 아는 내용이라도 독자들은 처음 보는 논문이니 적절한 설명이 있어야 한다. 특수용어나 중요한 용어들은 무슨 의미로 썼는지 정의를 내려주면서 나가야 한다.

자신의 말에 대한 충분한 설명과 증거를 제시하라. 필요하면 자세한 내용을 나열하고 예를 들라. 하나 하나의 문장들이 모두 논지를 직접 간접으로 지지하고 있어야 한다. 만약 본론 중에 논지와 관련된 어떤 의견을 주장해야 한다면 그것이 충분한 근거를 가지고 있는가 확인해 보라. 덧붙여 필요한 각주를 잊지 말고 표시해 두어야 한다.

통일성(Unity) : 통일성이 있는 논문은 단 한 가지의 주제만을 다룬다. 만약 제목을 신중히 선택해서 논지를 만들고 그것을 증명하는 적합한 목차를 만들어서 그대로 쓰면 분명히 통일성이 있을 것이다.

연결성(Coherence) : 논문의 모든 내용들이 서로 밀접하게 연결되어야 한다. 이것 역시 신중하게 만들어진 목차와 관련이 깊다. 또한 자료들이 논지와 관련되어야 한다. 그러므로 작성자의 말로 잘 관련을 시키라. 마치 변호사나 검사가 증거와 증거 사이에 자신의 말을 논리 있게 넣어서 전체 사건을 죽 연결시켜 하나로 만드는 것과 같다. 문장 중에는 접속사를 적절하게 사용하므로 연결성을 돕는다.

강조(Emphasis) : 특정한 내용은 독자에게 강조할 필요가 있을 것이다. 강조하기 위해서는 그 부분의 분량을 많게 작성하거나 강조할 말을 요소 요소에 반복하면 된다. 또는 두 가지를 다 사용할 수 있다. 이 목차에서 강조할 부분은 분량을 많이 배정해 놓았을 것이다. 그리고 중요한 용어 등은 여러 번 되풀이 사용함으로써 독자의 관심을 끌 수 있다. 그러나 문장 전체를 반복하거나 한 번 언급한 내용을 되풀이 하면 안 된다.

명확성(Clarity) : 논문의 목적은 작성자의 생각을 오해나 혼동이 없이 잘 설명하는 것이다. 그러므로 논문의 내용을 분명하게 이끌어 가야 하고 독자들에게 다른 것을 상상하지 않게 해야 한다. 단어들을 분명하게 쓰라. 작성자의 눈에는 분명한 문장도 독자에게는 불분명할 수 있다. 왜냐하면 그들은 연구하지 않았기 때문이다. 그러므로 언제나 독자의 입장에서 쓰라. 애매한 표현이나 미사여구는 사용하지 말라. "의지의 외연과 내연이 작렬하는 곳에 숭고한 이념이 승화하는 것이다"는 식의 문장은 아무 것도 설명하지 않고 있다. 명확히 쓰라.

구체성(Concreteness) : 말을 구체적으로 하라. 그리고 증거 자료를 제시하라. 예를 들어 본문 중에서 어떤 책을 지적해서 "이 책은 현대인의 갈등과 고통에 관해 쓰고 있다"라고 했으면 다음 문장에서 다른 내용으로 넘어가기 전에 갈등과 고통의 내용이 무엇인지 구체적인 설명을 덧붙여야 한다. 도대체 현대인에게 어떤 갈등과 고통이 있다고 저자가 보는지 갈등과 고통의 내용을 쓰라. 그리고 그 증거를 제시하기 위해 참조한 책 어디에 있는지 각주를 첨가하라. 특별히 논문 작성자가 어떤 주장을 할 때는 그 주장에 대한 근거를 제시해야 한다.

D. 좋은 마침

말할 것이 다 끝났으면 마치라. 그럼에도 불구하고 끝 부분은 지금까지 서술한 것을 마무리하는 자리이므로 어색하게 되어서는 안되겠다. 끝 부분은 논문 전체를 하나로 묶으면서 논지를 강화시키는 자리여야 한다.

1) 논지에 관해서 다시 한번 확언하라. 논지를 어떤 방법으로 설명하거나 묘사하되 그저 논지를 반복하지는 말라.

> 지금까지의 본래 이야기의 로즈린을 연구해 보았다. 나중에 밀러는 그녀를 많은 남자들이 기쁘게 해주고 싶어하는 매력은 있지만 금방 싫증나는 아가씨로 묘사하였다.「부적응」에서 로즈린은 더 복잡한 성격으로 발전해서 이전 작품들에게 나타났던 그녀의 전신들의 "순진하다"거나 "세련되었다"는 인상은 잃어버리게 된다. 이 세 작품들에서 밀러는 극중 인물의 첫 번 묘사를 복잡하게 발전시켜감으로써 관점의 뛰어난 변화를 보여주고 있다.(Judith Matz, "Roslyn: Evolution of a Literary Character")

2) 간단한 인용으로 끝난다. 논문 전체를 통해 나타난 자신의 입장이나 견해를 요약하거나 강력히 뒷받침하는 내용의 인용문이면 좋다.

터시다이즈는 분명히 실수를 범했지만 그의 작품의 역사적 중요성을 무시할 수 없다. 언제나 위대한 인물들이 그랬듯이 그에게도 전통을 깨뜨리고 새 견해를 소개하기 위한 용기가 필요했던 것이다.

그는 희랍 저자로서 희랍인들의 기능을 최대한 소유했으므로 굽힐 줄 모르는 정직함으로 처음부터 끝까지 임했다. 구매인의 기본적 정치개념에 관해서 실체를 엄격하게 평범 단순화하는 능력과 그것을 서술하는 기술은 터시다이즈가 세운 금자탑임에 틀림없다.(Gerald Douthit, "역사가로서 Thucydides"에서)

3) 처음에 제시했던 일반화 또는 전제로 되돌아간다. 이 방법은 1)번과 근본적으로는 같다고 볼 수 있다. 처음의 전제를 어떻게 증명했거나 확대시켰거나 비판했는가 보여줄 수 있다.

그렇다면 돈키호테는 미친 늙은이만은 아니다. 오히려 그는 깊은 인간애를 가졌으며 그의 주책스런 모험은 주로 억눌린 자들을 돕기 위해 시작된 것이었다. 더욱이 그의 바보 같은 꿈이 실제로는 가장 정신이 온전하고 덜 미친 사람들의 소망이었던 것이다. 그의 무모한 저항은 실제에 있어서 참 이상이었다. 그의 시대착오적 생각은 실제에 있어서 정상적인 사람들 간에 분명히 나타나는 의식과 긴장이었다. 세르반테스가 창조한 이 주인공의 성격을 미쳤다고 한다면 우리 모두 다 그렇게 불리워야 할 것이다. 왜냐하면 그는 모든 사람의 혼합된 모습이기 때문이다―뿐만 아니라 우리 모두의 내부에는 조금씩 돈키호테적인 면을 가지고 있는 것이다.(Ida Kaufman, "The Mad Man Who was Most Sane"에서)

잘못된 끝마침

논문의 끝 부분이 처음보다는 대체로 쓰기 쉽다. 그럼에도 불구하고 좋지 못한 끝마침이 종종 나타나서 좋은 논문에 좋지 못한 인상과 함께 논지를 흐려놓게 된다. 다음을 피하라.

1) 새로운 견해나 개념을 절대로 말하지 말라. 끝부분은 끝이지 새로운 것을 시작하는 곳이 아니다.

2) 절대로 설명이 충분치 않은 어떤 제안이나 주장을 하지 말 것. 여기는 긴 설명을 할 장소가 아니다.

3) 옆길로 빠지지 말 것. 할 말이 끝났으면 끝마치라.

E. 결론(Conclusion)

긴 논문에서는 위에 말한 끝 마침 보다는 결론을 쓰게 된다. 결론은 서론에 비하면 간단한 편이다. 우선 논지를 증명하기 위해 사용했던 내용들 중에서 특별히 회상시키고 싶은 내용 즉 논지를 잘 지지하고 있는 내용을 포함해서 전체 본론을 간단히 요약한다. 그리고 거기서 다시 논지(결론)를 끌어내어 확증한다. 통상 논문의 범위 밖에서 더 연구할 문제점을 제시하는 경우가 종종 있는데 필수적인 것은 아니다. 왜냐하면 그것은 논문과 직접적으로 관련된 것은 아니기 때문이다. 그리고 이 말은 어디까지나 하나의 문제점 제시나 제안일 뿐 전혀 새로운 개념을 끌어내어 독자들을 혼동시켜서는 안 된다는 뜻이다. 또 한 가지 주의할 것은 결론에서는 반드시 본론에서 다룬 내용만 언급해야지 본론에 나오지 않는 주제나 용어를 절대로 다루지 말 것이다. 결론은 본론의 내용에서 끌어낸 것이다. 그래야만 서론 본론 결론의 통일성이 유지될 것이다. 기타 내용은 좋은 마침의 예와 같다. 다음은 결론의 한 예이다.

논지의 재언　　　　본 논문에서 얻은 결론은 하나님은 설교의 방법을 통하
여 인간을 구원하시며 그 설교는 결국 하나님의 말씀인
성경에 목소리를 부여한 것이라는 사실이다.

논지의 확인　　　　따라서 성서를 떠나서는 설교가 성립될 수 없다는 것을
알게 되었고 성서적 설교란 주해 설교라는 사실이 분명해
졌다…(후략)

　이 결론의 앞에는 두 페이지 가량 본론의 내용을 요약하고 있다. 그
리고는 그 내용이 자신의 논지를 잘 증명했음을 여기에서 다시 독자
들에게 확인시키면서 자신의 주장을 확고히 하고 있는 것이다.

7. 논문의 실례

A. 학생논문의 예와 평

　이제 학생 논문을 살펴보면서 그것이 교수로부터 어떻게 비평을 받
았는지 보자. 처음 것은 논지가 없이 그저 이것저것 자료에서 뽑아 편
집한 상황 소개로 그쳤다. 이것이 대부분 훈련되지 않은 학생들의 논
문 쓰는 형태이다. 논문 뒤에 첨가한, 논지를 잡아 더 나은 내용으로
만들고 설명한 것을 읽어보자.

　그 다음 것은 처음 것보다 좀 발전된 형태이다. 우선 논지가 있다.
그러나 그 논지를 증명하는데 있어서 증거자료를 제시하지 않았다.
또한 단어나 문장들이 충분한 설명이 없이 너무 단순화 내지는 일반
화시키는 경향이 있다. 문장은 명확해야만 하고 모호한 문장은 다시

설명을 해야한다. 그 다음에 분명해질 때까지 덧붙여야만 한다.

노인 취업의 문제와 개선안

서론

과학의 발달로 평균 수명이 연장되자 노령 인구가 증가하였다. 그러나 사회구조의 산업화, 도시화, 핵가족화는 노령자들의 사회적 역할과 기회를 박탈하여 그들에게 고독, 소외, 빈곤 등의 문제를 안겨다 주었다. 이러한 문제는 이미 개개인의 책임이라는 수준을 넘어 하나의 커다란 사회적 문제로 다루어져야 할 시점에 도달했다.

이런 가운데 노인 취업은 노인의 경제력을 보장해서 노후 생활의 만족을 위해 필요한 일이다. 실제로 노인 개인은 빈곤하건 않건 취업할 능력이 있을 뿐 아니라 또한 취업의 욕구가 있다. 따라서 노인 취업 문제는 노인 개인의 문제를 넘어서 사회, 국가적 문제로 부각되고 있으므로 이 문제를 다루어 개선 방안을 제시해 보고자 한다.

1장 노인 취업의 문제점

1) 정년 연령과 취업 기회의 문제

우리 나라의 정년 연령은 낮게 책정되어 있고 일률정년제를 주로 채택하고 있으며 기업에 따라서는 사규에 정해져 있는 정년 연령이 되기도 전에 강제 해고당하는 사례도 적지 않다. 이처럼 기업이 중고령자를 기피하는 원인은 여러 가지 복합적이나 연공서

열형 임금구조이기 때문에 장기근속자는 능력과 무관하게 고임금을 지불해야 한다. 또한 장기근속한 중고령자의 비율이 많으면 신규 채용한 종업원의 승급과 관련된 인사 관리상의 어려움이 있고 새로운 기술의 도입, 창의력, 생산성 등이 둔화되어 경쟁력이 약화된다. 그러므로 장기근속의 중고령 종업원을 기피하는 것이다.

2) 노동시장의 구조적문제

고령자 인력을 활용하는 것은 바람직한 일이지만 현실적으로 곤란한 점이 많다. 사회에서 필요로 하는 수준과 고령자가 제공하는 능력 사이에 심한 격차가 있기 때문이다.

3) 노인이 직무수행 능력

연령이 증가할 수록 신체적 기능이 저하되기 때문에 노인의 고용을 기피한다. 60세에서 70세 사이를 보면 20% 정도가 하루종일 일할 수 있다고 했고 40%는 간단한 일은 가능하다고 했으며 35%는 전혀 일할 수 없다고 했다. 70이 넘으면 전혀 일 할 수 없는 이가 60%로 증가한다.[1] 이 연구대로라면 소수의 노인만이 일을 할 수 있다.

4) 고령자 고용현황

고령 근로자를 총 근로자의 3%이상 채용할 의무가 있는 300인 이상 사업장의 55세 이상 고령자 고용률은 2.8%로서 300인 미만 중소규모 사업장의 평균 고용률 6.1%와 비교해 볼 때 규모가 큰

---

[1] 김영모, "한국 노인복지 정책연구"(서울: 한국복지정책 연구소, 1990), 70.

사업체일 수록 고령자 고용률이 저조한 것으로 나타난다.

2장 노인 취업 프로그램과 문제점

1) 노인 능력은행

노인 취업상담 및 취업알선을 위해 1981년부터 설치 운영되고 있는 노인 능력은행은 노인들에게 소득기회를 높여주기 위해 만든 프로그램이다. 1991년의 경우 85,282명의 노인이 취업 알선을 받았는데 이는 65세 이상 전체 노인 인구 2,283,000명의 3.7%에 해당하는 정도이다. 취업알선 실적에서 단기취업자는 59,445명으로 93.7%의 취업알선률를 보여 단기취업 중심의 취업알선이 이루어졌음을 알 수 있다.[2] 따라서 전체 노인인구에서 볼 때 노인 취업은 상당히 저조함을 볼 수 있다.

현재 실시되는 노인 능력은행 규정에 의하면 노인회는 각 구지부에 은행을 설치하고 운영책임을 지도록 되어있다. 각 구지부의 그 운영비 부담은 노인회나 동 은행의 간부들이 직접 부담함으로써 재정난에 부딪힐 수밖에 없다. 그리고 유관 행정기관 및 해당 지역 업체들의 협력이 부족하며 고령자 자신의 능력개발을 위한 열성이 보이지 않는다는 점을 들 수 있다.

2) 고령자 취업 알선 센터

고령자 추세에 따른 하나의 대책 사업으로서, 노동집약 사업 부분의 인력 부족에 대비하여 노인 능력을 활용함과 동시에 고령자

---

[2] 이가옥, "노인소득보장정책," 『2000년대를 향한 노인복지정책』(서울: 한국보건사회연구원, 1992), 20.

들(56세 이상)에게 일자리를 무료로 제공함으로써 노인 복지증진을 추구함을 목적으로 서울특별시와 전국경제연합회의 후원으로 시행되고 있다.

그러나 구인을 의뢰하는 업체의 수는 취업을 희망하는 구직자 수의 절반 정도밖에 되지 않는다. 현실적인 여건 이외에도 취업 교육의 내실성 부족, 취업자에 대한 사후관리 미흡, 그리고 취업 알선 센터의 전담 인력 부족으로 구인처를 활발하게 구하지 못하고 구직처에 연락을 해오는 경우에만 등록이 되고 있는 실정이다. 다시 말해서 고령자 취업 알선을 위한 활동이 능동적이라기보다는 피동적이라 할 수 있다.

3) 노인 공동작업장

"은퇴한 고령자들의 취업을 돕고 노인의 적성과 능력에 맞는 일거리를 마련하여 여가선용 및 취업을 돕고 소득기회를 제공함으로써 보람있는 노후 생활보장"이라는 목적으로 운용되고 있는 노인 공동작업장은 1993년 현재 300여 개소가 설치 운영되고 있다. 노인 공동작업장은 경로당 또는 노인 복지시설로서 작업장 설치가 가능한 시설을 우선 활용하도록 되어 있다.

노인 공동작업장의 작업 내용은 주로 제품의 조립, 가공, 농작물 재배, 수공예 등인데 여기서 얻는 수입이 하루 2천 원 정도로 매우 낮다. 또한 일거리도 제대로 확보하지 못하는 실정이다. 공동작업장의 경우 수입은 경로당의 운영이나 경조사 등의 비용으로 사용하기 위해 공동관리하는 것이 일반적이다. 그러므로 개인의 소득향상에는 도움이 되지 않는다.

또한 경로당이 대부분 농촌형이어서 새로운 산업체와 연계가 잘 되지 않는다. 또한 정부의 재정지원 미흡 등으로 인해 그 본래 기능을 수행하지 못하고 있는 실정이다. 관내업체와의 연계부족과 일감주선들이 어려워 노인 공동작업장이 그 본래의 목적을 이루지 못하고 있는데 이의 가장 큰 원인 가운데 하나가 운영 주체가 전문 인력이 아니라 노인이라는 점이다.

3장 노인 취업 확충을 위한 개선 방안

1) 자립정신 고양

노인 취업이 활성화되기 위해서는 무엇보다도 노인 스스로 일하겠다는 직업의식이 고취되어 있어야 한다. 노동은 신성한 것이며 노동이 자신의 건강과 사회참여를 증진시킨다는 신념이 형성되어야 한다. 취업을 함에 있어 노인들은 첫째, 일단 맡은 일에 대해서는 최선을 다한다는 자세가 확립되어야 하며 둘째, 일의 귀천을 따지기 앞서 주어진 일에 적응하려는 노력이 있어야 한다. 셋째, 젊은이들의 일을 스스로 도와준다는 자세를 가져야 하며 넷째, 과거의 지위를 연계시키거나 소득의 과다에 지나치게 신경을 쓰지 말아야 한다.

특히 노인들은 자주적이고 적극적인 노력을 통한 취업 기회의 자력 획득을 위해 적극적으로 노인 교육에 참여해야 한다. 노년기에 대한 자신의 경제적 또는 사회적 활동 범위에 관한 새로운 이해를 터득하고 새로운 지식과 기술을 습득해야 한다. 그래서 현대 산업사회가 요구하는 노동인력으로서의 자질을 갖추고 새로운 기준에 입각하여 자기를 평가해야 한다. 결국 노인들은 자신들의 의

식구조를 보수적, 수동적 자세에서 스스로 진취적, 능동적 태도로
바꾸어야 할 것이다.

2) 노인 취업에 대한 올바른 인식

노인들이 세상에 기여할 수 있는 기능이나 역할은 한정되었다
고 판단하는 편견으로 노인에게 냉대와 무관심을 보내는 것은 인
도주의적 입장에서 뿐 아니라 건전한 사회의 발전을 위해서도 당
연히 시정되어야 한다. 이러한 노인에 대한 편견이 가정, 기업, 국
가 그리고 노인 자신에 의해 적극적으로 수정되어야 노인 취업
확충을 위한 제방안이 실효를 거둔다.

전체 인구대비 노령 인구의 급격한 증가 추세로 앞으로 노인 취
업문제는 심각한 사회문제로 등장할 것이다. 그럼에도 그 중요성
이 충분히 인식되고 있지 않고 이 문제를 해결하려는 의지가 부족
하다. 따라서 노인 취업문제에 대한 의식화 운동이 필요하다. 기
업을 비롯한 각 방면의 직장이 사회문제로 제기된 연령제와 노인
재 취업문제를 다 같은 사회 공동적 책임으로 받아들이는 노력이
필요하다.

3) 적성직종의 개발과 보호

노인들의 취업율을 높이기 위해서는 국가 또는 사회가 그들의
적성에 맞는 직종을 개발 또는 보호하는 사회정책을 펴나가야 한
다. 영국에서는 이미 1950년대에 노인들의 적성직종에 대한 연구
와 실험을 통해서 400여종의 노인 적성직종을 선정 발표한바 있
다. 미국, 일본 등에서도 1960년 이후 이 일을 위해 많은 노력을

기울이고 있다.

　우리 나라에서는 노인 직종에 관심을 갖기 시작한 것이 1978년 이었지만 아직까지도 노인들이 직업을 선택하기보다는 주로 3D 업종에 종사하는 일이 많은 것으로 볼 수 있다. 그러므로 보다 나은 삶의 질을 향상시키기 위한 고용제도가 되어져야 한다.

　4) 노인 단체의 활성화

　우리 나라의 노인 단체는 통일적, 체계적, 협력적 관계가 결여되어 있다. 그나마 1981년 대한 노인회가 지역노인회의 조직을 개편하여 말단조직을 초등학교 학구단위로 재편성하면서 조직화되기 시작했다. 이 과정에서 교육부와 내무부의 적극적 후원을 받았는데 관의 지원에 의한 하향성 조절과정에서 자발성이 결여되었고 오히려 의존도만 증가시켜 놓았다. 이외에도 퇴직 교육자들의 단체인 삼락회, 여성노인들의 단체인 요산요수회가 있다. 이들 노인 단체의 사업내용을 보면 정치적 압력단체로서의 기능이 결여되어 있음을 알 수 있다.

　앞으로 노인단체는 노인 취업이 곧 노인의 노동권, 생존권, 복지권과 직결된다는 점을 명확히 인식하고 이와 관계된 국가나 지방자치단체의 의사결정 과정에서 노인들의 의사가 적극적으로 반영될 수 있도록 적극적으로 활동할 수 있어야 한다. 즉 헌법이나 노인복지 관련법에 노인의 권리가 규정되도록 해야 한다. 국회의원이나 지방의회 의원이 노인 취업의 확충 방안을 내세울 수 있도록 노인단체가 압력을 넣을 수 있는 입장이 되어야 한다.

결론

우리 나라의 인구구성은 지난 20여 년 동안 상당한 변화를 가져왔다. 피라미드형에서 중상층 연령의 비율이 상대적으로 커지는 항아리형으로 변형되어서 고령인구의 증가는 노인들의 사회 문제를 심각하게 제기하고 있다. 그러나 우리나라는 노인 문제를 소극적으로 취급하여 미봉적 일시적인 대응을 해왔다. 따라서 노인 문제를 적극적으로 해결하기 위한 노력이 요구되며 이들을 노인복지의 대상으로 뿐만 아니라 인력수급상 인력이 부족한 부문을 메꾸어주는 역할을 담당할 수 있도록 적극적인 활용이 요구된다.

평 : 우리 나라 학생들에게서 늘 보는 약점이 그대로 나타나 있다. 우선 서론에서 자신이 무엇을 하려는지 분명히 말하고 있지 않다. 노인 취업에 대한 자신의 주장을 세우고 그것을 증명하는 것이 이 논문이어야 하는데 단지 노인 취업에 대한 여러 문제점들을 나열하는 데 그치고 있다. 그러니까 각 장의 내용들이 서로 아무 연관이 없다. 자료들을 논지와 관련시켜서 설명하고 연결을 시켜야 한다. 구슬이 많아도 꿰는 실이 있어야 목걸이가 되는 법이다.

이러한 내용을 가지고 우선 논지를 재구성해 보자.

1) 노인 취업은 정부의 강력한 지원이 없이는 해결될 수 없다.
2) 노인 취업을 위해서는 노인들로 만들어진 압력단체의 강화가 필수적이다.
3) 노인 취업을 위해 노인들에 대한 자립정신 훈련이 필수적이다.

4) 노인 취업은 노인들에 대한 올바른 인식을 국가적 차원에서 심어
   주어야 한다.
5) 노인 취업을 위해 노인들의 적성직종을 많이 개발해야 한다.

  얼마든지 더 만들 수 있지만 그 중에 하나를 잡아 논지로 삼을 수
있다. 처음 것과 마지막 것을 논지로 삼아 목차를 재구성해 보자. 그
리고 여기에 있는 내용을 그대로 자료로 삼아서 조금만 고쳐보자. 각
각의 내용을 약간만 고치고 필요한 설명들을 앞 뒤에 넣으면 서로 연
결이 되며 논지에 대한 증명을 해줄 것이다.

  제목 : 노인 취업의 문제와 개선안
  논지 : 정부 주도로 꾸준한 해결 노력을 펼쳐야 한다.
  1. 노인 취업의 한계
  2. 노인 취업 프로그램의 문제점 해소
  3. 정부계도와 적성직종의 개발
  결론 : 정부 주도로 꾸준한 교육과 노인들의 직종을 개발함으로 노
인 취업은 개선된다.

  서론

    노인 취업의 확충은 노인들의 자부심과 건강을 위해서 그리고
  무엇보다도 경제력을 위해서 절대적이다. 또한 노인 취업은 무기
  력하고 의존적인 노인들의 수를 감소시켜서 건강한 국가와 사회
  를 만든다. 이처럼 중요한 노인 취업이 우리 나라에서는 다른 나
  라에 비해서 대단히 뒤쳐져 있는 실정으로 이에 대한 시정이 요구

된다. 어떻게 하면 노인 취업을 좀 더 활성화하고 증가시킬가? 이러한 질문에 답하기 위해서 이 글을 썼다. 여기서는 이 문제 해결을 위해서 정부가 앞장설 것을 주장한다. 그래서 전국가적으로 노인들이 일에 참여할 수 있도록 계도함과 동시에 노인들에게 유리한 직종들을 많이 개발해야 한다.

1장 노인 취업의 한계

노인 취업은 쉬운 문제가 아니다. 청장년 시기에도 자기 마음에 드는 직업을 선택하기가 쉽지 않다. 경제가 나빠질 때는 실직자들도 많이 생긴다. 그런데 여러 가지 면에서 이익이 적은 노인들에게 기회를 주는 고용주가 많지 않을 것이다. 먼저 우리 나라의 상황을 살펴보면서 그것이 노인들에게 얼마나 불리한지를 살펴보자.

1) 낮은 정년 연령으로 인한 조기 퇴직

우리 나라의 정년 연령은 낮게 책정되어 있고 일률정년제를 주로 채택하고 있으며 기업에 따라서는 사규에 정해져 있는 정년 연령이 되기도 전에 강제 해고당하는 사례도 적지 않다. 이처럼 기업이 중고령자를 기피하는 원인은 여러 가지 복합적이나 연공서열형 임금구조이기 때문에 장기근속자는 능력과 무관하게 고임금을 지불해야 한다. 또한 장기근속한 중고령자의 비율이 많으면 신규 채용한 종업원의 승급과 관련된 인사관리상의 어려움이 있고 새로운 기술의 도입, 창의력, 생산성 등이 둔화되어 경쟁력이 약화된다. 그러므로 장기근속의 중고령 종업원을 기피하는 것이다.

2) 노동시장의 구조적 문제

고령자 인력을 활용하는 것은 바람직한 일이지만 현실적으로 곤란한 점이 많다. 사회에서 필요로 하는 수준과 고령자가 제공하는 능력 사이에 심한 격차가 있기 때문이다.

3) 노인의 직무수행 능력

연령이 증가할수록 신체적 기능이 저하되기 때문에 노인의 고용을 기피한다. 60세에서 70세 사이를 보면 20% 정도가 하루종일 일할 수 있다고 했고 40%는 간단한 일은 가능하다고 했으며 35%는 전혀 일할 수 없다고 했다. 70이 넘으면 전혀 일 할 수 없는 이가 60%로 증가한다.[1] 이 연구대로라면 소수의 노인만이 일을 할 수 있다.

4) 고령자 의무 고용의 회피

고령근로자를 총 근로자의 3%이상 채용할 의무가 있는 300인 이상 사업장의 55세 이상 고령자 고용률은 2.8%로서 300인 미만 중소규모 사업장의 평균고용률 6.1%와 비교해 볼 때 규모가 큰 사업체일수록 고령자 고용률이 저조한 것으로 나타난다.

이상에서 살펴본 대로 이러한 상황이라면 노인들이 자기 스스로 자신의 문제를 해결해 나가기에는 역부족임을 알 수 있다. 하지만 이런 현상은 국가적이기 때문에 정부 차원에서 해결하겠다는 의지를 가져야 한다. 개별 단체적으로도 여러 가지 해결 방안을 시도해야 하지만 법적인 차원에서 원칙을 세워 전국적이고 꾸

---

[1] 김영모, 「한국 노인복지 정책연구」(서울: 한국복지정책 연구소, 1990), 70.

준한 노력이 주어져야 할 것이다.

2장 노인 취업 프로그램의 문제점 해소

노인 취업을 위해서 몇 가지 프로그램들이 만들어져 진행되고
있다. 그러나 그 자체만으로는 효과를 거두기가 어려운 형편이다.
아래에 기술한 프로그램들은 정부의 거국적인 노인정책이 얼마나
요구되는지 설명해주고 있다. 아무리 좋은 프로그램을 만들어도
사회적 요건이나 노인들의 의식구조상 노인 취업에 큰 도움을 주
지 못하고 있기 때문이다.

1) 노인 능력은행

노인 취업상담 및 취업알선을 위해 1981년부터 설취 운영되고
있는 노인 능력은행은 노인들에게 소득기회를 높여주기 위해 만
든 프로그램이다. 1991년의 경우 85,282명의 노인이 취업알선을
받았는데 이는 65세 이상 전체 노인인구 2,283,000명의 3.7%에
해당하는 정도이다. 취업알선 실적에서 단기취업자는 59,445명으
로 93.7%의 취업알선률를 보여 단기취업 중심의 취업알선이 이루
어졌음을 알 수 있다.[2] 따라서 전체 노인 인구에서 볼 때 노인 취
업은 상당히 저조함을 볼 수 있다.

현재 실시되는 노인 능력은행 규정에 의하면 노인회는 각 구지
부에 은행을 설치하고 운영책임을 지도록 되어 있다. 각 구지부의
그 운영비 부담은 노인회나 동 은행의 간부들이 직접 부담함으로

---

[2] 이가욱, "노인소득보장정책", 『2000년대를 향한 노인복지정책』(서울: 한국보건사회연
구원, 1992), 20.

써 재정난에 부딪힐 수밖에 없다. 그리고 유관 행정기관 및 해당 지역 업체들의 협력이 부족하며 고령자 자신의 능력개발을 위한 열성이 보이지 않는다는 점을 들 수 있다.

2) 고령자 취업알선 센터

고령자 추세에 따른 하나의 대책 사업으로서, 노동집약 사업 부분의 인력 부족에 대비하여 노인 능력을 활용함과 동시에 고령자들(56세 이상)에게 일자리를 무료로 제공함으로써 노인 복지증진을 추구함을 목적으로 서울특별시와 전국경제연합회의 후원으로 시행되고 있다.

그러나 구인을 의뢰하는 업체의 수는 취업을 희망하는 구직자 수의 절반 정도밖에 되지 않는다. 현실적인 여건 이외에도 취업교육의 내실성 부족, 취업자에 대한 사후관리 미흡, 그리고 취업알선 센터의 전담인력 부족으로 구인처를 활발하게 구하지 못하고 구직처에 연락을 해오는 경우에만 등록이 되고 있는 실정이다. 다시 말해서 고령자 취업 알선을 위한 활동이 능동적이라기보다는 피동적이라 할 수 있다.

3) 노인 공동작업장

"은퇴한 고령자들의 취업을 돕고 노인의 적성과 능력에 맞는 일거리를 마련하여 여가선용 및 취업을 돕고 소득기회를 제공함으로써 보람있는 노후 생활보장"이라는 목적으로 운용되고 있는 노인 공동작업장은 1993년 현재 300여 개소가 설치 운영되고 있다. 노인 공동작업장은 경로당 또는 노인 복지시설로서 작업장 설치가 가능한 시설을 우선 활용하도록 되어 있다.

노인 공동작업장의 작업내용은 주로 제품의 조립, 가공, 농작물 재배, 수공예 등인데 여기서 얻는 수입이 하루 2천 원 정도로 매우 낮다. 또한 일거리도 제대로 확보하지 못하는 실정이다. 공동 작업장의 경우 수입은 경로당의 운영이나 경조사 등의 비용으로 사용하기 위해 공동관리하는 것이 일반적이다. 그러므로 개인의 소득향상에는 도움이 되지 않는다.

또한 경로당이 대부분 농촌형이어서 새로운 산업체와 연계가 잘 되지 않는다. 또한 정부의 재정 지원 미흡 등으로 인해 그 본래 기능을 수행하지 못하고 있는 실정이다. 관내업체와의 연계 부족 과 일감 주선들이 어려워 노인 공동작업장이 그 본래의 목적을 이루지 못하고 있는데 이의 가장 큰 원인 가운데 하나가 운영 주체가 전문 인력이 아니라 노인이라는 점이다.

3장 정부 계도와 노인 적성 직종의 개발

노인 취업은 하루 이틀에 해결될 문제는 아니다. 사회 전체가 시간이 걸리더라도 꾸준히 해야 한다. 그러기 위해서는 정책적으로 이 일을 진행해야 한다. 여기 우선 몇 가지 국가 차원에서 지속적으로 진행해야 할 몇 가지 일이 있다. 한 편으로는 정신적인 훈련이고 다른 한 편으로는 실제적인 도움이 되도록 노인들이 할 일을 만드는 것이다. 그리고 노인에 대한 의무고용 비율도 점차 확대해 나가야 할 것이다.

1) 자립정신 고양

노인 취업이 활성화되기 위해서는 무엇보다도 노인 스스로 일하겠다는 직업의식이 고취되어 있어야 한다. 노동은 신성한 것이며 노동이 자신의 건강과 사회참여를 증진시킨다는 신념이 형성되어야 한다. 취업을 함에 있어 노인들은 첫째, 일단 맡은 일에 대해서는 최선을 다한다는 자세가 확립되어야 하며 둘째, 일의 귀천을 따지기 앞서 주어진 일에 적응하려는 노력이 있어야 한다. 셋째, 젊은이들의 일을 스스로 도와준다는 자세를 가져야 하며 넷째, 과거의 지위를 연계시키거나 소득의 과다에 지나치게 신경을 쓰지 말아야 한다.

특히 노인들은 자주적이고 적극적인 노력을 통한 취업기회의 자력 획득을 위해 적극적으로 노인 교육에 참여해야 한다. 노년기에 대한 자신의 경제적 또는 사회적 활동범위에 관한 새로운 이해를 터득하고 새로운 지식과 기술을 습득해야 한다. 그래서 현대 산업사회가 요구하는 노동인력으로서의 자질을 갖추고 새로운 기준에 입각하여 자기를 평가해야 한다. 결국 노인들은 자신들의 의식구조를 보수적, 수동적 자세에서 스스로 진취적, 능동적 태도로 바꾸어야 할 것이다.

그러나 노인들 혼자의 힘으로는 이것이 쉽지 않다. 그러므로 정부 차원에서 지역별로 노인교육에 대한 프로그램을 지속적으로 진행해야 한다. 여러 노인단체들에 강사를 파견하여 노인들이 자아를 새로이 발견하도록 훈련해야 한다. 그래서 노인들이 진취적이고 능동적으로 사회에 참여하고 그 가운데서 자기를 평가하도록 도와주어야 한다.

2) 노인 취업에 대한 올바른 인식

노인들이 세상에 기여할 수 있는 기능이나 역할은 한정되었다고 판단하는 편견으로 노인에게 냉대와 무관심을 보내는 것은 인도주의적 입장에서 뿐 아니라 건전한 사회의 발전을 위해서도 당연히 시정되어야 한다. 이러한 노인에 대한 편견이 가정, 기업, 국가 그리고 노인 자신에 의해 적극적으로 수정되어야 노인 취업 확충을 위한 제방안이 실효를 거둔다.

전체 인구 대비 노령 인구의 급격한 증가 추세로 앞으로 노인 취업문제는 심각한 사회문제로 등장할 것이다. 그럼에도 그 중요성이 충분히 인식되고 있지 않고 이 문제를 해결하려는 의지가 부족하다. 따라서 노인 취업문제에 대한 의식화 운동이 필요하다. 기업을 비롯한 각 방면의 직장이 사회문제로 제기된 연령제와 노인 재 취업문제를 다 같은 사회 공동적 책임으로 받아들이는 노력이 필요하다.

그러기 위해서 정부는 선진국들의 경우를 공부하여 우리 나라 실정에 적용해야 한다. 우리도 경제의 발전과 함께 노인 인구가 급증하고 있는 추세이다. 몇 년 못가서 우리도 미국이나 일본의 상황을 맞이할 것이다. 국민 전체가 예비 노인 인구임을 생각할 때 노인들을 위한 시책을 세우고 꾸준히 집행해 나가야 할 것이다.

3) 적성직종의 개발과 보호

노인들의 취업율을 높이기 위해서는 국가 또는 사회가 그들의 적성에 맞는 직종을 개발 또는 보호하는 사회정책을 펴나가야 한다. 영국에서는 이미 1950년대에 노인들의 적성직종에 대한 연구와 실험을 통해서 400여종의 노인 적성직종을 선정 발표한바 있다. 미국, 일본 등에서도 1960년 이후 이 일을 위해 많은 노력을 기울이고 있다.

우리 나라에서는 노인 직종에 관심을 갖기 시작한 것이 1978년 이었지만 아직까지도 노인들이 직업을 선택하기보다는 주로 3D 업종에 종사하는 일이 많은 것으로 볼 수 있다. 그러므로 보다 나은 삶의 질을 향상시키기 위한 고용제도가 되어져야 한다.

현재 우리 나라에서 92년 고령자 고용촉진법을 제정 공포해서 발표한 직종은 다음과 같다. 매표원, 수금원, 공원 관리원, 식당종업원, 기숙사 사감, 주정차 위반 단속원, 수위, 경비원, 주차장 관리인, 식물 재배원, 교통정리원, 검침원, 선별원, 군경관리원, 산림보호원, 구내 매점원, 건물관리인, 민원안내원, 환경미화원 등이다. 이러한 직종도 산업구조의 변화와 함께 다양화되어야 한다. 선진국들의 경우를 연구하면 도움이 될 것이다.

결론

우리 나라도 이제는 노인 문제가 눈앞에 펼쳐지고 있다. 이것은 어느 개인이나 단체의 노력으로 해결될 수 없다. 국가 차원의 지속적인 정책과 시행으로 펼쳐져 나가야 한다. 뿐만 아니라 이 일이 실제적으로 잘 수행되도록 국민을 계도하는 일도 매우 중요하다. 지금까지처럼 노인 문제를 소극적으로 취급하여 미봉적 일시적 대응으로는 미흡하다. 이제는 적극적이고 꾸준한 노력을 쏟아야 할 것이다. 누구나 다 노인이 되기 때문이다.

방글라데시 내 교회의 존재와 성장

　세상 사람들 마음속에 방글라데시란 이름은 가난과 인구 과밀의 대명사이다. 기독교 선교가 거의 200년간 진행되었고 로마 카톨릭선교는 그보다 훨씬 전부터 시작되었다. 기독교 인구는 전체의 0.25%밖에 되지 않는다. 이 나라는 회교 국가이다. 7천만 인구 중에 천만이 힌두교인들이고 산악족들을 포함한 많은 부족들이 있다. 200년이나 된 교회는 사람들을 믿게 하는데 별 힘을 쓰지 못하고 있다. 그러나 절망과 극한 상황에도 불구하고 이 나라의 교회적 사회적 경제적 구조 안에서 교회의 존재와 성장을 발견해 보고자 한다.

인구

　이 나라의 인구는 다음과 같이 나뉘어져 있다. 벵골족 90%, 비하리 벵골족 8%, 기타 부족 2%, 이 무리들은 종교, 사회적으로 또는 카스트 제도에 의해 더 분류된다. 방글라데시는 회교 국가임에도 카스트 제도는 아직도 널리 퍼져 있다. 외부 사람들에게 이 나라는 카스트가 없는 사회로 알려져 있고 또한 이론적으로 회교국에서는 그런 사회계급을 인정하지 않는다. 그런데도 방글라데시의 사회는 세 그룹의 카스트로 나뉘어진다. 회교의 압력하에 있는 힌두교도들은 먹는 것과 배설 문제는 그들이 하는 대로 따르게 되었다. 그리고 경제적 상태로 많은 사람들이 전통적인 카스트제도의 직업을 포기해야만 했다. 정치적으로 1960년 Ayup Khan의 통치이후 정부의 카스트식 제도가 다시 복원되었다. 의심할 바 없이 이 모든 문제들이 사회 혼란 이유중 하나이다. 그러므로 인도나 파키스탄에서처럼 사회구조나 카스트 제도를 근거로 한 분명한 선교의 방법을 사용하기가 곤란하다.

정치적인 배경

인도, 파키스탄, 방글라데시는 본래 영국 통치하의 인도의 부분들이었다. 1947년 분할시 회교도들은 동서 파키스탄으로 그들 자신의 나라를 건설했다. 짧은 혈전과 인도의 도움으로 동파키스탄은 서파키스탄으로부터 떨어져나가 1971년 방글라데시를 세운다. 1971년부터 1975년까지 몇 차례 쿠데타가 있은 후 1975년 Ziur Rahman이 이 나라를 회교 기반 위에 세운다. 그가 민주주의를 소개하고 선거를 실시했지만 아직 이 나라는 계엄령 아래 있다.

교회가 직면한 중대한 문제들

1. 선교 활동

교육 : 글을 읽을 줄 아는 사람들이 전체 인구의 21.5%이다. 교육이 전도의 방편으로 사용되고 있는데 아직도 많은 중·고등학교 대학들이 선교단체에 의해 운영된다. 이런 면에서 노력이 집중된 결과 기독교인들은 80%가 글을 읽을 수 있게 되었다. 그러나 전도의 면에서 보면 교육은 기독교로 개종하는데 별 힘이 없다. Davis Oxford선교회의 1962년 보고서에 의하면 교육을 통한 개종이 망상이었음이 판명되었다.(Peter Mcnee)

문서선교 : 방글라데시 내의 문서살포도 선교에 중요한 몫을 차지하고 있다.

이동문서 선교, 가정 전도, 기독교 문서 센터 등은 전례 없이 큰 규모로 자금을 사용하고 있다…(후략)

사회관심 : 가난과 질병의 나라에서 기독교인에 의한 구제 및 개발활동은 방글라데시인들에게 그리스도의 사랑을 보이는 큰 역할을 한다. 병원, 약국, 나병환자 치료소 등을 통해서 엄청난 봉사 활동이 펴지고 있다. 신교선교기관에는 7개의 병원, 14개의 시약소, 1개의 나병환자 치료소가 있다. 1971년 전쟁 후에 고아원이 아동구제기관으로 활동하고 있다. 농촌지원도 마을을 통해 진행되고 있다.

이러한 사회관심으로 인해 사람들의 마음속에 기독교선교는 중요한 자극제가 되고 있다. 그러므로 정부는 기독교를 우호적으로 보고 방해하지 않는다.

2. 교회가 당면한 문제들

가) 복음에 대한 저항 : 회교도가 인구의 대부분인 85%이며 회교는 방글라데시의 공식종교이다. 기독교에 대한 공식적인 반대는 아직 없지만 역사적으로 볼 때 회교는 기독교선교에 가장 반대한 그룹이다. 그러므로 회교도들은 마음 속 깊은 곳에서부터 기독교를 거부하고 있는 것이다.

나) 구호미 기독교인들 : 교회나 선교기관들은 기독교에 대해 물으러오는 사람들을 신중히 살핀다. 그 이유는 그들이 대개 자신의 물질적 요구에 맞으면 기독교를 받아들이기 때문이다. 이 나라는 세계에서 가장 가난한 나라 중 하나이므로 이 문제는 대단히 심각한 것이다. Peter Mcnee는 한 주민의 말을 인용한다. "나는 도움을 받기 위해서, 자녀들을 교

육시키기 위해서, 그리고 사람답게 살고 싶어서 기독교인이 되었다." 교회는 이에 대해서 정당화시킬 수밖에 없는 모양이다. 즉 봉사와 가르침을 설교의 동기로 삼는다는 것이다.

다) 기독교 자신들 : 초기 선교사들은 가능한 어떤 사람이건 개종시키려 했다. 1793~1905년에 선교방법으로 개종자들은 경제적 도움을 받았다. 1813~1857년 사이의 개종자는 직업을 얻었다. 그 결과로 나타난 예의 하나는 1845년 기근시였다. 한 마을의 117명의 신자들 중에서 교회에 출석한 이는 8명 뿐이었는데 그 이유가 선교사들로부터 바라던 만큼의 도움을 받지 못했기 때문이다. 1857~1905년 개종자들은 가족들로부터 추방되었다.(Mcnee)

이러한 선교정책은 기독교인들로 하여금 너무 물질적으로 선교사를 의지하게 만드는 결과를 빚었다. 그래서 이 점이 오늘날 전보다 구제에 덜 적극적인 교회를 거부하는 경향으로 나타난다. 대부분의 구제 받은 신자들은 신앙이 약한 이들이었다. 오늘날도 이런 이들이 교회 안에 많이 있고 그것이 교회를 약하게 만드는 이유이다.

라) 설교 : 요즈음 선교사들 중에 설교하는 이는 거의 없다. 전의 선교사들이 마을이나 길 어귀에서 설교하던 것과는 대조적이다. 시장거리에 설교하러 나가는 것은 오늘날 불가능하다. 왜냐하면 사람들이 아무런 반응을 보이지 않기 때문이다. 어떤 통계자료에 의하면 "비기독교인들에게 설교하는 행위는 거의 중단되었다." 신자들이 설교를 소홀히 하므로 교회는 서서히 침체되어가는 것이다.

결론

방글라데시의 교회는 다음과 같은 환경 속에서 존재하고 성장하고 있다. 즉 대부분의 주민이 회교도라서 교회에 적대적이다. 경제적 조건이 나쁘고 정치적 상황이 너무 불안하다. 그리고 신자들은 신앙면에서 유치한 단계에 머무르고 있다. 그러나 교회는 기독교와 일반대중에게 전파되도록 최선을 다하고 있다. 교회는 사회에 자극을 주고 있으며 정부나 주민들은 교회가 가난한 사람과 고통 당하는 자들에게 하는 일을 잘 인식하고 있다.

교회는 회교 정권들에 의해 일어나는 여러 정치적 변화들을 통해서 생존했다. 그것은 해방전쟁의 어려운 시기에도 살아남았다. 1971~1975년 사이의 유혈 쿠데타의 힘든 시기에도 살아 남았다. 이것을 보면 교회 내에 생존할 힘이 있으므로 계속해서 살아남을 것이다.

평 : 아마 이것이 초보자로서 우리 나라 학생들의 대표적인 논문 모양일 것이다. 우선 논지가 없다. 무엇을 주장하려는지 자신의 견해가 보이지 않는다. 그저 일반적인 상황 소개에 그치고 말았다. 논문 작성하는 이는 자료들을 보고 어떤 결론을 내려야 한다. 그냥 자료들을 모아서 소개하는 것이 아니고 그것들을 평가해서 자신의 견해를 만들고 그것을 논문을 통해서 논증해야 한다.

둘째는 통일성의 문제인데 전체를 통해 주장하려는 논지가 없으니 자료들이 목적 없이 흩어져 있는 것이 마치 검사가 증거들을 모아놓고는 아무런 판단도 내리지 않는 것과 같다. 그 증거로 "교회가 직면

한 중대한 문제들"이란 제목(☞ 180쪽)의 앞부분과 뒷부분은 사실상 직접적인 관련이 없다. 그 앞부분을 떼어놓아도 뒷부분의 이야기 진행에 아무 지장이 없다.

그런데 "2. 교회가 당면한 문제들"에 딸린 내용 가) 나) 다) 라)가 논문 쓴 이의 주장을 좀 표현해 보려는 흔적이 보인다. 즉 이 논문의 목적이 방글라데시 선교의 문제점들을 찾아보려는 것이었던 모양이다. 그렇다면 그 내용들을 가지고 논지를 만들어서 가) 나) 다) 라)의 내용은 논문의 장(Chapter)으로 삼고 그 외의 다른 내용들은 이것들을 증명하는 자료로 사용하면 된다.

우선 논지를 하나 만들어 보자. 예를 들어 "구제와 교육 위주의 선교 정책은 회교국인 방글라데시에서 선교가 용납되는 이유도 되지만 동시에 선교가 아무 효과도 없는 이유가 된다."고 논지를 만들고 이 학생이 본래 쓴 내용을 토대로 이 주장을 증명하는 목차를 만들어 본다.

다음은 먼저 글을 재조립해 본 것이다. 이미 써 놓은 것을 토대로 다시 만들었기 때문에 본래부터 논지를 세워서 그것을 증명하기 위해 자료들을 분석하고 모은 것보다는 못해도 먼저 번 글보다는 훨씬 발전한 논문이 되었다.

논지 : 기독교에 대해 적대적인 방글라데시를 위해 교회에서 간접적인 선교방법을 취해 구제와 교육에 치중한 결과 기독교 선교가 허용되기는 하였으나 선교의 효과는 보지 못하고 있다.

　1. 복음에 대해 적대감이 심한 방글라데시에서 기독교 선교는 간접적인 방법으로 교육과 구제에 집중하게 되었다.

　2. 교육과 구제의 선교방법은 기독교를 물질적 욕구나 충족시키는

종교로 이해하게 하였다.

3. 이러한 선교방법은 복음이 심령의 차원에 도달하지 못해 신앙적
으로 약한 교인들로 이루어진 약한 교회를 만들었다.

방글라데시 교회 현황

세상 사람들 마음속에 방글라데시는 가난과 인구 과밀의 대명
사이다. 기독교 선교가 거의 200년간 진행되었고 로마 카톨릭 선
교는 그보다 훨씬 전부터 시작되었다. 회교 국가인 이 나라는 기
독교인구가 전체의 0.25%밖에 되지 않는다. 회교에게 눌리고 있
는 상태에서 선교의 문을 열어보고자 초창기부터 외국의 선교 단
체들은 교육과 구제를 주요 방법으로 써왔다. 가난한 사람들에게
구호품과 무상 교육을 줌으로써 그들로 하여금 기독교를 적대시
하지 않게 만들었다. 그러나 이러한 선교 정책은 회교국인 방글라
데시에서 선교가 용납되게 하는 이유가 되기는 하지만 동시에 선
교가 별 효과가 없게 되는 이유도 되는 것이다.

1. 복음을 거부하는 토양

7천만 인구 중 6천만이 회교도인 이 나라에서 기독교는 거부되
는 종교이다. 나머지 천만은 힌두교도이다. 1947년 파키스탄과 함
께 인도가 영국으로부터 독립할 때 회교도의 나라를 세웠다. 그러
다가 1971년 다시 파키스탄으로부터 떨어져 나간 방글라데시는
몇 차례의 쿠데타 후에 1975년 회교의 기반 위에 정부가 세워져서
지금까지 가장 강력한 반대 세력이다. 회교도들이 다른 어떤 종교

보다 기독교를 싫어하고 거부하는 것은 더 설명할 필요도 없다. 더욱이 계엄령 같은 강제 상태에서 회교 정부는 당연히 기독교에 적대하고 있는 것이다.

카스트 제도 역시 선교의 지장이 되고있는 요소이다. 회교 국가임에도 방글라데시에는 카스트제도가 널리 퍼져 있다. 외부에는 이 나라에 계급제도가 없는 것으로 알려져 있고 또한 이론적으로 회교국에서는 그런 것을 인정하지 않는다. 그럼에도 불구하고 이 나라에는 세 그룹의 카스트 제도가 있다. 경제 사정이 여의치 않아서 많은 사람들이 전통적인 카스트 제도의 직업을 포기할 수밖에 없었다. 그래도 1960년에는 정부의 카스트식 제도가 공식적으로 복원되었다. 그리하여 이 복잡한 카스트 제도는 외부 사람들로 하여금 선교를 위해 접근하는데 혼란을 주고 있다. 또한 기독교에는 계급제도가 인정되지 않으니 그들의 사회 구조를 반대하는 원칙을 가진 것이 된다.

2. 교육과 구제의 선교 방법

다른 나라에서와 마찬가지로 교육이 선교의 밑거름을 만들기 위해서 사용되었다. 이것은 피선교지의 사람들이 복음을 이해하도록 대화의 통로를 만들려는 것이다. 현재 글을 읽을 수 있는 사람은 전체 인구의 21.5% 밖에 되지 않는다. 아직도 많은 중·고등학교 대학들이 선교 단체에 의해서 운영되고 있다. 그러나 전도의 면에서 보면 교육은 기독교로 개종시키는 데 별 힘이 없다는 것이 분명하다. 1962년의 데비스 옥스퍼드 선교회의 보고서에 이러한 사실이 증명되었다.(그 내용을 여기에 소개하고 증거로 삼는다.)

교회나 선교기관에서는 어떤 사람이 기독교에 관해 묻거나 관심을 표명할 때 반가워하기보다는 우선 잘 살펴본다. 왜냐하면 묻는 이유의 대부분이 구제품을 얻을 수 있을까서이기 때문이다. 묻는 이 자신의 물질적인 요구에 맞으면 기독교를 받아들이겠다고 고백하게 된다. 피터 매크니가 한 주민의 말을 인용한 것을 보면 이러한 욕구가 분명히 나타난다. "나는 도움을 받기 위해서, 자녀들을 교육시키기 위해서, 그리고 사람답게 살고 싶어서 기독교인이 되었다.

교회는 이런 입장을 정당화시킬 수밖에 없는 모양이다. 그래서 봉사와 가르침을 설교의 동기로 삼는다고 선언하고 있다. 그러나 이러한 원리로 인해서 얼마나 많은 시행 착오가 역사적으로 일어났던가. 초기부터 선교사들은 어떤 방법으로건 기독교인을 만들어 보려고 했다. 그래서 1973년에서 1905년까지 선교정책에 의해서 개종자들은 경제적인 도움을 받았다. 예를 들어 1813년부터 1857년 사이의 개종자는 직업을 얻었다. 1845년 기근시에 117명이 신자였던 한 마을에서는 단지 8명만 교회에 계속 출석했다. 그 이유는 선교사들로부터 바라던 만큼의 도움을 단지 못했기 때문에 출석을 중단했던 것이다.

3. 교육과 구제로 형성된 약한 교회

이러한 선교 정책은 기독교인들로 하여금 너무 물질적으로 선교사를 의지하게 만드는 결과 만을 빚었다. 그래서 오늘날 구제에 별로 적극적이지 않은 교회는 거부하는 경향으로 나타났다. 교회는 그리스도의 사랑으로 이 가난과 질병의 나라에 구제 활동을 계속하고 있다. 병원, 약국, 나병 환자 치료소 등을 통해서 엄청난 봉사 활동이 펼쳐지고 있다. 신교 선교 기관에는 7개의 병원, 14개의 시약소, 한 개의 나병 환자 치료소가 있고 1971년 전쟁 후에 고아원이 아동 구제 기관으로 활동하고 있다. 농촌지원도 마을을 통해서 활발히 진행되고 있다. 여하간에 이런 구제 활동을 통해서 교회에 나온 이들은 대부분 신앙적으로 약한 상태라는 것이 통계적으로 증명되고 있다. 또한 오늘날도 이런 이들이 교회에 많이 있어서 경제적인 면으로나 지도력의 면에서나 자립할 수 없을 정도로 교회를 약하게 만드는 이유가 되고 있다.

이러한 구제와 교육 위주의 선교 정책은 복음을 전하기 위해서 설교하는 행위를 멀리하게 하였다. 초기의 선교사들이 마을이나 길 어귀에서 종종 설교하던 것과는 아주 대조적이다. 시장 거리에서 설교하는 광경은 오늘날 사라졌다. 한 통계자료에 의하면 비기독교인들에게 설교하는 행위는 거의 중단되었다."고 증거하고 있다. 신자들이 설교를 소홀히 하므로 교회는 서서히 침체되어 가는 것이다. 구제는 구원받은 이들의 자발적인 사랑의 표현이기는 하지만 그 자체가 복음은 아니다. 복음은 심령의 죄 문제해결을 주는 변화를 가져오게 되어 있다. 사랑의 행위로 인한 감동은 어디까지나 감정적인 차원일 뿐이다. 그러므로 전인격의 변화는 줄 수 없어서 신자들을 강하게 만들지 못했다. 그들의 모임은 자립할 수 없이 약한 교회를 만들 뿐이었다.

결론

앞에서 살펴본 대로 현재 방글라데시의 선교정책은 심령의 차원은 외면한 채 외형적인 면에만 머무르고 있는 실정이다. 주로 역사적으로 실행해온 교육과 구제 위주의 선교정책은 기독교에

대해서 적대국인 이 나라에 선교가 허용되는 이유인 동시에 선교
가 실제로 효과가 없는 이유가 되고 있음을 알 수 있겠다.

B. 학생논문의 예

다음에는 좀 숙달된 논문의 예를 보자. 두 학생의 논문을 통해서 논
지와 증거들이 어떻게 연관되었는가를 살펴보자. 논문의 통일성, 연
결성, 구체성에 관해 특히 생각하면서 비평해 보라.

김일성 개인 우상화를 중심으로 한
북한 통치 이데올로기와 정치 문화의 상관성

두 지 철

1. 서론

지금까지의
연구상태

한국에서 이루어지고 있는 북한 연구는 해방 이후
부터 80년도까지 논문 단행본, 자료집 등을 포함해서
통계 5천 7백 22편의 간행물이 출판되었다.[1]

아무튼 북한에 관한 수많은 자료들은 확실히 북한
연구에 대한 토대를 제공했다는 점에서 높이 평가되
나 자료의 신뢰도, 자료 처리의 합리성, 논리 전개의

---

[1] 김창순, "한국에서의 공산주의 연구,"「북한 학보」5집 (서울: 북한연구소, 1981),
  12: 이상우, "공산권 연구 현황,"「북한 연구」(서울: 법문사, 1981), 83.

체계성, 논증의 객관성 등 학문적 수준에 비추어 평가한다면 상당수는 학술논문으로 분류하기 어려운 것들이다.[2] 북한 연구는 70년대에 들어오면서 새로운 도약의 전환점을 맞이하게 되었다. 지금까지 대체로 교육적, 계몽적, 홍보적 차원에서 논의되었던 북한 연구는 정책 과학적 대상, 그리고 사회과학적 대상으로 발전하고 있다. 연구 방법론에 대한 논문이 74년부터 80년도까지 대략 20편 정도 산출되어[3] 북한 연구에 대한 새로운 연구 방향의 설정, 새로운 개념의 틀과 접근법을 모색하게 된 것은 다행한 일이라고 본다.

북한 체제를 연구함에 있어서 중요한 점은 어떠한 분석 시각에서 검토해서 하는가 하는 것이다. 다양한 관점에서 북한 체계 분석이 요구되나 하나의 방법은 북한 체제를 마르크스—레닌주의의 변용적 수용과정에서 공산주의 체계가 공유하는 일반적, 보편적 속성과 전통 문화의 절대적 요인과는 어떠한 관계에 놓여 있는가를 살펴보는 것이다.

여기서 접근법이란 정치현상의 연구를 위한 일반전략을 의미한다. 접근법은 일반적으로 정치 분석에 임하는 사람이 명시적 또는 묵시적으로 스스로의 연구 방향을 잡고 자료 선택을 조정하기 위하여 활용하는

---

[2]이상우,「북한연구」, 85.

[3]구본태, "북한연구를 위한 접근론 서설,"「북한 학보」5집 (서울: 북한연구소, 1981), 136.

가정의 체계 또는 조직된 개념을 뜻한다.[4] 정치 문화적 접근법은 역사, 문화적 접근법의[5] 현대적 변용인 것이다. 이는 정치적 권위에 대한 그 사회구성원의 태도 및 가치 유형이 그 사회의 폭넓은 문화적 구성 위에 바탕을 두고 있다는 가정 위에서 출발하고 있다. 따라서 분석 시각은 현재의 정치적 태도에 영향력을 행사하는 역사적, 전통적 요인에 대한 관심에 초점이 맞추어지고 있다.

논지　　　필자는 이러한 정치 문화적 접근법을 이용하여 현재 북한에서 김일성 개인우상화가 가능한 이유를 북한 사회의 카리스마적 리더쉽에 의거한 권위주의인 문화의 특성 때문인 것으로 증명하고자 한다.

2. 본론

1) 김일성 우상화

공산주의 각 국가들은 그들의 체계가 갖는 일반적, 보편적 특징인 이념적 동류성, 구조적 특징 또는 장기적 목표 등을 공유하고 있으나 각기 다른 그들의 역사적, 문화적, 사회적 전통으로 인하여 다양한 정치 문화 유형을 보이고 있다.

북한의 경우도 다른 공산주의 국가들과 마찬가지로 그들의 공산화 과정이 '위로부터' '외부로부터' 강요된 소비에트화 과정이

---

[4] 이용필, 「북한정치」 (서울: 대왕사, 1982), 29.

[5] 이계희, 「체계적 북한 연구를 위한 접근 방법」 (서울: 북한연구소, 1975),

기 때문에 다른 공산주의 국가들과 유사한 정치 형태 및 공식적 정치 문화의 특성을 보인 점도 많다.

공산체제는 1당 독재이기 때문에 그 당의 수령에게로 권력이 집중되는 속성을 지니게 된다. 그렇기는 하지만 북한 공산체제의 경우에는 유별나게 김일성 1인 독재가 강화되고 있는 실정이다. 더욱이 북한 공산 체제하에서는 족벌 통치 체제가 구축되어 김일성 1인 독재를 보필하고 있다는 점에서 다른 공산체제에서는 볼 수 없는 특성을 노출하고 있다.

이 같은 족벌 통치 체제의 강화는 김일성의 우상화 작업을 용이하게 하고 1인 독재 체제를 유지, 강화하는 통치를 보조 역량으로써, 그리고 일단 유사시에는 그의 족벌만으로도 통치를 가능케 하며, 더 나아가서 김일성의 사후에도 과거 소련에서의 스탈린 격하 운동과 같은 가능성을 미리 배제하자는 데 그 주목적이 있다고 보여진다. 그런데 이 같은 1인 독재 체제 및 족벌 통치 체제의 강화는 필연코 김일성 우상화를 수반하게 되었다. 북한에 있어서 김일성은 절대적으로 오류가 없는 스승이며 길잡이로서 우상화되고 있다. 허구로서의 김일성의 과거 및 현재의 생활과 행적은 피지배 대중에 의하여 일사분란하게 추앙되는 존재로서 제시된다. 김일성은 북한 사회를 오직 자기 한 사람의 이름에서 지배해 온 것, 노동당과 공화국을 창건했다는 것, 미 제국주의의 침략에 대항하는 조국 해방 전쟁을 영광스러운 승리로 이끌었다는 것, 사회주의 기초를 건설했다는 것, 당의 자주 노선을 확립했다는 것, 사회주의의 지상 낙원을 실현했다는 것, 북한을 자주적 사회주의 공업국가로 발전시켰다는 것 등 당이 내세우고 있는 모든 빛나는 성과들 중 어느 하나도 김일성의 이름과 결부되지 않은 것이 없게 되었다.[6]

이와 같은 김일성은 자신의 과거에 대한 역사적 사실들을 과장, 왜곡, 삭제, 조작하면서 그의 경력을 웅장한 파노라마로 전개시켜왔다. 최근에 김일성은 희망의 등대, 우리 시대의 전통적 영웅, 백두산의 정기를 타고난 김일성에 대한 숭배는 북한의 모든 생활 영역에까지 침투되어 있어서 천편일률적으로 선전 교화되고 있다. 선전과 교화를 통하여 피지배 대중으로부터 맹목적 충성과 추종을 확보하게 됨으로써 김일성의 권력 기반은 정당화된다.[7] 다시 말해서 김일성의 사이비 카리스마적 권위와 리더십은 그의 자의적 권력과 지배를 정당화한다.

이러한 절대권력자에 대한 우상화는 역사와 역사에 있어서의 개인의 역할에 대한 마르크스와 레닌의 견해와는 상충되는 것이라고 지적되어 왔다. 마르크스, 레닌주의는 역사에 있어서 결정적 역할이 계급들의 활동과 투쟁, 대중의 활동에 의하여 연출된다는 사실에 근거하고 있기 때문이다. 이러한 역사의 이해는 개인숭배 즉 "초인적 업적과 미덕을 한 위대한 지도자에 돌리는 것"과 양립할 수 없음을 의미한다. 개인 숭배는 마르크스주의에 반대되는 이데올로기이며 봉건주의와 부르조와 개인주의 세계관에 기초한 이데올로기인 것이다.

그런데도 북한에서 김일성 우상화가 가능한 이유는 무엇인가? 또한 북한에서 정치 문화와 어떠한 관계가 있는가? 이는 정치 문화의 맥락에서 이해될 수 있다고 본다.

---

[6] 심호민, 「북한 주체 사상 이론 체제 연구」(서울: 국토 통일원 조사 연구실, 1974), 14.

[7] 이용필, 「북한정치」, 33.

2) 북한 사회의 정치 문화

북한이 유교 문화권에 있는 사실은 그 사회가 권위주의적인 사회임을 의미하는 것이다. 유교적인 신분 철학은 삼강오륜으로 집약되어 있지만 기본 원리는 가부장제에 있는 것이다. 가부장 제도는 개인—부모—종실—왕의 순서로 상하간에 철저한 순종과 보호가 따르는 신분질서인 것이다. 북한에서의 가부장적 권위체계는 일제 통치를 거쳐 해방 후 스탈린식 질서와 개인 숭배까지 영향을 받아 개인주의와 자유주의를 경험한 남한과는 달리 더 견고하게 되었으리라 짐작된다. 이러한 북한 사회의 특징은 지배자로 하여금 개인 숭배를 강요할 수 있도록 하는 바탕이 되고 있으며, 피지배자 역시 개인 숭배를 강요당해도 그것에 대하여 커다란 이질감 없이 복종할 수 있게 하는 경험적인 토대가 되고 있는 것이다.

따라서 북한 체제는 형식적으로 반개인주의, 반가족주의, 반봉건주의 등을 내세우고, 또한 분화된 통치 구조를 표방하고 있으나 실제적으로 전통적 정치 문화의 영향을 받고 있는 미분화된 거민적 정치 문화에 바탕을 둔 권위주의적 체제이며 우상문화임이 논증되고 있다.

북한에서의 김일성 우상화는 확실히 영웅화 단계를 넘어 신격화 단계에까지 다다랐다. 이러한 것은 왕권과 왕의 명령을 절대시하고 윗사람의 의견이라면 무조건 따르는 유교 문화의 전통 때문에 지배 계통의 오류 가능성에 대해서 지나치게 무신경했던 것이 아닌가 싶다. 만약 소수 지배 세력의 오류 가능성에 대한 북한 주민들의 우려가 깊었더라면 한 사람의 정치 지도자에게 권력을 집중시켜 일반 주민의 참여를 절대적으로 억제하는 체제는 등장할 수 없었을 것이다.

김일성 개인 우상화는 전통과 연결됨으로써 비교적 쉽게 수용되어 일반화되고 있는 것이 아닌가 생각된다. 따라서 북한 체제에서는 원칙적으로 반봉건주의, 반가족주의, 반개인주의 등에 바탕을 두고 계급문화, 혁명적 문화, 동원문화, 전쟁적 문화의 성격을 그들의 공식적 정치문화로 표방하고 있지만 현재 북한 체제의 정치문화 형태는 전통적인 유교 문화의 영향으로 미분화된 거민적 정치 문화의 권위주의적 성격을 가지고 있다.

3. 결론

이젠 북한 체제와 정치 문화와의 상관 관계를 김일성 우상화와 관련지어 검토하기로 한다. 앞에서 제시했던 바와 같이 북한 체제는 개인 우상화를 중심으로 해서 설명될 수 있는 일당 혁명체제 내지 일인 수령 지배체제인 것이다. 이러한 북한 체제는 전통적인 유교 문화와 조화적 상합관계 내지 상극적인 관계에 놓여 있다. 공산주의 정치문화는 일반적으로 반개인주의, 반가족주의, 반봉건적 유교 도덕 등을 그 바탕으로 하는 계급 문화, 혁명 문화, 전쟁적 문화, 그리고 프롤레타리아 문화 등을 강조하고 있다.

그러나 현재 북한 체제가 노출시키고 있는 정치적 현상은 전통문화적 요소들을 상당히 드러내고 있다. 전통적 문화와 비교적 조화적 관계에 놓여 있는 요소들은 여러 요소들 중 권위주의, 운명주의, 그리고 가계 우상화라는 측면에서의 가족주의 등이다. 이러한 사회에서는 과학 정신과 객관적 합리성을 가진 지도자보다 신비적인 힘이 있다고 생각되는 지도자가 일반 국민이나 부하를 다스리는데 보다 호소력이 있다. 이러한 상태 하에서는 권위라는 것도 합리주의 정신이나 과학적 객관에서 나오는 것이 아니라 초인간적이고 신성하고 신비적인 성격에서 나온다. 따라서 운명주의적 문화가 지배하는 사회에서는 카리스마적 리더쉽이 판을 치기 때문에 합리적인 권위나 리더십은 들어설 여지가 적다.

북한 체제에서는 김일성을 중심으로 하는 일인 수령 지배체제를 구축하기 위하여 김일성의 과거 및 현재의 역사를 날조, 조작, 과장, 왜곡, 삭제함으로써 김일성의 정치 신화를 창출시키고 있으며, 이것으로 인하여 김일성 유일체제는 사이비 카리스마적 성격을 갖게 되고 체제 유지의 요인이 되었으리라고 생각된다.

따라서 현재 북한에서 김일성 개인 우상화가 가능한 이유는 북한 사회의 카리스마적 리더십에 의거한 권위주의적 문화의 특성 때문이다.

여기서는 플라톤의 불변의 이데아사상에 반대하여 사건의 변화 그 자체에서 진리를 느껴보려 한다. 마지막 문단의 "결국 사건 자체가 의미가 될 수 있는 것은 바로 잎의 표면에서 나타나는 무한한 변화의 움직임, 그리고 순간적으로 일어나는 것을 중시하기 때문이다"를 증명하기 위해서 이 글을 심미적으로 풀어가고 있는 것이다.

〈개념의 주사위〉

시뮬라크르, 사건, 그리고 의미

강 진 숙

일요일 아침, 여느 때보다 일찍 눈을 뜬 들뢰즈. 문득 텔레비전을 켜니 시청자의 의견을 반영한다는 프로그램, 〈TV속의 TV〉(MBC)가 방송되고 있었다. "아무리 문제를 지적하면 뭐해? 고치지도 않을 걸" 이렇게 궁시렁거리던 들뢰즈는 잠시 후 흥미가 당겼다. 어떤 시청자의 제보인데, 요즘 한창 뜨는 드라마 〈사랑해 당신을〉의 한 장면에 나온 옥의 티를 지적하는 거다. 가만 보니, 들뢰즈도 봤던 장면이다. 성탄절날, 봉선화가 선생님을 만나지 못하고 돌아서서 나오는 가로수길. 트리 장식이 상점 유리창 너머로 보이지만, 가로수의 잎들은 무성하고 푸르다. 그 순간 들뢰즈는 소리쳤다. "야! 이건 사건이다" 그가 소리친 이유는 '옥의 티'를 놓쳤다는 억울함과 그것을 누군가 집어냈다는 감탄이 교차했기 때문이다.

196

그 순간, 자리를 박차고 일어난 들뢰즈는 창문을 활짝 열어 제꼈다. 창밖에는 아직까지도 푸른, 대추나무 잎들이 흔들리고 있었다. 이제 저 잎들도 누렇게 변하며 떨어지겠지. 그 순간 언젠가 절친한 동료이자 벗인 가타리에게 했던 말이 생각났다. "푸르러지다, 이것은 사물의 상태가 아니야. 나무의 표면에서 발생하는 비물체적인 사건들이지" 그래, 사건은 상태가 아닌 상태의 변화를 나타내는 '됨'의 차원에서 의미의 논리를 밝힐 수 있는 거다. 그 순간 지나가던 어떤 노인이 한 마디 던진다. "잎이 푸르게 되는 것은 별 의미가 없소. 중요한 건 저 푸른 잎이 어떤 본질을 갖고 있는가 하는 거지" 뉘시온지? "전 플라톤이라고 하오" 아, 실재하는 것은 모두 형상(idea)을 갖는다고 했던 그 플라톤인가? 그는 계속해서 얘기를 건넨다. "사건이란 순간적이고 이해 불가능한 것이오. 이것을 형상계의 그림자, 곧 판타즈마(phantasma)라고 하오. 요즘은 나를 반대하는 자들이 시뮬라크르(simulacre)라고 말하더군. 한낱 형상계의 그림자에 중요한 의미를 부여하다니. 중요한 것은 그림자가 아닌 형상계 그 자체라오. 나뭇잎의 색깔이 변해도 형상은 변하지 않기 때문이오."

아, 플라톤은 참 말을 잘하네. 이런 감탄을 하다가 정신을 차려 보니 어느새 그 노인은 사라지고 없었다. 정말 그 플라톤인가? 두리번 거리다가 아까 플라톤이 했던 말들을 떠올려 본다. 판타즈마… 이른바 비물체적이고 순간적인 것이기에 의미가 없다는 거지. 허나 아무리 생각해도 들뢰즈 자신은 받아들일 수가 없다. 그것은 곧 고정된 사물의 상태만 보는 것이기 때문이다. 보름달이 반달이 되어도 달의 본질인 형상은 변하지 않는다고 하는 것이 플라톤의 생각인 거다.

허나, 솔직히 들뢰즈의 마음을 끄는 것은 심층에 있는 본질이나 형상이 아니다. 오히려 표면에서 나타나는 달의 일그러짐, 푸르고 붉게 되는 잎의 변화들인 것이다. 보름달이 반달이 되어가는 찰나의 과정들이 바로 사건이고, 이것은 다양한 변화의 생명력을 갖고 있는 탓이다. 냉수 한잔을 시원하게 들이키며 들뢰즈는 방안을 서성거린다. "그런데, 사건이 뭐지?" 물론 들뢰즈는 이미 「의미의 논리」에서 사건을 물체의 표면효과라고 말했다. 그는 루이스 캐롤의 「이상한 나라의 앨리스」에 매료 되었고, 토끼굴을 발견한 앨리스가 키가 작아지는 상태의 변화를 보면서 사건은 바로 "'이다(etre)' 라는 상태가 아니라 '되다(devenir)' 의 차원에서 발견되는 것"이라고 생각했었다. 기억을 더듬다 보니, '옥의 티' 역시도 마찬가지다. 무심히 지나치는 찰나의 장면들을 꼭 집어내는 순간도 사건이고 의미가 아닐까? 이미 옥의 티는 그 장면 속에 있었지만, 그냥 모르고 지나쳤던 거지. 하지만, 이미 잠재하고 있던 것이 시청자의 제보로 순간이 현실화되었고, 그 자체가 의미가 된 것이다. "사건들은 표면에서 발생하고 안개보다 더 순간적인 것이다. 하지만, 물체 안에는 이미 사건을 현실화하는 것들이 존속한다."

결국 사건 자체가 의미가 될 수 있는 것은 바로 잎의 표면에서 나타나는 무한한 변화의 움직임, 그리고 순간적으로 일어나는 것을 중시하기 때문이다. 어느 방향으로 갈지 모르지만, 다양한 복수의 방향을 갖고 있는 것. 이것이 바로 생성의 힘이 아닐까? 열린 생각, 열린 몸들의 움직임은 바로 그 생성의 힘에서 나오는 것이지. 이런 생각을 하며 밖을 내다 봤지만, 노인이 서 있던 자리에는 색이 바랜 대추나무 잎과 노인이 버리고 간 그림자만이 덩그러니 놓여 있었다.

C. 영어논문의 예(1)

이제 영문의 논문 2편을 보며 어떻게 논지와 목차가 연결되었는가를 보자. 외국유학을 계획하는 학생이나 영어 논문을 쓸 학생은 여기 형식들을 눈 여겨 보아두면 좋다.

첫 번 논문은 오른 쪽에 이 학생이 자료를 기록한 카드를 그대로 보여줌으로써 어떻게 카드를 사용해서 본문을 만드는지 참고하도록 했다. 본래 논문은 20페이지였으나 지면 관계상 중략하고 절반으로 줄였다.

WINGATE' S RAIDERS

: THE NUCLEUS OF A NATIONAL ARMY*

by

Charles Derber

English 111, Section C

Mr. Draperson

May 25, 1962

---

* James M. McCrimmon, *Writing With a Purpose*, 4 th ed. (Boston: Houghton Mifflin, 1967), 281–325.

Wingate's Raiders: The Nucleus of a National Army

Thesis :   The Jewish concept and conduct of defense against Arab guerrilla warfare were modified significantly by Orde Wingate's military innovations.

Ⅰ. Before Wingate's military operations in 1938, the concept and conduct of Jewish defense proved favorable to the Arabs in their peculiar guerrilla offensive.

A. The organization and tactics of the Arab guerrilla fighters enabled them to wage a devastating hit-and-run warfare from 1936 to 1938.

B. The Jewish defensive strategy did not meet the military challenges of Arab warfare.

Ⅱ. Wingate's study of the warfare in Palestine from 1936 to 1938 convinced him that basic changes in the Jewish defense were necessary.

A. His experience in Jewish settlements convinced him that Haganah's strategy of limited defense was suicidal.

1. He believed that it was militarily unsound to defend against Arab attacks from the inside of the

settlements.

    2. He believed it necessary to track the movement of Arab gangs and supplies by penetration of small patrols into Arab territory at night.

B. His study convinced him that the Jewish fighting force must reorganize into a national army and adopt the discipline and duty procedure of a regular army.

Ⅲ. By carrying through his plans in the establishment and operation of the Special Night Squads, Wingate implemented his theories of defense.

A. His Special Night Squads and adopted the strategy that a defense must be offensive.

    1. The S. N. S. operated at night in small patrols outside of the settlements in defense of the Haifa pipeline.

    2. They perfected the use of the surprise attack to destroy Arab gangs and supplies whose movements they had charted.

B. The Special Night Squads became the core of a national army and adopted a severe discipline and duty procedure.

    1. In his training courses, drill exercises, and military operations, Wingate inflicted the discipline of a regular army on his men.

2. In the duty procedure that he enforced, Wingate imbued his men with the regularity of standard army routine.

WINGATE' S RAIDERS :

THE NUCLEUS OF A NATIONAL ARMY

This paper deals with the contribution that Captain Orde Wingate made to the Jewish defense against Arab attacks during the years 1936—1939. When Wingate arrived in Palestine as a British intelligence officer, the Jews were meeting these attacks with strictly defensive measures inherited from the Haganah, an underground resistance organization. When he left three years later, the Jews had learned to defend by preventive guerrilla attack. In bringing about this change Wingate provided a pattern for the creation of a unified Jewish national army.

The historical background of the Arab-Jewish conflicts with which this study is concerned may be summarized briefly. After World War I Palestine became the scene of a conflict between the Jewish drive for a national home and the Arab opposition to that drive. The conflict began with the Balfour Declaration of 1917 in which the British government

Jewish immigration **1**

Enc. Brit.,XVII, 134
Jewish immigration 1920-38
1920-24.......42,784
1925-29.......57,022
1930-34.......91,258
1935.............61,854
1936.............29,727
1937.............10,536
1938.............12,868

Arab objectives **2**

Wells, p.25
In 1930's Arabs fighting for:
1. Stop Jewish immigration
2. Arab nat'l gov't in Pal.
3. British withdrawal of Balf. Decl.
4. End BR. mandate
5. Stop sale of land to Jews
6. Treaty with Brit recognizing Arab sob'ty in Pal.

Start of Arab revolt **3**

Royal Inst., p.76
April 15, 1936-First sign of revolt when
Arabs held up Jews, killed / on road from Nablus to Julham.
False repert of this affair led to several conflicts betw. Arab+Jews

Arab terrorism -org. **4**

Viton, p.321
Arab terrorists in countryside well organized in bands of 80-150
under some experienced lenders-replaced local govts in places
they controlled even taxed the people.

Arab arms **5**

Royal Inst., p.76
Prohibition of sale of arms not affect Arab because they had rifles
from pre-war and war years, also smuggled arms from Irans-Jordan.

Haj Amin el Husseini

Collins, p.175
Prominent Arab trouble maker, Haj Amin el Husseini, the
Grand Mufti, religious head of the Sunni Sect of Moslem faith in
Pal. Had power to inflame local Arabs and initiate indirectly most
Arab attacks on Brit and Jews. War allied with Hitler.

Arab leader-Kaukji

Royal Inst., p.80
Sept. 3,1936-Fawzi Kaukji-famon's Syrian revolutionary transferred
his activities to Pal. and became head of guerrilla offensive.

supported the Zionist movement ; it increased in intensity as Arabs rioted the immigration of 100,000 Jews in the 1920's and another 150,000 between 1930 and 1935.[1] In 1935 the Arabs demanded that Britain end its mandate over Palestine and recognize Arab sovereignty in that area.[2] When this demand was refused, the Arabs, in 1936, began a series of attacks on the Jews which were to last four years and be known as the Arabs Revolt.[3]

The Revolt quickly expanded into a guerrilla war. Organized into bands of 80 to 150 men,[4] well armed with rifles left over from World War I or smuggled from Trans-Jordan,[5] and led by men experienced in guerrilla, tactics, the Arabs destroyed crops and property, cut telegraph lines, dynamited railway tracks and bridges, and ambushed trains and convoys.[6] In 1937 alone they made 143 attacks on Jewish settlements, killing 32 civilians and wounding 83.[7] In

---

[1] Hans Kohn, "Palestine: V. Post-World War I Developments," *Encyclopaedia Britannica*, 1959, 17, 134.

[2] Linton Wells, "Holy Terror in Palestine," *Current History*, XLIX(December, 1938), 25.

[3] Royal Institute of International Affairs, *Great Britain and Palestine, 1915–1939* (London, 1939), 76.

[4] Albert Viton, "It' s War in Palestine," *Nation*, 147 (October 1, 1938), 321.

[5] Royal Institute, 76.

[6] Royal Institute, 77.

[7] *League of Nations Mandates. British Reports on Palestine and Trans-Jordan, 1937–1938*, Report for 1937 (London, 1939), 12.

Arab terrorism | 6

Royal Inst., p.77
By June-July, 1936, revolt raging. Typical action: acts of violence against Jews; destruction of crops and property; cutting of telegraph lines; blowing up railway tracks and bridges; ambushing of trains and car Convoys.

Arab terrorism

Brit. Reports (1937), p.6
Terrorist campaign in 1937: isolated murder; attacks on military police, and civilian road transport; attacks on Jewish settlements and Arab and Jewish private property

Arab terrorism

N.Y.Jimes, Mar.15, 1937, p.12
3 Jews slain by Arab hiding in ditch-1 Jew stabbed by Arab-2 Jews injured by Arab bombs-numerous shootings of Jews by Arabs.

1937 terrorism-statistics | 7

Brit. Reperts(1937), pp.11-12
1937 Statistical Terrorist Record

(p.11)Bomb+firearm attacks against:		(p.12)Total Casualties	Killed	Wounded
Police	109	Police		
Jewish Settlements	143	British	4	2
Jewish transports	38	Arab	10	4
Arab transports	23	Jewish	2	2
British houses	2	Officials		
Arab houses	109	Civil	2	-
Shepherds	11	Mil	5	5
Ploughmen	3	Civilians		
		Arab	44	53
		Jews	32	83

Mosley, p.40 | 8
Arabs led guerrilla fighter named Kaukji from Syria-purely hit+run tactics-waged a running campaign almost impossible to counter by normal military methods. Then British efforts fairly unsuccessful.

Arab terrorist tactics | 9

Royal Inst., p.104
Rebels mixed with sympathetic population which wouldn't expose them or their weapons. Thus difficult to capture.

conducting this guerrilla war the Arabs had two great advantages. First, they were mobile and hence could wage a hit—and—run campaign extremely difficult to oppose with ordinary military procedures.[8] Second, the bands could dissolve quickly when seriously threatened and mix with the civilian Arab population, who would hide them and their weapons. The members of the guerrilla bands were thus personally protected and their arms and supplies were easily concealed.[9]

In attempting to defend themselves against Arab attacks, the Jews limited both in organization and in strategy. They were not permitted by the British to have any organized fighting force or even to possess firearms. The nucleus of their defense was a semi-underground organization called the Haganah, which in Hebrew means "defense". The Haganah had its origin in pre-war Jewish settlers known as "watchmen," who protected themselves from Arab attack by patrolling their lands on horseback. After the Balfour Declaration, in response to the increasing Arab hostility, these watchmen were unofficially replaced by the Haganah, which operated relatively independently in each Jewish settlement.[10] Its function was to defend the settlement against attack. To lo

---

[8] Leonard Mosley, *Gideon Goes to War* (New York, 1955), 40.

[9] Royal Institute, 104.

[10] Arthur Koestler, *Promise and Fulfilment* (New York, 1949), 67–71.

Haganah-origin   **10**

Koestler, p.67
Origin of Haganah in "Watchmen"-defended selves and families before World War I-romantic figures-rode horseback, wore Arab headgear, spoke, knew Arab customs.

Haganak

Koestler, pp.69-71
After W.W.I. Watchmen disappeared, replaced by Haganah-illegal, semi-underground group which rose to meet Arab terrorism in 1929.

Haganah-Havlagah   **11**

Syrkin, p.314
1936-39, Haganah adopted principle of Havlagah, meaning self-restraint. Arab acts of terrorism not met by similar acts, but arms and supplies smuggled in for defense individual settlements.

Supernumeraries   **12**

N.Y.Times, Sept.12,1938, p.4
British could not handle Arab terrorism and thus forced to give Jews some measure of selfdefense, so created supernumeraries.

Supernumeraries

Koestler. p.73
Certain number of Hagandh men made into supernumerary police force. First time some aspect of Haganah organization become legal.

Supernumeraries   **13**

Brit Reperts (1937), p.13
Training of Jewish supernumeraries:
1. recruits given course in weapon training under military instructors-given rank of lance corporal and sent back to settlements.
2. supernumeraries trained other super in each settlement
3. supers armed with & Greener guns

Wingate-to Pal.

Mosley, p.34
Sept. 1936-Wingate and wife sailed for Pal.-Appointment as Intelligence Officer of staff of H.Q.British Forces, Jerusalem-worked first in Haifa under Brigadier Evetts

this it smuggled in weapons and supplies, but its policy was limited to defense; it did not engage in counter or preventive attacks. Its own description of its policy was "Havlagah" or self—restraint.[11]

Because the British were unable to protect Jewish settlements and because they respected the policy of Havlagah, they established a Jewish Supernumerary Police Force.[12] Haganah sent certain of its members to be trained as supernumeraries. These recruits were given military instruction, rifles, and Greener guns, and sent back to train other supernumerary police.[13] This police force was the only legal part of the Haganah. It strengthened the Haganah, but it did not change its basic organization or concept of operation.

In September of 1936, while the Revolt was in full force, Orde Wingate, a new intelligence officer of the British Headquarters, arrived in Palestine. Wingate's thinking and action were to have a profound influence on the conduct of the Jewish defense during the next three years. Born in India in 1903, he had been brought up in a stern Puritan atmosphere which deeply affected his perspective on affairs in Palestine.[14] He was described by his friend, Chaim

---

[11] Marie Syrkin, *Blessed Is the Match* (Philadelphia, 1947), 314.

[12] *The New York Times*, Setember 12, 1938, 4.

[13] *British Reports*, Report for 1937. 13.

[14] *Dictionary of National Biography, 1941–1950*, 962.

Wingate-background | 14

Dict. of Nat. Biog., p.962
Wingate born in India-Feb. 26, 1903- military ancestry, both father and grandfather were well known military men-brought up in strict Puritan atmosphere

Wingate-char. | 15

Weizmann, Ⅱ,398
Wingate's two passions-military science and Bible-an amazing combination of student and man of action.

Weizmann, as having two passions—the Bible and military science.[15]

An incident reported by David Hacohen, a prominent contractor and an influential Zionist, illustrates the combination of these two passions. One day, as Hacohen and Wingate were driving through the valley of Jezreel, Hacohen noticed Wingate scanning the valley in a state of obvious excitement.

Suddenly Wingate cried out : "But why was he defeated? He ought to have won this battle! The man was a fool!"

"Who do you mean?" asked Hacohen, trying to think back to the Allenby campaigns.

"I mean Saul!" cried Wingate, and then he went on somewhat in this style : "That man Saul had all his army there (pointing). I mean up there on the heights on Gilboa, south of his water course)—imagine the folly of that when his enemy was to the north there, in Shunem (pointing again), and why did he do it? He could have brought his army over—he had freedom of movement—how do I know, because the night before the battle he went nearly all the

---

[15] Chaim Weizmann, *Trial and Error, The Autobiography of Chaim Weizmann* (Philadelphia, 1949), 2, 398.

Wingate - chat

Sykes, p.117

Wingate's two passions-military sci. and Bible-illustrated in incident reported by Daird Hacohen (contractor and Zionist). Driving with Hacohen through valley of Jezrul, Wingate burst into a long tirade at Saul's "incompetence" in losing the crucial battle of Mt. Tilboa. (For verbatim account from Sykes, see separate sheet)

Wingate-Lionist

Sykes, pp.109-10

Wingate arrived in Pal. sympathetic with Arabs. In less than month, he became extreme Lionist. This caused by seeing reality of land situation, seeing determination and restraint of Jews, and influence of Bible.

212

way to Tabor to visit the witch of Endor—there (pointing to Ein—Dor). Do you know why he did it—the damned fool!—because he had brought all his women and all his furniture and his tents and his household with him. He didn't know how to travel light. He was a bad soldier."

"But do you think," asked Hacohen, "that it matters much now?"

"What!" shouted Wingate. "Mattir! Of course it matters! By his folly, by his incompetence, Saul threw away his position, and he held the greatest position a man has ever occupied or could ever occupy in history. He was King of the Jews! He had been elected to rule over the most wonderful people in the whole world, the only people who had discovered God—and he threw it all away by his sheer damned silly incompetence! Matter! Of course it matters!"

And so on for a long time.[16]

Wingate's knowledge of the Bible convinced him that the Jewish drive for a homeland in Palestine was divinely sanctioned, and within a month of his arrival he was converted to Zionism.[17] His passion for military science led him to make a thorough study of the warfare in Palestine and

---

[16] Christopher Sykes, *Orde Wingate* (Cleveland, 1959), 117.

[17] Sykes, 109—110.

Wingate in Jerusalem

Sykes, p.127
1937-Wingate in Jerusalem-spent time in study of land and on
reports of all recent military activity-familiarized self with Hebrew
and met more Jews in Hagandh and Jewish political leaders.

Wingate on tactics

Wingate, p.53
Wingate tells Hanita settless that new tactics must be adopted
"You Jews of the settlements have been fighting a defensive war
against the Arab for too long. It will save your lives or your
settlements.... We must try a new kind of war."

convinced him that basic changes in the Jewish defense were necessary.

During the next two years Wingate devoted his time to a study of the geography of the land and the military activities of the Jews and Arabs.[18] He conducted this study by personally making long exploratory journeys throughout Palestine and certain neighboring countries where rebels were based. He observed the defense activities of many Jewish settlements, studying in detail the settlements at Afikim, Hanita, and Tsevi.

The major conclusion that Wingate drew form his observations was that Haganah's concept of limited defense was suicidal. The Jews must not wait for Arab attacks and meet them within the settlements but must meet the enemy near the Arab villages and adopt their guerrilla tactics. He first reached this conclusion at Afikim and developed it more fully during his stay at Hanita. One night, after several weeks at Hanita, he called the settlers together and told them, "You Jews of the settlements have been fighting a defensive war against the Arabs for too long. It will not save your lives or your settlements.... We must try a new kind of war."[19] He told the forty supernumeraries stationed at Hanita that they must

---

[18] Ibid., 127.

[19] Mosley, 53.

Wingate in tactics

Sykes, p.145
Wingate arrived at Hanita where 40 supernumeraries were stationed-observed defense was from inside of settlement-Argued that Jews must defend from the outside and organize patrols to operate outside

Wingate's contribution

Dict. Nat Biog., p.963
Wingate in his SNS taught reprisals to Arab terrorism should and could be better done by Jews the settlements than organized British soldiers.

Wingate's contribution

Koestler, p.74
Wingate taught Jews to counter Arab hit run raids-in particular to move and fight at night

Wingate's contribution

Sugrue, p.74
Wingate taught Jews that Jews could win in Arab-Jew war, that intelligence, equipment, and skill, not numbers, count, and that Arab disturbances could be quelled at initial stage of rioting.

SNS-Jewish army

Sykes, p.155
Thru leadership of Wingate, SNS-became "beginnings of Jewish army" Hegave them Confidence in their fighting ability and instilled in them a unity and an esprit de corps which provides the core an army.

organize patrols to defend the settlement from the outside rather than the interior.[20]

○ ○ ○ ○ ○

Thus, in organization, strategy, and tactics, Wingate achieved definite modifications in the concept and conduct of Jewish defense. Although the S.N.S. was dissolved by command of the British in 1939, and Wingate left Palestine in that same year, the successes of his S.N.S. had proved certain things to the Jews that permanently altered their perspective. They had learned that Jewist soldiers operating in small groups from the settlements were more capable of carrying out reprisals to Arab acts of terrorism than were the British soldiers.[44] More generally, they had learned that they could preserve their own security and were not dependent on the British. They had learned that, despite their inferiority in numbers, they were capable of winning a full-scale war with the Arabs.[45] Perhaps most important, they had acquired a sense of unity which provided a basis for the creation of a unified Jewish National Army.[46]

---

[20] Sykes, 145.

[44] *Dictionary of National Biography*, 963.

[45] Sugrue, 74.

[46] Sykes, 155.

BIBLIOGRAPHY

Collins, R. J. *Lord Wavell* : *A Military Biography*.
London : Hodder and Stoughton, 1948.

Koestler, Arthur. *Promise and Fulfilment*. New York: The
Macmillan Company, 1949.

Kohn, Hans. "Palestine: 5. Post-World War I Developments,"
Encyclopaedia Britannica, 1959, XVII, 134.

*League of Nations Mandates. British Reports on Palestine
and Trans—Jordan, 1937—1938*. London: H. M.
Statianery office, 1939.

Mosley, Leonard. *Gideon Goes to War*. New York: Charles
Scribner' s Sons, 1955.

The New York Times, March 15, 1937, 12.

The New York Times, September 12, 1938, 4.

Royal Institute of International Affairs. *Great Britain and
Palestine*, 1915—1939. London: Oxford University Press,
1939.

Sugrue, Thomas. *Watch for the Morning*. New York: Harper
and Brothers, 1950.

Sykes, Christopher. *Orde Wingate*. Cleveland: The World
Publishing Company, 1959.

Syrkin, Marie. *Blessed Is the Match*. Philadelphia: The Jewish
Publication Society of America, 1947.

Viton, Albert. "It' s War in Palestine," *Nation*, CXLVII

(October 1, 1938), 320—323.

Weizmann, Chaim. *Trial and Error, The Autobiography of Chaim Weizmann.* 2 vols. Philadelphia: The Jewish Publication Society of America, 1949.

Well, Linton. "Holy Terror in Palestine," *Current History,* XLIX (December, 1938), 24—26.

"Wingate, Orde Charles," *Dictionary of National Biography, 1941—1950.* London: Oxford University Press, 1959.

영어 논문의 예(2)

 다음 논문은 미국 대학 신입생의 작문 과목에서 쓴 것이다. 이 학생의 개인적 경험, 견해 그리고 그가 연구한 것들이 TV폭력에 대한 작은 논문을 쓰게 한다. 그는 자신의 경험에서 나온 예화(최근 TV쇼에서 나는…·)에서 그의 논지(TV폭력은 그 영향을 즉각적으로 볼 수 없다 해도 우리 사회의 부정적인 세력이다)로 이끌어 간다. 그리고는 자신의 주장을 설명해 나간다.

Television Violence: How Does It Affect Us?*

Howard _____

English I

March 1, 1978

* Sandra Schor & Judith Fishman, *The Random House Guide to Basic Writing* (New York: Random House, 1978), 490–504.

Television Violence:

How Does It Affect Us?

THESIS: Violence on television is a negative force in our society, affecting us in ways we cannot immediately see.

I. Overwhelming amounts of violence are shown on television.

   A. 6:00 news

   B. Rising crime rate

   C. No proof effect of TV violence on crime rate

II. Effect: We close out eyes to violence.

   A. Society immunized

   B. Death an unreality

III. Effect: We take the law into out own hands.

   A. Violence a way to change things we do not like

   B. Everyone vulnerable to violence

IV. Effect: Heavy viewers have a distorted view of reality.

   A. World more dangerous and frightening

   B. Develop victim mentality

V. Effect: We assume TV reflects life.

   A. Marcus Welby example

   B. Amount of time spent watching

   C. Los Angeles survey

D. No reflection of reality

Ⅵ. The Opposition: We should use violence to fight crime.

A. De—emphasize crime and chase

B. Identify with reason for character's loss of control

Ⅶ. Violence of TV has no positive effect on American Society

A. Failure of family viewing hour

B. Need for action

On a recent television show that I watched, one of the characters had been severely beaten, had his head smashed in by a hammer, and had been thrown into a river with cement blocks tied to his feet. The program was not one of the well—known violent gangster shows. It was the six o' clock news. From the evening news to children' s cartoons, our nation' s television programs show overwhelming amounts of violence. Many researchers have tried to find a cause—effect relationship between the violence on TV shows and the rise in crime, examples of which we see in the news. The nation' s crime rate is rising, but in spite of much research and the enormous amount of statistical data that have been gathered, such a cause—effect relationship has not been established. Even though the results are not clear, it seems to me that violence on television is a negative force in our society, affecting us in ways we cannot immediately see.

One far-reaching effect of TV violence is that we do not see the brutality and suffering in front of us because we have become immune to it. Violence is an everyday event, and death is only a statistic. We are being conditioned to ignore the reality of death.[1] On the news, deaths are commonly reported as a result of catastrophe or violence: twenty

---

[1] Michael J. Arlen, "Cold, Bright Charms of Immortality," *New Yorker*, 50 (January 27, 1975): 76.

thousand die of starvation in Bangladesh; forty-seven people die in a train derailment in Chicago; a housewife and her seven children are murdered in their suburban home. "These real deaths," says Michael Arlen, "are treated as if they have no meaning—except as the statistical by product of some disaster."[2] We tune out. Death becomes just another facet of the day's events—along with the day's accunulated rainfall and the football scores.

Television violence also encourages us to take the law into our owns hands, to arm ourselves in case we are attacked. Although the villains of gangster and police shows are eventually caught and punished, the hidden message that comes through is that violence supplies a means by which we can change something we don't like. If a person has been offended or "stepped on," a weapon can give him the opportunity to "even the score." A gun can make us feel secure. By arming ourselves against violence, we accept it as a given. We see ourselves, it seems, as "vulnerable in the face of violence."[3]

Communications experts such as Professors George Gerbner and Larry Gross of the Annenberg School of

---

[2] Ibid.

[3] Ernest G. Beier (interview), "Hidden TV Messages Create Social Discontent," *Intellect.* 104 (February 1976): 350.

communications at the University of Pennsylvania have done many studies concerning the effects of heavy television viewing on both adults and children. They offer interesting findings about the effects of television on avid TV viewers, the TV "addicts," as they all them. According to Gerbner and Gross, television distorts the viewers' perspective of the real world. TV addicts develop a "victim mentality" and become more apprehensive about social dangers than actual conditions warrant. Gerbner and Gross found that "people who watch a lot of TV see the real world as more dangerous and frightening than those who watch very little."[4]

In another study, when the viewers were asked to respond to the following question, "In any given week [a. one in 100; b. ten in 100] Americans will be involved in some kind of violence, most regular television watchers chose b. The answer is a."[5]

A surprising number of viewers assume that the stereotyped personalities porfrayed on television match those of the real world. Gerbner and Gross report that 250,000 letters requesting medical advice were sent by viewers to Dr. Marcus Welby during the first five years "Marcus Welby,

[4]George Gerbner and Larry Gross, "The Scary World of TV's Heavy Viewer," *Psychology Today*. 9 (April 1976): 41.
[5]Tony Chiu, *"The Violent World of the TV Viewer,"* *Science Digest*, 77 (March 1975): 80

226

M.D." was on TV.[6] One can argue that if TV influences adults so heavily, it must also do a thorough job on children.

It is relevant to note that "the average American high school graduate has spent 3,000 more hours watching television than sitting in classrooms."[7] If this figure is accurate, then one can hardly begin to comprehend the number of violent acts the average teen—ager has witnessed on his television screen.

A Los Angeles survey of nighttime television during one week in 1960 reports that television viewers would have seen:

144 murders (scenes of mass murder not tabulated), 143 attempted murders, 52 justifiable killings, 14 cases of drugging, 12 jailbreaks, 36 robberies, 6 thefts, 13 kidnappings (1 of a small boy), 6 burglaries, 7 cases of torture, 6 extortion cases, 5 blackmail, 11 planned murders, 4 attempted lynchings, 1 massacre scene with hundreds killed, 1 mass murder of homesteaders, 1 panmmed mass murder by arson, 3 scenes of shooting between gangland posses, many killed, 1 other mass gun battle, 1 program with over 50 women

---

[6]Gerbner and Gross, 44.

[7]Edward J. Cripps, "Violence and Children's TV," *America*, 135 (September 11, 1976): 116.

kidnapped, this one including an hour of violence, kidnapping, murder, brutal fighting. These figures do not include the innumerable threats to kill, the sluggings of the many times when characters in the crime programs manhandled the victims, the forced confessions, and the dynamiting to illegally destroy.[8]

Is this the way life is in our society? There are those who say that TV, with all its violence, is actually a reflection of American life. But this is not case. According to Edward Cripps. "Life on television has fewer old and sick people, fewer people with family responsibilities, fewer women, more men in their middle years, more law enforcers and more violence than American society has."[9]

Not all people think as I do that TV violence is unwholesome and acts as a destructive social force. Walter Bromberg and Gerald George, for example, are convinced that TV crime programs can become an invaluable asset to the nation's war on crime. To realize the full anti-crime potential of these shows, they claim that it would be necessary to de-emphasize the "crime, chase, and capture,

---

[8]Erik Barnouw, *Tube of Plenty: The Evolution of American Television* (New York: Oxford University Press, 1975), 265.
[9]Cripps, 117.

and enlarge instead on the 'why' of the violent act."[10] In Bromberg and George's view, television programs would show ordinary people who are not conscious of their own capacity to act in a violent manner. A character would lose control when "some deeply hidden, sensitive spot is touched," Viewers who are predisposed to react violently would be able to identify with the character in the story.

This would alert the viewer to his own tensions and anxieties, which, when ignited, could result in destructive actions.[11]

Expert opinion indicates that constant that exposure to televised violence does not provide a wholesome atmosphere for our society. Yet no legislative or voluntary regulation to reduce the amount of violence has been imposed on the networks. The "family viewing hour," which supposedly prohibits violence on the air from 8:00 to 9:00 P.M., seemed to be a step in the right direction. Yet shortly after it was established in 1975, the networks knew that it was not accomplishing anything. They discovered that most children who watched television from 8:00 to 9:00 continued watching programs until 10:00 or 11:00.

---

[10]Walter Bromberg and Gerald George, "Can TV Crime Shows Prevent Violence," *Today's Health*, 47 (May, 1969): 88.
[11]Ibid.

The debate over television violence and its effects on society—particularly the crime rate—will undoubtedly continue for years, but I think the evidence is already convincing enough for all Americans to be concerned about the amount of violence on TV. As I flip through the dial from night to night, I can choose among programs on murder, rape, arson, bribery, and extortion. It seems to me that it is time for a change in our options. Why can't television offer a more realistic view of our society? Why can't it be s better source of information? Why can't it offer the family more balanced viewing? Television, I am afraid, will remain as it is because viewers keep watching these programs. When concerned citizens care enough to ask for change, only then will change take place. We must all voice our protests, or else we will become a nation of gun-carriers who are afraid to leave our houses. Without our voices of protest, there is little hope for change.

BIBLIOGRAPHY

Arlen, Michael J. "Cold Bright charms of Immortality." *New Yorker*, 50 (January 27, 1975), 73—78.

Barnouw, Erik. *Tube of Plenty: The Evolution of American Television*. New York: Oxford University Press, 1975.

Beier, Ernst G. (interview). "Hidden TV Messages Create Social Discontent." *Intellect*, 104 (February 1976): 350.

Bowles, Jerry. "How We Got This Way: TV-Styled America." *Vogue*, 166 (February 1976): 169.

Bromberg, Walter, and Gerald George. "Can TV Crime Shows Precent Violence." *Today's Health*, 47 (May 1969): 88.

Cater, Douglass. *Television as a Social Force: New Approaches to TV Criticism*. New York: Praeger Publishers, 1975.

Chiu, Tony. "The Violent World of the TV Viewer." *Science Digest*, 77 (March 1975): 80—83.

Cripps, Edward J. "Violence and Children's TV." *America*, 135 (September 11, 1976): 116—118.

"Ending Mayhem." *Time*, 107 (June 7, 1976): 63.

Gerbner, George, and Larry Gross. "The Scary World of TV's Heavy Viewer." *Psychology Today*, 9 (April 1976): 41—45.

Harris, George T. "More Blood on The Tube." *Psychology Today*, 9 (April 1976): 4.

Niemeyer, Gerhart. "Sex and Violence." *National Review*, 27 (August 1, 1975): 834.

How to
논문작성 이렇게 해라
Write Properly

Chapter

5

인용과 각주, 참고문헌

1. 인용

인용은 논문의 주제를 살리기 위해서나 증명하기 위해서 작성자의 설명과 함께 다른 사람의 글을 증거자료로 제시하는 것이다. 그러므로 이것저것 많이 모았다고 좋은 것이 아니라 반드시 논지를 뒷받침하는 내용이어야 하며 또한 반드시 그것을 인용한 이유가 분명해야 한다. 인용만 나열하지 말고 반드시 앞이나 뒤에 설명을 붙이거나 앞 뒤 문장에 맞추어서 적절하게 사용한다. 인용만 있고 그것에 대한 논문 작성자의 의견이 없는 것은 마치 변호사가 아무런 설명도 없이 이 사람 저 사람 증인들의 이야기만 들려주는 것과 같다. 반드시 왜 그 증인을 세웠는지 이유가 분명해야 하며 자신의 주장을 뒷받침하기 위해 그들을 사용해야 할 것이다. 논문의 내용을 구성하는 것은 논문 작성자의 주장과 진술이고 인용은 오로지 보조역할 뿐인 것을 명심해야 한다.

이미 카드 작성시에 인용에 관한 설명이 충분히 있었으므로 여기서는 간단히 설명한다. 인용은 직접 인용과 간접 인용이 있는바 간접 인용은 요약이나 의역을 의미한다. 즉 직접 인용하기가 마땅치 않거나 그렇게까지 할 필요가 없을 때 또는 다른 필요에 의해서 줄여서 요약하거나 작성자의 말로 바꾸어 의역하는 것이다.

짧은 인용

길이가 세 줄 미만인 직접 인용은 앞 뒤에 인용부호를 붙이고 본문

속에 포함시킨다. 물론 길이에 관계없이 강조하기 위해 본문과 분리시켜서 쓸 수 있다.

한 걸음 더 나아가서 현대 선교신학의 대가 호켄다이크는 지교수와의 대화에서 몇 번이고 거듭, "과거를 향한 토착화가 아니라 미래를 향한 토착화"를 강조했다고 한다. 아마도 이 말은 "내일은 벌써 이 곳에 와 있고, 내일의 세계의 사람은 벌써 우리들과 동시대인이 되어"있기 때문이겠다.

긴 인용

길이가 세 줄 이상의 긴 인용은 본문에서 한 칸 띄어 왼 쪽에서 두 글자 띄어 시작하며 한 줄 간격으로 쓰고 작은 글자로 적는다. 이 때 인용부호는 쓰지 않는다.

이것은 경향 각지에서 신식교육을 위하여 설립된 학교들의 교육적 요청에 부응한 것이었다. 이러한 당시의 교육적 요구를 한 선교사는 다음과 같이 말하고 있다.

출판물은 시대의 요구이다…·그 갈구욕은 무한량이다. 신지식의 공급을 요구하는 독서계와 교회의 성장과 교인 자제들의 양육에 필요한 출판물이 있어야 하겠다. 벌써 수십만 권의 책이 분포되었으나 이에 대한 요구는 더욱 높아지고 있다.

이 무렵 기독교 학교에서 사용되던 교과서 종류는 그 수량이 너무나 많기 때문에 다 수록할 수가 없지만, 이런 교과서류의 간행은 근대적 교육과 신학문 발전에 크게 기여했던 것이다.

본문 내의 인용 문헌

1) 인용하는 저서나 저자명이 본문에 나타나는 경우에는 괄호 속에 발행연도 또는 발행연도와 해당 면을 표시한다.

> 이 문제에 관하여 홍길동(1999)은…
> 홍길동(1999 : 25)은…
> (1999년도 문헌의 25페이지를 의미함)

2) 인용하는 저서나 저자명이 본문에 나타나지 않는 경우에는 해당 부분 말미에 괄호를 치고 그 속에 저자명과 발행연도를 표시한다. 하나의 사항에 여러 문헌을 인용하는 경우 문헌들 사이를 쌍반점(;)으로 가른다.

> 한 연구(홍길동, 1999)에 의하면…
> 최근의 연구(홍길동, 1999, 2000)에 의하면…
> 최근의 연구(홍길동, 1999, 2000; 이순신 2001)에 의하면…

3) 저자가 다수일 경우 모두 제시한다. 단, 저자가 3인 이상면서 2회 이상 인용될 경우 처음 제시할 때는 모두 기재하지만 두 번째 이후로는 '○○○ 외' 또는 '○○○ 등'으로 한다.

> 홍길동 등(1999)에 의하면…
> 한 연구(홍길동 외, 1999)에 의하면…

숫자 표기

우리 나라에서는 특별한 경우를 제외하고는 모두 아라비아 숫자로 통일해 쓴다. 영문에서는 두 자리 이하의 수는 문자로 표기하고 세 자리 이상의 수는 아라비아 숫자로 쓴다. 예를 들면

Twenty two persons
132 sheep

그러나 한 문장 내에 두 자리 수와 세 자리 수가 함께 나오면 모두 아라비아 숫자로 통일한다. 예를 들면

22 person and 132 sheep

영문에서 두 자리 이하의 수라도 백분율, 날짜, 번지, 금액, 약자와 같이 쓰는 경우에는 아라비아 숫자로 쓴다.

책의 권이나 부(division), 또는 막(act), 총서의 각 권을 표시할 때 로마숫자(Ⅰ,Ⅴ,Ⅹ)를 쓰나 요즈음은 아라비아 숫자로 모두 고쳐서 쓰고 있다. 그러므로 혼동을 피하기 위해 대개 아라비아 숫자를 쓰면 큰 문제가 없겠다.

열거(Enumerations)

본문 속에서 항목을 나열할 때 사용되는 숫자는 괄호를 닫는다. 예를 들면,

발성의 주요 요소는 다음과 같다.
(1) 호흡 (2) 성대 (3) 공명

열거사항이 새로운 행이나 문단을 시작할 때는 1) 이나 a) 또는 가)

중의 하나를 쓴다.

　기타 시의 인용이나 간접인용(요약, 의역, 종합)은 카드 기록 부분을 참고로 하라.

주

　주는 다음 몇 가지 이유로 사용한다.

　1) 자신이 참고한 자료를 밝히기 위해서이다. 물론 누구나 다 알만한 상식적인 사실이나 역사적 사실 등은 참고한 자료를 밝히지 않아도 되겠지만 중요한 견해, 장, 통계자료 등을 직접 또는 간접으로 인용한 경우에는 반드시 출처를 밝혀야 한다.

　2) 본문에서 다루기가 곤란한 경우에 각주를 사용한다. 만약 본문에서 계속 그 내용을 언급하면 문단이나 그 장의 통일성이 흩어질 때 또는 논지와는 직접 관련되지만 참고자료로써 필요할 때 본문의 줄거리를 깨뜨리지 않고 길게 각주에서 설명할 수 있다.

　3) 논문 작성자가 어떤 주장이나 견해를 내세울 때 그것의 정당성 내지는 증거로써 자료를 각주에다 설명하거나 나열할 수 있겠다. 기타 본문의 이해에 도움이 되지만 본문 밖에서 말하고 싶은 사항들을 각주에 쓴다.

각주의 위치와 번호

　각주는 원칙적으로 해당 페이지 아래 부분에 왼쪽에서 삼 분의 일 가량 밑줄을 긋고 그 밑에 쓰거나 각장의 끝이나 논문 맨 뒤에 붙인다.(이를 후주라 한다.) 그러나 독자의 편의를 돕기 위해서 될 수 있는 대로 해당 페이지 아래에 하는 것이 좋다.

　본문에 각주 표시를 할 때는 참고 부분이 끝나는 곳 반 줄 위에 아라비아 숫자로 쓴다. 즉 따옴표가 끝나는 부분이나 3줄 이상의 긴 직접인용의 끝 부분에 표시한다. 각주의 번호는 각 페이지마다 붙이거나 논문 전체에 걸쳐 일련번호를 달 수도 있다.

다음의 예를 참조하라.

> 교회의 세 가지 주요한 기능은 선교, 봉사, 교제라고 할 수 있다. 특히 선교는 교회의 핵심적인 기능이라고 말 할 수 있다.
>
> 선교는 여러 가지 형태가 있다. 그러나 선교의 기본적인 형태는 말씀을 통한 선교 즉 설교이다.[1] 따라서 포스트는 설교와 교회의 관계를 이렇게 설명했다. "교회는 말씀과 함께 살고 말씀과 함께 죽는다."[2]

---

[1] 영국이 낳은 세기적 설교가 스퍼전은 "세상에 있는 모든 수단을 동원하여 인간을 구원해야 하며 그 수단 중에 가장 오래되고 본질적인 것이 설교이다"라고 그의 설교학 첫 머리에 기록하고 있다. C. H. 스퍼전, 「스퍼전의 설교학」 김병로 역(서울 : 신망애 출판사, 1979), 1.

[2] P. T. Forsyth, *Positive Preaching and the Modern Mind* (Grand Rapids: Wm. B. Eerdmans, 1966), 89.

2. 각주

A. 첫번째 주

(a) 기본 양식

어떤 저작물을 처음 언급하는 각주는 생략이 없이 완전한 모양을 그대로 써야 한다. 거기에는 반드시 저자, 책이름, 출판에 관한 사항, 페이지 수를 포함시켜야 한다.

1) 저자 이름 뒤에는 쉼표(,)를 찍는다. 이름은 보통 쓰는 순서대로 쓴다.(예:Paul Tillich, 최현배) 존칭이나 직함 즉 박사, 교수, 선생, 목사, 회장, 씨 등은 생략한다. 2인 또는 3인의 공저일 때는 순서대로 전부 기입하고 4명 이상일 때는 첫 저자의 이름만 쓰고 외(et al.)라고 덧붙인다. 어떤 책이 편집물일 경우에는 편자의 이름을 쓴다. 저자가 기관명일 경우도 종종 있다.

2) 논문 제목은 인용부호(" ")로 책제목은 「 」로 앞뒤를 막는다. 잡지도 책의 경우에 따른다. 알파벳으로 쓰여진 구미서적은 책제목 밑에 밑줄을 하든지 이탤릭체 활자로 쓴다. 보통 필기체에서는 밑줄을 긋는다.

출판에 관한 사항을 쓰는 괄호가 뒤따르지 않을 때는 책제목 뒤에 쉼표를 찍되 괄호가 뒤따라 올 때는 괄호를 닫은 다음에 쉼표를 한다.

논문제목과 정기간행물 사이에 그리고 정기간행물 뒤에는 쉼표를 찍는다.

3) 편자 또는 역자가 있을 경우에는 책제목 뒤에 쓰되 이름 앞에 각
   각 ed. 그리고 trans.를 쓸 것. 다음의 예를 보자.

   Journeys through Philosophy: A Classical introduction, ed. Nicholas
   Capaldi (Buffalo: Prometheus Books, 1977), 235.

만약 Capaldi가 논문에서 중요한 역할을 할 때에는 편자의 이름을
앞으로 낸다.

   Nicholas Capaldi, ed., *Journeys through Philosoph : A Classical
   Introduction*(Buffalo: Prometheus Books, 1977), 235.

4) 출판에 관한 사항은 괄호 안에 넣되 출판지 다음에 콜론(:), 출판
   사명 다음에 쉼표(,), 그 다음에 출판 연도순으로 쓴다. 출판이 1
   년 이상 걸쳐 계속되었을 때는 시작한 해와 끝난 해를 적는다.

5) 책의 권수는 필요하면 괄호 다음에 쉼표하고 아라비아 숫자로 쓴
   다.(전에는 로마 숫자를 사용했다) 그 다음에 콜론(:)을 적는다.
   이 때는 콜론 뒤에 한 칸 띄지 않는다. 8)번을 참조할 것.

   Frederick Copleston, S.S., *A History of Philosophy*(New York: Image
   Books, 1963), 7:126.

정기 간행물의 권수는 책이름 뒤에 권수를 쓰고 거기 표기된 숫자대

로 쓴다. 권수 뒤에는 월과 년 사이에 쉼표하고 연도는 괄호 안에 넣는다.

> 15권 (1947.7) 대신에 15권 7호 (1947)
> Vol. 12 (July 1975) 대신에 Vol. 12, no. 7 (1975)

월간, 주간, 순간, 일간은 권수를 밝힐 필요가 없고 년, 월, 일 만 쓴다.

> 류근일, "천문학을 아시나요, "「조선일보」 1984년 7월 13일, 5.
> "Schooling for a Speaker," *Time*, 14 Jun, 1954, 54.

6) 페이지 번호 다음에는 마침표(.)한다. 한 페이지는 25.식으로 하고 한 페이지가 넘을 경우 25—26.식으로 한다. 백 단위 이상은 111—12.라고 끝 두 자리만 쓴다. 그러나 200—201.은 200—01이나 200—1이라고 하지 않는다.

7) 약자 뒤에는 반드시 마침표를 하는 것을 잊지 말라.

> Vol., ed., trans, No., cf. 등(111—12. 참조)

8) 쉼표(,) 마침표(.) 콜론(:) 세미콜론(;)뒤에는 자간을 반드시 띌 것. 아래의 예를 참고할 것.

다음은 대표적인 각주의 예이다. 지금까지의 설명과 비교해 보자.

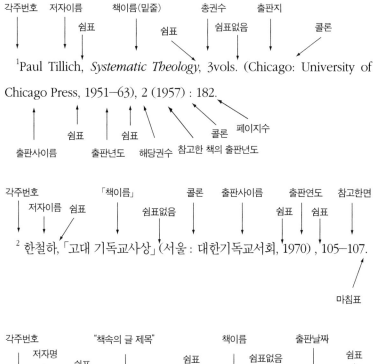

B. 두 번째 주(Second or Later Reference)

일단 첫번째 주에서 완전히 소개했으므로 그것을 다시 참고할 때는
약식으로 한다.

1) 위의 책, 상게서 등은 Ibid.로 한다.

바로 앞에 인용한 자료를 다시 참고할 경우, 그 사이에 다른 자료가 들어가면 Ibid.를 쓸 수 없다. Ibid.는 라틴어 "Ibidom,"의 약자로 영어로는 "In the same place"의 의미를 가지고 있다. Ibid.는 이탤릭체로 쓰지 않는다.

> [1]박창근, 「환경오염개론」(서울 : 녹원출판사, 1983), 45.
>
> [2]Ibid., 47.
>
> [3]Ibid.

2번 긱주는 같은 책의 47면 그리고 3번 각주는 같은 책 같은 면이란 뜻이다. 3번의 경우는 Loc. cit.라고 쓰기도 한다.

또한 저자나 논문이 다르더라도 바로 앞에서 참고한 잡지의 제목을 표시하기 위해서도 Ibid.를 쓴다.

> [1]이극찬, "서구 민주주의의 아시아 이식,"「사상계」1963년 3월호, 422—50.
>
> [2]이극찬, "야당과 과제와 입장," Ibid., 1964년 4월호, 76—83.
>
> [3]Sune V. Main, "Matthew 10: An Interpretation," *Journal of the New Testament*, 37 (June 1918): 37.
>
> [4]John Hengel, "The First Epistle to the Corinthians," Ibid., 39 (July 1920): 83.

2) Ibid.를 쓸 수 없을 경우

앞에서 한 번 완전하게 인용한 책을 다시 참고하지만 연속적으로 하지 않을 때는 다음과 같이 한다. 만약 한 저자의 이름으로 하나의 자료만이 인용될 때에는 저자의 이름 전체(서양인인 경우는 성만)를 적고 책의 권수와 면수만 쓴다. 전에는 이름 뒤에 op. cit.를 썼으나 요즈음에는 생략해 버린다. 그러나 op. cit.를 써도 틀리지는 않는다. 같은 저자로부터 두 가지 이상의 자료를 참고했거나 기관명으로 된 자료는 제목을 반복해야 한다.

[1]Francis A. Schaefer, *Escape from Reason* (London: Inter-Varsity Fellowship, 1968), 21.

[2]한철하, 「고대기독교사상」 (서울 : 대한기독교서회, 1982), 46f.

[3]Schaeffer, 43.

[4]한철하, 48.

[5]Schaeffer, 42.

3) 긴 자료의 이름을 간단히 할 경우

몇 가지 자료가 되풀이 나오거나, 같은 저자의 여러 자료를 참고할 때는 줄여진 형태를 쓰면 편리하다. 논문 전체를 통해서 자주 나오는 중요한 자료들은 아예 목차 앞면에 약자를 쓰고 완전한 소개를 해서 본문의 각주에서는 약자만 쓰면 편리하다. 그렇지 않은 경우에는 첫 번 주는 완전히 쓰고 "이후로는 …로 한다"고 쓴다. 영어일 경우는 "Hereafter…"로 한다.

[1] Francis A. Schaeffer, *How Should We Then Live?: The Rise and Decline of Western Thought and Culture* (Old Tappan: Fleming H. Revell Co., 1976), 146—47. Hereafter "How Should We."

² 홍창표, "브래더의 메시야직의 비밀에 대한 근대 비평학 논쟁의 고찰,"「신학정론」(1986. 5) : 177. 이후로는 "브래더"로 한다.

³ 홍창표, 「신약비평사」(서울: 무이사, 1984), 54.

⁴ Francis A. Schaeffer, *Escape from Reason* (London: Inter-Varsity Fellowship, 1968), p. 33. Hereafter "Escape."

⁵ 브래더, 179.

⁶ Escape, 40.

⁷ How Should We, 277—78.

4) 내용주와 대조(Contents footnotes and Cross—references)

내용주는 각주의 내용이 본문처럼 설명이 되어 있는 것이다. 아래의 예를 보자.

¹유광웅 교수는 사람의 회심을 좀 더 전인간적인 의미에서 그의 「인간과 회심」(서울: 영광사, 1985), 56—65에서 다루고 있다.

²1983년의 자동차 보험의 프리미엄은 전 해의 27억에서 56억으로 늘어났다. 이것은 두 배 이상의 증가인 것이다. "자동차보험,"「동아일보」1984년 8월 23일자, 5.

대조는 한 논문이나 저서의 다른 부분을 참고하게 할 경우에 사용된다. "앞부분"(above) 또는 "뒷부분"(below)이라고 하면 된다.

¹이 문제에 대한 충분한 토론은 뒷부분 67—82를 참조.

²For a detailed discussion of this matter, see 31—42 above.

3. 참고서적

1) 참고 문헌

참고문헌은 석사 이상의 논문이라면 일일이 검토하지 않은 자료라도 그 논문에 관계되면 참고문헌에 쓴다. 그렇지만 될 수 있으면 참고한 자료를 목록에 쓰는 것이 좋다. 보통 학기 중에 제출하는 논문은 반드시 참고한 서적만 목록에 넣어야 한다.

2) 분류

논문에 따라 일차자료와 이차자료를 분류하거나 간행물은 따로 분류하기도 한다. 순서는 저자이름의 가나다 또는 알파벳 순으로 쓰는데 연대순을 따르는 수도 있다. 저자이름이 없는 자료는 그 자료의 이름을 저자이름처럼 보고 순서를 정한다.

3) 수집자료의 배열 및 구두점

동양인의 이름은 그대로 쓴다. 서양인은 성(Last name)을 먼저 쓰고 쉼표한 뒤에 나머지 이름을 쓴다. 이름 뒤에는 마침표(period)를 한다. 그 다음에 구미서적은 책이름 뒤에 마침표를 하며 출판사항은 각주의 경우와 같이 하되 괄호를 벗긴다. 책명과 출판사항 사이에 들어가는 내용은 마침표를 한다.

기본형태

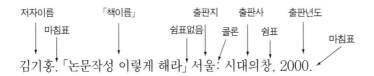

김기홍.「논문작성 이렇게 해라」서울: 시대의창, 2000.

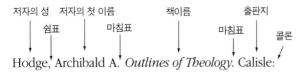

Hodge, Archibald A. *Outlines of Theology.* Calisle:

The Banner of Truth Trust, 1860.

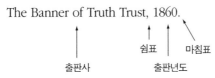

4) 들여짜기(indention)

참고서적을 쓸 때는 같은 자료는 둘째 줄부터는 동일하게 4자 내지 8자의 간격을 물려서 줄 사이의 간격을 주지 않고 쓴다. 다음 자료는 다시 왼쪽 끝부터 한 칸 띄어서 시작한다.

이선이. "뷔히너의「보히체크」연구: 작품「보이체크」판본고." 문학석사학위 논문, 서울대학교대학원, 1983.

차하순, 김철수, 김상준.「근대정치사상사연구」서울: 서강대학교 인문과학 연구소, 1972.

Clark, Gordon H. *Religion, Reason, and Revelation.* Philadelphia: Presbyterian & Reformed Publishing Co., 1955.

Montgomery, John W. *How Do We Know There is a God? and Other*

Questions Inappropriate in Polite Society. Minneapolis: Bethany Press, 1973.

5) 해제(解題: annotation)

참고문헌에 설명을 붙이려 할 때는 한 줄 띄어서 들여쓰기에 맞추어 한다.

> 한철하. 「고대기독교사상」 서울: 대한기독교서회, 1970.
> 기독교 초기 교부들의 신학사상과 교리 그리고 신조 등을 교리 논쟁의 역사적 배경과 진행 내용에 따라 서술한 책.

> Honor, S. M. and Hunt, T. C. *Invitation to Philosophy.* Belmont: Wadsworth Pub. Co., 1978.
> 철학적인 근본 물음에 대한 다양한 입장들의 논증방식과 그 이론적인 난점들을 소개하는 자료.

6) 참고문헌 수록의 실례

다음의 예에서는 편의상 자료의 종류에 따라 분류하였으나 자료의 종류와 수에 따라 분류하기도 하고 전혀 분류하지 않기도 한다.

참고서적

공문서

[대한민국국회 조선장려법] 제 27회 국회속기록, 제9호, 부록, 서울: 국회사무처, 1958.

Great Britain, Harvard's Paliamentary Debates 3rd series. Vols. 48—49.

250

단행본

김민하, 김선형. 「현대사회와 이데올로기」 서울: 대왕사, 1982.

엄정식 편역. 「비트겐슈타인과 분석철학」 서울: 서광사, 1983.

이규호. 「사람됨의 뜻」 서울: 제일출판사, 1967.

　　　. 「말의 힘」 서울: 제일출판사, 1968.

차하순, 김철수, 김상준. 「근대정치사상사연구」 서울: 서강대학교 인문
　　과학연구소, 1972.

Ayer, John J., ed. *Logical Positivism*. Glencoe: Free Press, 1959.

Buber, Martin. *I and Thou*. Translated by R. G. Smith. Edinburgh: T & T
　　Clark, 1937; 2nd edition. New York: Charles Scribner's Sons,
　　1958.

논문 및 정기간행물

이극찬. "서구 민주주의의 아시아이식." 「사상계」 1963년 3월호, 45—65.

이선이. "뷔히너의 「보이체크」연구: 작품 「보이체크」 판본고." 문학석
　　사학위논문, 서울대학교 대학원, 1983.

이영희. "중국외교의 이론과 실제." 「정경연구」 제18집 (1971.1): 14—19.

Mayer, M. G. "Rare Earth and Transuranic Elements." *Physics Review*, 60, 184

Russell, Bertrand. "Western Civilization." *In Praise of Idleness and Other
　　Essays*, 181—203. New York: W. W. Norton, 1935.

Tatum, Edward Howland Jr. "The United States and Europe, 1815—1823:
　　A Study in the Background of the Monroe Doctrine." Ph. D.
　　dissertation, University of California, 1934.

보고서

송우범. 「국방정책에 관한 보고서」 제27회 국회속기록, 제8호, 서울: 국
회사무처, 1958.

전국대학원장협의회. "한국대학원 교육의 성격과 방향," 전국대학원장
협의회, 1975.

Trades Union Conqress. *Report of Eighty First Annual Congress.* London:
The Trades Union Congeress, 1949.

기타자료

Broadview College. Personal Interviews with the President and Heads of
Departments, October 1942, May 1943.

4. 각주와 참고서적의 실례

N은 각주를 그리고 B는 참고서적을 의미한다.

책이름은 한서(한글, 한문, 일어 등)는 대괄호, 영서(각종의 알파
벳)는 밑줄을 한다. 본래 책이름은 이탤릭체로 하는데 밑줄은 이탤릭
체가 없을 때 대용으로 쓰는 것이다. 하지만 한글에는 이탤릭체가 없
으므로 밑줄 대신에 낫표를 한다. 여기서는 영서를 이탤릭으로 썼다.

각주는 한글이나 영어를 막론하고 본문에서 새 문단을 시작할 때 들
여 쓴 만큼 들여서 각주 번호를 반 칸 올려서 쓰되 같은 각주 번호 내
에서는 줄 사이의 간격을 주지 않는다. 그러나 다음 번 각주는 줄을
한 칸 떼어서 시작한다. 뒤에 자세한 예가 있으니 참고할 것.

단어와 구두점(, . : ; 등) 다음은 한 자를 띄어야 한다.

1) 한 사람의 저자

N   [1]한철하, 「고대기독교 사상」 (서울: 대한기독교서회, 1970), 212.

B   한철하. 「고대기독교 사상」 서울: 대한기독교서회, 1970.

N   [2]George Stuart Fullerton, *A System of Mstaphysis* (New York: Greenwood Press, 1968), 38—40.

B   Fullerton, George Stuart. *A System of Metaphysecs.* New York: Greenwood Press, 1968.

N   [3]Paul Tillich, *Systematic Theology,* 3 vols. (Chicago: University of Chicago Press, 1951—63), 1 : 102.

B   Tillich, Paul. *Systematic Theology.* 3 Vols. Chicago: University of Chicago Press, 1951—63.

각주 3번의 사용한 면 쓰는 법을 유의하라. 전체 3권 중에 1권의 102면을 참조했다는 의미이다. 그리고 출판년도는 1951년부터 63년까지 매년 계속되었다는 뜻이다.

2) 두 사람의 저자

N   [4]김민하, 김선형, 「현대사회와 이데올로기」 (서울: 대왕사, 1982), 223.

B   김민하, 김선형. 「현대사회와 이데올로기」서울: 대왕사, 1982.

N   [5]Stanley M. Honer and Thomas C. Hunt, *Invitation to*

Philosophy: Issues and Options, 3rd ed. (Belmont, CA: Wadsworth Publishing Co., 1978), 45f.

B   Honer, Stanley M. and Hunt, Thomas C. *Invitation to Philosophy: Issues and Options*. 3rd ed. Belmont, CA: Wadsworth Publishing Co., 1978.

본래 출판지는 도시 이름만 쓰지만 그것만으로 불분명할 때 주나 나라의 이름을 덧붙이기도 한다. 45f의 f는 45—46면을 의미하고 45ff라고 하면 45이하 여러 면을 의미한다. 책의 제목 뒤에 소제목은 콜론(:)으로 연결한다.

3) 세 사람의 저자

N   [6]차하순, 김철수, 김상준, 「근대정치사상연구」 (서울: 서강대학교 인문과학연구소, 1972), 150—51.

B   차하순, 김철수, 김상준. 「근대정치사상연구」 서울: 서강대학교 인문과학연구소, 1972.

N   7 D. Baker, Raymond B. Brownlee, and Robert W. Fuller, *Elements of Physics* (New York : Allyn and Bacon, 1963), 453.

B   Baker, D. L.; Brownlee, Raymond B.; and Fuller, Robert W. *Elements of Physics*. New York: Allyn and Bacon, 1963.

쎄미 콜론(;)은 쉼표(,)의 강조로 쓰인다.

4) 네 사람 이상의 저자

N   [8]최정석 외, 「문학개론」 (서울: 학문사, 1983), 20.

B   최정석, 김형식, 이정선, 양문호, 박영수. 「문학개론」 서울: 학문사, 1983.

N   [9]Wilfred L. Guerin, et al., *A Handbook of Critical Approaches to Literature*, 2nd ed. (New York: Harper & Row, 1979), 302ff.

B   Guerin, Wilfred L.; J.A.; Shannon, Roney L.; Johnson, T.Y.; Stevenson, Edward John; and Cohen, Kenney P. *A Handbook of Critical Approaches to Literature*. 2nd ed. New York: Harper & Row, 1979.

5) 저자가 확실치 않을 때

N   [10]「춘향전」(서울: 정음사, 1957), 30.

B   「춘향전」 서울: 정음사, 1957.

N   [11]*The Lottery* (London: J. Watts, [1732], 24—29.

B   *The Lottery*. London: J. Watts, [1732].

연도 [1732]는 출판 사항에는 나타나 있지 않으나 책 내용 중에서 또는 다른 방법으로 알게 되었을 때 대괄호 안에 넣는다.

6) 편자

N   [1]우리문학연구회 편, 「한국문학론」 (서울: 일월서각, 1981), 3.

N   [2]이정민, 이명헌, 이승근 편. 「언어과학이란 무엇인가?」 (서울: 문학과 지성사, 1977), 14—20.

B	이정민, 이명헌, 이승근 편. 「언어과학이란 무엇인가?」 서울: 문학과 지성사, 1977.
N	[3]Carl F. H. Henry, ed., *Basic Christian Doctrines* (Grand Rapids: Baker Book House, 1979), 14—20.
B	Henry, Carl F. H., ed. *Basic Christian Doctrines.* Grand Rapids Baker Book House, 1979.

7) 저자와 편자가 함께 있을 때

N	[4]한기언 외, 「현대교육론 Ⅰ: 교육의 기초」 이돈희 편 (서울: 서울대학교 출판부, 1981), 245—50.
B	한기언 외. 「현대교육론 Ⅰ: 교육의 기초」 이돈희 편. 서울: 서울대학교 출판부, 1981.
N	[5]Alfred North Whitehead, *The Wit and Wisdom of Alfred North Whitehead*, ed. [with an introductory essay by] A. H. Johnson (Boston: Beacon Press, 1947), 11—18.
B	Whitehed, Alfred North. *The Wit and Wisdom of Alfred North Whitehead. Ed.* [with an introductory essay by] A. H. Johnson. Boston: Beacon Press, 1947.

[대괄호]는 언제나 전후 문맥에 비추어서 필자가 삽입하고 싶은 말을 쓰는데 사용된다. 영서 참고서적의 경우 번역자나 편집자 등은 약자를 써도 좋으나 대체로 완전한 내용을 써 준다. 아래 역자의 예를 참조하라.

8) 역자

N   [6]노발리스, 「밤의 찬가」 이유영 역 (서울: 민음사, 1980), 43.

N   [7]S. M. 호너, T. C. 헌트, 「철학에의 초대」 윤찬원, 곽신원 역 (서울: 경문사, 1982), 190—206.

B   S.M. 호너, T. C. 헌트. 「철학에의 초대」 윤찬원, 곽신원 역. 서울: 경문사, 1982.

N   [8]Karl Barth, *Dogmatics in Outline*, trans. G. T. Thomson (London: SCM Press, 1975), 28—34.

B   Barth, Karl. *Dogmatics in Outline.* Translated by G. T. Thomson. London: SCM Press, 1975.

9) 편자와 역자가 함께 있는 경우

N   [9]오토 겔러 편, 「헤겔철학서설」 황태연 역 (서울: 새밭, 1980), 3, 5—6

N   [10]엄정식 편역, 「비트겐슈타인과 분석철학」 (서울: 서광사, 1983), 210—15.

B   오토 겔러 편. 「헤겔철학서설」 황태연 역. 서울: 새밭, 1980.

편 또는 역을 한 칸 띈 것은 이름과 혼동되지 않게 하기 위함이다.

N   [1]Wolfhart Pannenberg, ed., *Revelation as History*, trans. David Granskou (New York: The Macmillan Co., 1968), 56—58.

B   Pannenberg, Wolfhart, ed. *Revelation as History* Translated by David Granskou. New York: The Macmillan Co., 1968.

10) 저자, 편자 및 역자가 모두 있는 경우

N   [2]헤르무트 틸릭케, 「신의 세계 속의 인간」 이성직 편, 김경일 역 (서울: 성광문화사, 1982), 34—35.

B   헤르무트 틸릭케. 「신의 세계 속의 인간」 이성직 편, 김경일 역. 서울: 성광문화사, 1982.

N   [3]Helmut Thielicke, *Man in God's World*, trans. and ed. John W. Doberstein (New Yor k and Evanston: Haper and Row, 1963), 43.

N   [4]August von Haxthausen, *Studies on the Interior of Russia*, ed. S.Frederick Starr, trans. Eleanore L.M. Schmidt (Chicago: University of Chicago Press, 1972), 47.

B   Thielicke, Helmut. *Man in God's World*. Translated. and edited by John W. Doberstein. New York and Evanston: Harper and Row, 1963.

B   Von Haxtausen, August. *Studies on the Interior of Russia*. Edited by S.Frederick Starr, Translated by Eleanere L. M. Schmidt. Chicago: University of Chicago Press, 1972.

11) 총서(叢書)일 경우

N   [5]임마누엘 칸트, 「순수이성비판」 세계사상교양전집, 후기 3권, 윤성범 역 (서울: 을유문화사, 1971), 460—61.

B   임마누엘 칸트. 「순수이성비판」 세계사상교양전집, 후기 3권. 윤성범 역. 서울: 을유문화사, 1971.

N   [1]Verner W. Clapp, *The Future of the Research Library*, Phineas W. Windsor Series in Librarianship, no. 8 (Urbana: University of

Illinois Press, 1964), 102—104.

B   Clapp, Verer W. *The Future of the Research Library.* Phineas W. Windsor Series in Librarianship, no. 8. Urbana: University of Illinois Press, 1964.

12) 전권에 총 제목이 있고 각 권마다 제목들이 붙은 경우

N   [2]김성근 감수, 「대세계사」 제11권 「문명의 급회전: 산업혁명, 신대륙의 명암」(서울 정한출판사, 1977), 377.

B   김성근 감수. 「대세계사」 제11권 「문명의 급회전: 산업혁명, 신대륙의 명암」 서울: 정한출판사, 1977.

N   [3]Will Durant, *The Story of Civilization* vol. 1: Our *Oriental Heritage* (New York: Simon & Schuster, 1942), 88.

B   Durant, Will. *The Story of Civilization.* Vol. 1: Our *Oriental Heritage.* New York: Simon & Schuster, 1942.

13) 한 사람이 하나의 제목 아래 편집했으나 각 권을 별도의 제목 아래 각 사람이 집필한 여러 권으로 된 저작물일 경우

N   [4]대한예수교장로회 총회 편, 「기독교교본」 전8권 (서울: 대한예수교장로회 총회, 1957), 제6권: 성갑식, 「기독교교의」, 9.

B   대한예수교장로회 총회 편. 「기독교교본」 전8권. 서울: 대한예수교장로회 총회, 1957, 제6권: 성갑식, 「기독교교의」.

N   [5]Gordon N. Ray, gen. ed., *An Introduction to Literature*, 4 vols. (Boston: Houghton Mifflin Co., 1959), vol. 2: *The Naturee of Drama*, by Hubert Hefner, 47—49.

B   Ray, Gordon N., gen. ed. *An Introduction to Literature.* 4 vols. Boston: Houghton Mifflin Co., 1959. Vol. 2: *The Nature of Drama*, by Hubert Hefner.

14) 다른 사람이 편집한 선집에 한 저자가 집필한 부분을 참고할 경우

N   [6]조세희, "난장이가 쏘아올린 작은 공," 「이상문학수상 작품집」 문학사상가 편 (서울: 문학사상사, 1977), 114—15.

B   조세희. "난장이가 쏘아올린 작은 공," 「이상문학수상 작품집」 문학사상가 편. 서울: 문학사상사, 1977.

N   [7]J. 죤 레센린크, "그리스도, 율법, 기독교," 「칼빈에 관한 신학 논문」 도날드 K. 맥킴 편, 한국칼빈주의연구원 편역 (서울: 기독교문사, 1986), 203.

B   J.죤 레센린크. "그리스도, 율법, 기독교," 「칼빈에 관한 신학 논문」 도날드 K. 맥킴 편. 한국칼빈주의연구원 편역. 서울: 기독교문사, 1986.

N   [8]Paul Tillich, "Being and Love," *In Moral Principles of Action*, ed. Ruth N. Anshen (New York: Happer & Bros., 1953), 398—401.

B   Tillich, Paul, "Being and Love." *In Moral Principles of Action.* 390—412. Edited by Ruth N. Anshen. New York: Harper & Bros., 1953.

15) 필자가 단체 이름으로 된 글의 경우

N   [9]경희대학교, 「한국사회발전과 정신문화: 개교 25주년 기념 심포지움 발표논문」 (서울: 경희대학교출판국, 1974), 112—14.

B   경희대학교. 「한국사회발전과 정신문화: 개교 25주년 기념 심포지움 발표논문」 서울: 경희대학교출판국, 1974.

N   [10]Special Libraries Association, *Directory of Business and Financial Services* (New York: Special Libraries Association, 1963), 21.

B   Special Libraries Association. *Directory of Business and Financial Services.* New York: Special Libraries Association, 1963.

16) 연보(年報)에 수록된 글일 경우

N   11대한방직협회, "면방직공업," 「섬유년보」 (서울: 대한방 직협회, 1964), 1—14.

B   대한방직협회, "면방직공업," 「섬유년보」 서울: 대한방직협회, 1964.

N   [1]G. M. Wilson, "A Survey of the Social and Business Use of Arithmetic," *Second Report of the Committee on Minimal Essentials in Elimentary School Subjects, in Sixteenth Yearbook of the National Society for the Study of Education,* pt. 1 (Bloomington, Ⅲ. : Public School Publishing Co., 1917), 20—22.

B   Wilson, G. M. "A Survey of the Social and Business Use of Arithmetic," *Second Report of the Committee on Minimal Essentials in Elimentary School Subjects, in Sixteenth Yearbook of the National Society for the Study of Education,* pt. 1 Bloomington, Ⅲ. : Public School Publishing Co., 1917.

17) 의사록(議事錄)에서 참고할 경우

N   [2]국회, 「議員請暇에 관한 件」 제33회 국회속기록 (서울: 국회 사무처, 1959), 12—17.

B   국회, 「議員請暇에 관한 件」 제33회 국회속기록. 서울: 국회 사무처, 1959.

N   [3]Industrial Relations Research Association, *Proceedings of Third Annual Meeting* (Madison, Wis.: n.p., 1951), 140—83.

B   Industrial Research Association, *Proceedings of Third Annual Meeting*. Madison, Wis.: n.p., 1951.

n.p.는 출판사가 n.d.는 출판년도가 분명치 않을 때 쓴다.

18) 학술지(學術誌)에 수록된 논문에서 참고할 때

N   [4]이영희, "중국외교의 이론과 실제," 「정경연구」 제18집 (1971. 1):30f.

B   이영희. "중국외교의 이론과 실제." 「정경연구」 제18집 (1971. 1):25—36.

N   [5]Don Swanson, "Dialogue with a Catalogue," *Library Quarterly*. 34 (December 1963):115

B   Swanson, Don. "Dialigue with a Catalogue," *Library Quarterly*. 34 (December 1963):113—25

학술지는 잡지와 달라서 논문을 주로 수록한 정기 간행물이다. 이 때에 참고한 면을 쓰는 법을 유의해 둘 것. 특히 학술지나 잡지는 모두 다 참고서적을 쓸 때 그 글이 실린 면을 표시해 주어야 한다.

19) 잡지에 수록된 글일 경우

N   [6]"전환기에 선 구주 집단체제." 「세대」 1966년 8월호, 254f.

B   "전환기에 선 구주 집단체제." 「세대」 1966년 8월호, 252—66.

N   [7]한철하, "하나님에 대한 무관심." 「빛과 소금」 1986년 1월 호, 17.

B   한철하, "하나님에 대한 무관심." 「빛과 소금」 1986년 1월 호, 10—12.

N   [8]"Vietnam in the Balance," *Foreign Affairs*, October 1966, 5.

B   "Vietnam in the Balance," *Foreign Affairs*. October 1966, 5—7.

20) 서평(書評)일 경우

N   [9]민영진, "P. D. 핸슨 저, 김이곤 역, 「역동적초월」의 서평." 「기독교사상」 제26권, 1982년 2월, 201.

B   민영진, "P. D. 핸슨 저, 김이곤 역, 「역동적초월」의 서평." 「기독교사상」 제26권, 1982년 2월, 201—202.

N   [10]노희엽, "현대소설 속의 인간상." E. 플러 저, 김동영 역. 「현대소설 속의 인간」의 서평, 「사상계」 제67권, 1964년 1월, 334—35.

B   노희엽, "현대소설 속의 인간상." E. 플러 저, 김동영 역, 「현대소설 속의 인간」의 서평. 「사상계」 제67권. 1964년 1월, 334—35.

N   [1]Benjamin Demott, "Review of Briefing for a Decent into Hell", by Doris Lessing, in *Saturday Review*, 13 March 1971, 25.

B   Demott, Benjamin, "Review of Briefing for a Decent into Hell", by Doris Lessing. *Saturday Review.* 13 March 1971, 25—26.

21) 사전에 수록된 필자명이 있는 글일 경우

N   [2]「세계 대백과사전」(1963), 早川泰正, "절대가격" 항목.

B   「세계 대백과사전」(1963). 早川泰正, "절대가격" 항목.

N   [3]*Encydopaedia Britannica*, 11th ed., s.v. "Blake, William," by J. W. Comyns-Carr.

B   *Encydopaedia Britannica.* 11th ed. S.v. "Blake, William," by J. W. Comyns—Carr.

22) 사전에 수록된 필자명이 없는 글일 경우

N   [4]「세계문예대사전」 문덕수 편수 (서울: 성문각, 1975), "비교음악학" 항목.

B   「세계문예대사전」 문덕수 편수. 서울: 성문각, 1975. "비교음악학" 항목.

N   [5]*Encydopedia Americana*, 1963 ed., s.v. "Sitting Bull."

B   *Encydopedia Americana.* 1963 ed., S.v. "Sitting Bull."

사전류는 고전, 경전과 마찬가지로 출판에 관한 사항을 생략한다. 단 사전은 출판년도나 판을 명시해 주어야 한다. s.v.는 항목이란 의미이다.

23) 신문에 게제된 글일 경우

N   [6]"횡설수설," 「동아일보」 1983년 4월 13일자, 1.

N   [7]류근일, "천문학을 아시나요," 「조선일보」 1984년 7월 13일
자, 5.

B   류근일. "천문학을 아시나요," 「조선일보」 1984년 7월 13일자, 5.

N   [8]*Frankfurter Allgemeiner*, 3 Febuary 1978, 4.

N   [9]*The Times* (London), 1 May 1958, 8.

London은 이 경우 제목의 일부가 아니지만 Times란 제목이 많으므
로 혼돈을 피하기 위해서 쓴다.

N   [10]"Amazing Amazon Region," *New York Times*, 12 January
1968, sec. 4, E11.

B   "Amazing Amazon Region." *New York Times.* 12 January 1968,
sec. 4, E11.

24) 법률관계 공문서일 경우

N   [11]대한민국, 「헌법」 제1조. 2항

B   대한민국. 「헌법」 제1조. 2항.

N   [1]U. S., Constitution, Art. I. sec. 4.

B   U. S., Constitution. Art. I. sec. 4.

25) 성경 및 경전일 경우

N   [2]누가 12: 5—7 (공동번역)

N   [3]창 2: 3상—5; 7—9. [창세기 2장 3절 전반부에서 5절; 그리
고 같은 장 7절에서 9절]

N   [4]Psalm 103: 6—14.

N   [5]1 Cor. 13: 1—13 (NEB). [New English Bible]

대괄호나 이탤릭(밑줄)은 하지 않지만 약자는 써도 좋다. 특정한 번역을 지적할 때는 괄호하고 쓴다. 여기에 대괄호 안에 쓴 것은 설명이나 본문에는 쓰지 말 것. 다른 종교의 경전도 같은 방법으로 쓴다. 참고서적에는 대체로 쓰지 않지만 필요하다고 생각되면 경전의 이름만쓴다.

26) 고전일 경우

N   [6]이순신 「난중일기」 18—24.

B   이순신 「난중일기」

N   [7]Irenaeus *Against Heresies* 1. 8. 3.

B   Irenaeus *Against Heresies.*

저자이름과 저작물이름 사이에, 그리고 저작물이름 뒤에 구두점을찍지 않는다.

27) 마이크로 필름에서 참고할 경우

N   [8]Godwin C. Chu and Wilbur Schramm, *Learning from Television: What the Research Says* (Bethesda, Md.: ERIC Document Reproduction Service, ED 014 900, 1967), 3.

B   Chu, Godwin C., and Schramm. Wilbur. *Learning from Television: What the Research Says.* Bethesda, Md.: ERIC Document Reproduction Service, ED 014 900, 1967.

한글로 된 것도 마찬가지로 표기한다.

28) 학위 논문에서 참고할 경우

N   [9]이정로, "경제개발유형의 비교 분석을 통한 한국경제개발에 관한 고찰"(경제학박사학위논문, 성균관대학교대학원, 1982), 40—47.

B   이정로 "경제개발유형의 비교 분석을 통한 한국경제개발에 관한 고찰." 경제학박사학위논문, 성균관대학교대학원, 1982.

N   [10]O. C. Phillips, Jr., "The Influence of Ovid on Lucan's *Bellum Civile*" (Ph. D. dissertation, University of Chicago, 1962), 14.

B   Phillips, O. C., Jr. "The Influence of Ovid on Lucan's *Bellum Civile*". Ph. D. dissertation, University of Chicago, 1962.

29) 면담 기록일 경우

N   [1]한철하 학장과의 면담, 경기도 양평, 아세아연합신학대학, 1983년 5월 25일.

B   한철하. 경기도 양평, 아세아연합신학대학. 학장면담. 1983년 5월 25일.

N   [2]Interview with John Nought Primus Realty Company, San Jose, California, Interview 12 May 1962.

30) 기타 미간행물인 경우

N   [3]김경일, "도서관의 책 분실방지를 위한 제안," 서울대학교에서 열린 제34차 전국도서관협의회 제출논문, 1984년 7월 25

일. (타자본).

B   김경일, "도서관의 책 분실방지를 위한 제안." 서울대학교에
         서 열린 제34차 전국도서관협의회 제출논문, 1984년 7월
         25일. (타자본).

위의 자료는 실제가 아니고 가상자료이다.

N   [4]Morristown (Kansas) Children's Home, Minutes of Meetings
         of the Board of Managers, 1945−55, meeting of May 1950.

B   Morristown (Kansas) Children's Home. Minutes of Meetings of
         the Board of Managers, 1945−55. (Mimeographed).

31) 제목 안에 제목이 있는 경우

이 때는 낫표(영서일 때는 밑줄)와 따옴표를 번갈아 쓴다.

논문제목 속의 책제목: "틸리히의 「존재의 용기」연구"

논문제목 속의 논문제목: "이승한의 '경제개발유형'에 대한 비판"

책제목 속의 책제목: 「칼빈의 "기독교강요"해설」

32) 제목에 대한 설명이 필요한 경우

Turlejska, Maria. *Rok przed kleska* [The year before the defeat]. Warsaw:
         Wiedza Powszechna, 1962.

33) 여러 자료를 한꺼번에 참고할 경우는 세미콜론(;)으로 연결한다.

N   [1]정규남, 「구약총론」 (서울: 복음주의 신행협회, 1985),
         67; Seyoon Kim, *The Origin of Paul's Gospel* (Grand Rapids:

Eerdman, 1978), 34; 손석태, "바울과 어거스틴,"「성경과 신학」제5집 (1987), 109.

34) 재인용할 경우

다른 사람이 인용한 것을 다시 인용할 경우에는 원 자료를 먼저 쓴다. 만약 원 자료가 분명치 않을 때는 어디에 인용되었는지만 쓴다.

N　　　　　[5]이계희,「체계적 북한연구를 위한 접근방법」(서울: 북한연구소, 1975), 137. 두지철, "김일성 개인 우상화,"「북한학보」5집, 1983년 5월호, 56에서 재인용.

N　　　　　[6]이상우, "공산권연구 현황,"「북한연구」(서울: 법문사, 1981), 122에서 재인용.

N　　　　　[7]*Jesuit Relations and Allied Document*, vol. 59, n. 41, quoted in [or "cited by"] Archier Butler Hulbert, *Protage Paths* (Cleveland: Arthur H. Clark, 1903), 181.

N　　　　　[8]Archer Butler Hulbert, *Portage Paths* (Cleveland: A. H. Clark, 1903), 181. Quoting [or "Citing"] J*esuit Relations and Allied Documents*, vol, 59, 41.

위의 영서의 예를 대괄호 속의 인용부 안의 내용으로 대신해도 좋다. 각주 7번은 앞에 쓴 책이 원 자료이고 8번은 뒤의 것이 그러하다.

각주 연습문제

1. 1985년 6월에 서울의 사상계에 실린 최근 경제 변동이란 논문의 15면에서 23면 그리고 28면에서 34면까지.

2. John Wayne이 쓰고 김성봉이 번역한 Handbuch der Kirchengeschichte의 한글판 이름 존웨인 저 교회사 핸드북의 55면 이하 두 면 이상 계속 참조. 한글판은 기독교서회에서 1983년 출판되었음.

3. Luther가 쓴 글을 Works of Martin Luther라고 이름 붙여 모은 것 Philadelphia Edition의 4권의 34면하고 56면. 출판사는 미국의 Michigan 주 Grand Rapids시의 Baker Book House로서 출판일 1981년 5월 23일.

4. Westminster Theological Journal 1976년 5월호 29면에 Mark가 Noll의 A very good liberation이란 글 속에 인용된 John Calvin의 Institutes의 4권 5장 4절의 내용.

5. 정규남 박사가 세계 구약연구란 총 제목으로 6권을 편집했다. 그 중에 세 번째 책은 손석태 박사가 구약신학이란 제목으로 전체를 쓴 것인데 67면을 인용했다. 출판지는 아세아연합신학대학 출판사이고 출판일은 1980년 5월이다.

6. 2번을 다시 인용한다. 75면.

7. 5번을 다시 인용한다. 68면과 78면.

8. 1980년판 동아출판사에서 발행한 동아백과사전의 7권에 실린 파키스탄이란 제목의 글의 33면.

9. 1986년 4월 25일자 동아일보 7면에 실린 정수남의 따뜻한 마음이란 글.

10. 3번의 44면과 4번의 34면까지를 함께 참고.

연습문제 해답

[1] "최근 경제 변동," 「사상계」 1985년 6월, 15—23. 28—34.

[2] 존 웨인, 「교회사 핸드북」 김성봉 역 (서울: 기독교서회, 1983), 55ff.

[3] Martin Luther, *Works of Martin Luther*, Philadelphia Edition, Vol. 4 (Grand Rapids: Baker Book House, 1981), 34, 56.

[4] John Calvin, *Institutes*, IV. 5. 4. Quoted in Mark Noll. "A Very Good Liberation.", *Westminster Theological Journal* (May 1976): 29.

또는

[4] Mark Noll, "A Very Good Liberation," *Westminster Theological Journal* (May 1976), 29. Quoted from John Calvin, *Institutes*, IV. 5. 4.

[5] 정규남 편, 「세계구약연구」 전 3권 (서울: 아세아 연합신학대학, 1980), 제3권: 손석태 저, 「구약신학」, 67.

[6] 존 웨인, 75.

[7] 손석태, 68, 78.

[8] 「동아백과사전」 (1980), "파키스탄" 항목.

[9] 정수남, "따뜻한 마음," 「동아일보」 1986년 4월 25일자, 7.

[10] Luther, 44; Noll, 30—34.

서양 이름은 성이 같아서 겹치는 경우(예를 들어 Mark가 Noll과 John Noll)를 제외하고는 성만 쓴다. 그러나 동양 이름이나 한글로 표기된 서양 이름은 전체를 다 써 준다.

각주와 참고서적 연습문제

다음의 내용을 먼저 각주를 써보고 다음에 참고서적까지 써보시오.

1. 고생문, 최몽룡, 이동동, 한상인, 김성수 등의 다섯 사람이 동아 출판사에서 정의의 사람들이란 제목의 책을 썼다. 출판일은 1985 년 2월 16일이었다. 이 책의 45면과 56면을 참조했다.

2. 오칠성 선생과 육심심 여사가 Burt Smith가 쓴 Beauty of Beauty란 책을 번역해서 버트 스미스 저작의 미인의 조건이란 제목으로 서울의 사상사에서 86년 6월 20일에 출판했다. 서문의 iv면을 참조.

3. 같은 책의 같은 면을 인용.

4. Otto Stravinsky가 편집한 Weltanschauung이란 책을 John Wink 가 번역해서 A View of the World란 제목으로 뉴욕의 Macmillan 에서 1982년에 출판했다. 45면에서 56면 그리고 89면.

5. 표주박씨가 아신대 출판부에서 낸 아세아복음화연구란 학술지 67집에 중국사람들의 심성연구와 전도라는 제목의 글을 1986년 4월에 114면에서부터 130면까지 실린 것을 128면을 인용했다.

6. 이영학씨의 1981년 5월 2일 통과된 서울대학교의 문학석사학위논문 아세아의 정치 이념의 70년대 말의 변동의 58면을 참조했다.

7. London Times의 1983년 6월 23일 토요일 판의 8면을 참고.

8. Charles Wayne이 Journal of the New Testament란 학술지에 Luke 1—2: An Interpretation이란 논문을 썼다. 1981년 5월에 나온 23권에 23면에서 45면까지 실렸는데 그 중에서 32면과 33면.

9. 4번의 198면에서 21면.

10. 5번의 120면에서 123면까지 인용.

각주와 참고서적 해답

각주

¹고생문 외,「정의의 사람들」(서울: 동아출판사, 1985), 45, 56.

²버트 스미스,「미인의 조건」오칠성, 육심심 역 (서울: 사상사, 1986), iv.

³Ibid.

⁴Otto Stravinsky, ed., *A View of the World* (New York: Macmillan, 1982), 45—46, 89.

⁵표주박, "중국사람들의 심성연구와 전도,"「아세아복음화연구」67 (1986.4):128.

⁶이영학, "아세아의 정치이념의 70년대 말의 변동," (문학석사학위 논문, 서울대학교, 1981), 58.

⁷*London Times*, 23 June 1983, 8.

⁸Charles Wayne, "Luke 1—2: An Interpretation," *Journal of the New Testament*, 23 (May 1981): 32—33.

⁹Stravinsky, 198—211.

¹⁰표주박, 120—23.

참고서적

고생문 외. 「정의의 사람들」 서울: 동아출판사, 1985.

버트 스미스. 「미인의 조건」 육심심 역. 서울: 사상사, 1986.

이영학. "아세아의 정치이념의 70년대 말의 변동." 문학석사학위논
　　　문, 서울대학교, 1981.

표주박. "중국사람들의 심성연구와 전도." 「아세아복음화연구」
　　　(1986.4): 114—130.

London Times. 23 June, 8.

Stravinsky, Otto, ed. *A View of the World.* Translated by John
　　　Wink. New York: Macmillan, 1982.

Wayne, Charles. "Luke 1—2: An Interpretation." *Journal of the
　　　New Testament.* 23 (May 1981): 23—45.

한글은 가나다 순으로 영어는 ABC순으로 첫 글자를 맞춘다.

부록
논술식 시험

논술식 시험은 대학이나 대학원에서 가장 많이 사용되는 방법이다. 그것은 주어진 시간에 공부한 것을 정확하고 논리있게 글로 표현하는 훈련이 요구된다. 동시에 학생들의 사고력과 문장력도 독서력과 함께 시험된다. 앞에서 연구해 본 글의 기본요소들을 가지고 주어진 문제들에 대해 논지를 세워 몇 개의 문단으로 나누어서 논리적인 진행방법으로 증명하면 될 것이다.

준 비

채점자가 성적에 결정적인 영향을 준다는 것은 너무나 분명한 사실이다. 대체로 채점자는 곧 출제자이기도 하지만 학생 수가 많은 경우 출제자는 채점자들에게 무엇을 중점적으로 보아야 할지 말해 준다. 그렇다면 무엇보다도 먼저 출제자의 경향이나 주장을 이해하고 있어야 한다. 강의시간에 주로 강조되는 내용이 무엇인가? 여러 가지 주제들 가운데서 특히 강의하는 교수가 취하고 있는 입장이 무엇인가? 만약 반대되는 주장을 펴 나갈 때 읽은 자료들로부터 충분한 증거를 제시할 수 있겠는가?

담당 교수가 다음 번에 치를 논문식 시험에 관하여 말할 때 어떤 주요 주제들을 이해하고 있어야 할지 찾아내야 한다. 대부분의 교수들은 이런 종류의 시험을 출제하기 전에 어떤 것들이 중요한 주제들인지 설명해 준다.

그 다음에 중요한 것은 자료들에 대한 이해이다. 교과서들의 서론, 목차, 제목과 부제 등을 다시 잘 본다. 만약 장의 내용 요약이 책 내용에 포함되어 있다면 읽어본다. 책 내용 중에서 중요한 개념들을 분명히 이해하고 있는지 확인한다. 그러한 개념들이 발전해 왔다면 어떻게 변해왔는지 잘 알고 있어야 한다.

시험 두어 주 전에 개요를 만들어 둬야 한다. 여기에는 담당 교수가 강의 시간에 강조하고 독서를 통해서 얻었던 주제들이 반드시 포함되어 있어야 한다. 아래는 역사 시험을 위해 준비한 개요이다. 주요한 주제들이 어떻게 발전되었고 사실들과 증거들이 구체적으로 어떻게 연결되어 있는지 참고해 보자. 시험 시간에 이러한 준비물들에서 얻은 지식이 그저 그 자리에 임해서 별안간 생각해 낸 답안과 근본적으로 다른 인상을 줄 것이다.

미국 국회의 형성 〈개요〉

Ⅰ. 개헌국회에서의 타협정신(1787)
   A. 대표들은 사회의 단면을 나타냄
      1. 독립선언서에 서명한 이들과 외교관들
         a. 벤자민 프랭클린
         b. 메디슨, 해밀튼
   B. 동의한 내용
      1. 새 헌법의 필요
      2. 강력한 중앙정부의 필요성
      3. 각 주는 동일한 권력을 가진다.
         법과 대의원 사법권 등은 독립이다.
      4. 정부의 세금부과권한

C. 합의 못한 내용

    1. 경제

    2. 지역적인 차이, 주의 대소문제

II. 대타협—코넥티컷의 로저 셔만

  A. 하원의원은 인구비례로 한다.

    1. 뉴저지 안

    2. 버지니아 안

  B. 각 주는 두 사람씩 상원의원을 냄

일단 이런 준비물이 완성되면 내용을 여러 번 읽어가면서 순서들을 자연스럽게 암기한다. 시험을 칠 때 만약에 비슷하거나 관련은 되지만 별로 같지 않은 내용의 문제가 나오면 재빨리 거기에 맞추어서 알고 있는 지식을 총동원해서 답안요약(뒤에 나오는 것을 참조)을 재조립하면 된다.

시험 답안의 기술

먼저 쓰려고 하는 내용을 계획하고 답안지에 자신의 주장을 질서 있게 발전시켜 나가야 한다. 그러기 위해서는 자기가 얼마나 길게 쓸 것인지, 시간은 어떻게 배당할 것인지를 먼저 계산해야 한다. 이것들이 제대로 안된 답안지에는 언제나 불분명하고 부적합하며 모순되는 내용이거나 문제와는 다른 내용이 기록될 것이다. 지금까지 공부한 글쓰는 요령을 기본으로 시험을 치루는 자리에서 사용하기 위하여 다음의 몇 가지 절차를 철저히 훈련해 두어야 하겠다.

1. 문제를 잘 살펴 문제의 성격과 요구하는 범위가 무엇인지 알아낸다.질문의 요지를 분명하게 파악하지 못하면 처음부터 헛수고이

다. 만약 질문을 잘못 이해했다면 전체 답안지는 설명을 요구하는지, 요약하기를 바라는지, 평가하라고 하는지, 비교하라는지 아니면 평범하게 논하라고 하는지 확인해야 한다.

2. 문제들을 통해 점수 배당, 소요시간 배당, 쓰는 방법, 연습지의 사용 가능성, 기타 요구 사항 등을 알아본다.

3. 일단 문제들을 잘 살폈으면 우선 잊고 싶지 않은 중요한 내용들을 간단히 써놓는다. 연습지나 시험지 상단의 묶는 부분을 사용한다.

4. 시간 배당의 계획을 짠다. 점수가 많은 문제에 더 많은 시간을 배당하고 마지막으로 오자나 빠진 것이 없나를 확인할 시간을 5분 정도 남겨서 문제 위에 배당한 시간들을 써서 시간이 되면 문제를 마치게 한다.

5. 가장 중요하거나 쉬운 문제부터 시작한다.

6. 이때 질문을 두어 번 다시 읽어서 무엇을 요구하는지 확인한다.

7. 절대로 바로 답안을 쓰지 말고 요약한 형태의 답안지를 만들어 꼭 포함시킬 내용들을 쓰고 논리적인 목차를 요약한 형태의 답안지를 만들어 작성한다. 이것 역시 연습지나 시험지 상단의 묶는 부분을 이용한다. 이것은 반드시 해야 할 방법이다. 만약 그렇게 하지 않으면 생각나는 대로 쓰기 때문에 중요한 것들을 잊기 쉽고 답도 논리적으로 되지 않는다. 대체로 육하원칙을 이용하면 문제가 별로 없다. 논문식 답안지는 다시 고쳐 쓸 기회가 없기 때문에 한 번 쓸 때 완전하게 써야 한다. 아래는 문제를 받고서 작성한 답안 요약의 한 예이다.

문제 : 링컨―더글라스의 논쟁(Lincoln-Douglas Debate)을 기술
　　　하라.

논지 : 링컨과 더글라스의 논쟁(1858)은 비교적 무명인 링컨을 전국
　　　적인 인물로 부상시키는 결과를 빚었다.

Ⅰ. 배경

　　A. 자신의 견해에 확신을 가진 링컨

　　　　1. 더글라스로 하여금 인기 없는 입장을 취하게 하였다.

　　　　　　a. 더글라스는 노예제도를 찬성했다.

　　　　　　b. 논쟁은 반노예 주인 일리노이에서 벌어졌다.

　　　　2. "분열된 가정"의 내용 인용

　　B. 더글라스의 방어적인 입장

　　　　1. 드레드 스콧(Dred Scott)으로 인해 악화

　　　　2. 프리포트주의(Freeport Doctrine)로 방어하려 했다.

Ⅱ. 결과

　　A. 더글라스는 일리노이에서 이겼지만 남부 여러 주의 지지를 잃게
　　　되었다.

　　B. 링컨은 이 논쟁을 통해서 전국적인 인기를 얻게 되어 대통령 선
　　　거의 전환점을 맞았다.

여기 쓴 것은 독자들이 이해할 수 있도록 비교적 자세한 형태의 요
약이다. 실제로의 요약은 시간을 절약하기 위해 훨씬 간단한 형태로
된다.

8. 위의 형태 같은 요약을 사용해서 답안지를 작성한다. 문단의 첫
　문장에 주된 개념을 명백히 말해서 채점자가 첫 눈에 알아보도
　록 한다. 그리고 이 주제 문장을 지지하는 증거와 사실 등의 자료

들을 이용해서 확대시킨다. 끝 문장들은 전체를 간단히 요약하거나 논지를 재언한다.

9. 문제에 대한 답을 다했으면 아래의 내용대로 확인한다.

문제의 모든 지시 사항대로 대답했는가?

문제의 모든 부분에 대한 답을 썼는가?

답 중에 중요한 개념이나 용어들을 빠뜨리지 않았는가?

답안지에 틀린 문장이나 알아볼 수 없는 글자는 없는가?

이제 좀 더 세밀한 답안 기술을 연구해 보자. 제대로 된 논문식 답안지는 다음의 내용들을 반드시 포함한다.

 a. 질문의 모든 부분에 답했다.

 b. 중요한 개념들이 즉각적으로 분명히 나타나 있다.

수많은 답안지를 읽는 채점자는 중요한 개념들이 답을 찾기 위해 모호한 내용을 몇 번씩 자세히 읽지 않는다.

 c. 각각의 문단들이 한 가지의 주제를 설명하고 발전시키고 있다.

주제 문장이 주된 개념을 명백히 말하고 있다.

문단의 내용은 그 주제 문장을 증명, 설명, 발전시킨다.

개념장의 실례, 사실, 이유, 인용, 비교, 대조 등의 방법을 쓴다.

문단의 모든 문장들이 주제문장과 직접적으로 연관되어 있다.

 d. 답안지가 논리적으로 정연하고 문법적으로 바르고 읽을 만하다.

 e. 짧은 한 문단에 결론을 명백히 쓰던가 각 문단에 명쾌한 문장으로 요점이 나타나 있다.

위의 내용을 위해서 두 학생의 답안지를 비교해 보자. 시험 문제는

"필립포의 '성모와 아기'와 라파엘의 '성모상'을 대조함으로써 전기와 후기 르네상스 미술의 차이점을 설명하라"이다. 대답의 방향은 전기와 후기 르네상스 미술이 어떻게 다른지를 설명해야 하며 그 증거로 각 시대의 전형적인 두 그림의 차이를 지적해야 하는 것이다. 앞의 답안지는 C를 받고, 뒤의 것은 A를 받았다.

[C] 필립포의 그림은 단순하게 디자인되었고 자연스럽다. 성모는 선하고 은혜스럽고 인간적이며 그 시대의 옷을 입었다. 아기는 자연스럽게 놀고 있다. 이 아기를 좀 나이든 두 소년이 들고 있는데— 아마도 작가의 가족 중에서 이 그림을 위해 포즈를 취했을 것이다. 배경은 바위와 시냇물로 멋지게 그려졌고 성모는 잘 조각된 의자에 의젓하게 앉아 있다.

라파엘이 그린 '성모 마리아'는 피라미드형의 꼭대기에 성모를 놓았다. 그녀는 고수머리 아기를 안고 있고, 그녀가 서 있는데도 옷은 바람에 의하여 물결치고 있다. 왼편 아래쪽에는 교황이 그의 정해진 예복을 입고 동정녀를 우러러 보고 있다. 그녀의 오른편 아래쪽을 보면 구름 위에서 무릎꿇은 어떤 성녀가 있다. 그녀의 눈길은 아래로 향하고 있는데 그 쪽을 보면 두 천사가 날고 있으며 위를 보고 있다. 이 그림은 르네상스 최고봉의 것이다.

[A] 필립포의 그림은 초기 르네상스 자연주의의 좋은 예이다. 성모마리아—그의 아내가 모델이었다—는 세밀하게 그려진 가운을 입고 있다. 그녀의 머리는 그 당시 머리형을 보여준다. 그녀의 자태와 표정은 온화하다. 경건한 모습이겠지만 요란하지도 겸손하지도 않다. 그녀는 그저 평범하게 포동포동한 아기를 가진 보통 어머니이다. 아기를 받들고 있는 천사들도 그저 쾌활한 소년들의 모습이다. 전체의 광경은 친숙하고 명랑하지만 경건한 모습은 아니다. 필립포

는 그 당시의 발전된 기술을 좋아했고 그의 눈에 보이는 대로 그리는 데 만족했다.

라파엘은 자신의 기술을 뛰어넘을 수 있었고 그것을 통해 고상하게 감정을 표현했다. 작품 '성모 마리아'는 그때까지의 방법에 어긋나는 기념비 같은 것이었다. 성모의 발이 구름 위에 가볍게 놓인 것은 최고의 위엄을 나타낸다. 그녀는 착하게 보이는 소년을 안고 있는데 흘러내리는 선이 아름다운 원을 그리고 있다. 올려다 보는 작은 천사들의 모습들이 하늘의 정경을 완결한다. 필립포의 작품이 모델을 그대로 옮겨 그린 것이라면 라파엘의 것은 상상력이 추가되었고 영적인 것이다. 이러한 경외심이 작품의 구성과 아름다운 필치로 후기 르네상스의 절정을 이룬다.

왜 한 쪽은 좋지 않은 점수를 받고 다른 한 쪽은 최고의 점수를 받았는가? 양쪽 다 비슷한 길이로 비슷하게 작품들을 묘사했다. 차이점이 무엇일까? 차이점은 바로 자료의 선택이다. 앞의 답안지는 질문의 중요한 부분을 무시했다. 앞의 학생은 그림의 차이점만 보았지 전기와 후기 르네상스의 차이점은 보지 않았던 것이다. 그러므로 써 놓은 내용들이 질문에 대한 해답을 주지 못했다. 반면에 뒤의 학생은 질문을 잘 이해하고 전체 답안지의 목적을 분명히 설정했다. 단지 그림에 관해서만이 아니라 다른 두 시대의 차이점을 쓴 것이다. 주제 문장과 증거들 그리고 결론이 질문에 대해 바로 답했다. 앞 부분의 두 그림을 대조하는 답안지에서 뒤의 것은 논지(결론)가 있고 각 문단 서두에 주제 문장이 있으며 주제 문장의 아래에는 그것을 설명하는 자세한 내용들이 증거로 나와 있다.

아무 설명이나 증거 자료 없이, 또는 정의를 내리지 않고서 마구 일반화시키지 말라. 어려운 말을 쓴다든지 일반화된 내용들을 너무 간단히 마구 쓴다면 채점하는 이는 대단히 괴로워진다. 예를 들어 앞의 두 그림에 대한 평가로

> 필립포의 작품은 정확하게 표현하지 못했다. 그것은 실제 있어야 할 것들을 다 포함하지 못한 채로 너무 단순하게 그렸다. 이런 그림은 아무의 공감도 불러일으키지 못하는 그의 평범한 작품일 뿐이다.

라고 쓴다면 채점관은 학생의 마음속에 무엇이 있는지 알 수 없다.

또한 시간이 주어진 대로 끝까지 설명하고 증명해야지 너무 간단히 끝내도 곤란하다. 예를 들어 프랑스 혁명과 나폴레옹에 대한 "워즈워드와 바이런의 태도를 비교하라"는 문제가 나왔다면 결론으로 나올 대답은 아래와 같다.

> 두 사람 모두 처음에는 프랑스 혁명과 나폴레옹의 대두를 환영했으나 나중에는 두 사람 모두 그것들을 반대했다.

이것으로 답안지가 끝난다면 잘못이다. 문제는 결론만 요구한 것이 아니고 왜 그렇게 되었는지, 무엇이 그 뒤에 있는지를 말하라는 것이다. 시험관이 짧고 설명도 없는 대답을 논술식 시험에서 요구했을까? 논술식 시험에서는 논문식의 답안지를 요구하는 것이다. 그리고 다른 사람들이 열심히 최선을 다해서 쓸 때 이렇게 간단히 써가지고 경쟁에서 이길 수 없는 것이다. 그렇게 쓰는 사람은 자신의 지식의 깊이를 보여줄 기회를 잃어버리는 것이다.

두 사람 모두 다 처음에는 프랑스 혁명과 나폴레옹의 대두를 환영했으나 나중에는 그것들을 반대했다. 워즈워드가 먼저 바뀌었다. 그는 자신을 혁명가로 헌신할 준비가 되어 있었으나 혁명가들의 과격함과 자신의 보수적인 성격으로 점점 더 반대하는 경향으로 바뀌었다. 바이런은 혁명의 공포보다 나폴레옹의 해방자에서 정복자로의 입장 변환에 더 놀랐던 것 같다. 자신의「어린 전달자」에서 바이런은 나폴레옹이 할 수 있었던 사명을 잘 알기 때문에 그를 무섭게 공격했다.

위 대답의 차이점은 설명이 되지 않은 주제 문장과 잘 설명된 것과의 차이 정도가 아니라 성적에 큰 차이가 있는 것이다.

쓸데없이 길고 복잡하게 해서 그럴듯하게 만들려는 것은 답안지에 손해를 준다. 반복과 쓸데없이 긴 말, 관련이 없는 설명들도 답안 작성자의 무지를 폭로할 뿐이다. 길이와 내용이 꼭 관련되는 것은 아니다. 다음은 프랑스 혁명과 나폴레옹에 대한 문제에 잘못 대답한 예이다.

그것은 1789년 이다. 질문과 관계없다.	프랑스 혁명은 ⑲세기⑤의 가장 큰 사건이었다. 그것은 왕과 독재정부에 의한 백성 탄압에 종지부를 찍었다. 그것은 프랑스인들의 세 정책이었고 유럽과 미국 사람들의 지지를 받았다. 그 중의 한 혁명가는 ⑤라파엣⑤이었는데 미
더 설명하라. 부분적으로 맞지만 부적합	국 독립의 영웅이었던 사람이다. 미국 독립도 역시 왕과 독재 정부를 무너뜨린 혁명이었다. 워즈워드와 바이런의 관심이 일반대중이었기에 그들은 독재와 백성 탄압에 종
반복	지부를 찍는 혁명을 지지했다.
	그들의 나폴레옹에 대한 태도는 조금 달랐다. 영국인들은 프랑스의 침입을 두려워했고 그래서 나폴레옹과 그의 정복에 대해 단결해서 반대했다. 나폴레옹이 마지막으로

286

워털루에서 웰링턴 백작에게 패한 것은 그 때문이다. 워
즈워드와 바이런은 나폴레옹과 그의 정복에 대해서 반대
했고 그들은 나폴레옹이 워털루에서 웰링턴에게 패했을
때 기뻐했다.

이 대답으로 주어진 문제를 잘 읽었다고 볼 수 없다. ×표한 부분은
관계없는 내용들이다. 워즈워드와 바이런에 대해 대답한 두 문장은
두 사람의 차이를 전혀 나타내지 않고 그들의 태도를 왜곡시켰다.

다음은 잘된 답안지의 예이다. 대단히 수준 높은 대학원 수준의 사
회학, 철학, 또는 신학 문제에 대한 논술식 답안지이다. 왼쪽의 설명
과 함께 내용을 읽고 비판해 보자. 특히 각 문단의 첫 머리에 있는 주
제 문장과 그 문단의 내용이 잘 연결되어 있음을 유의해 보라.

〔문제〕: 사회복음(Social Gospel)운동의 사회윤리를 논하라.

<table>
<tr><td>사회복음에 대한
정의와 배경 설명
이 주어진다.</td><td>　〔답〕: 사회복음은 19세기 기독교 자유주의의 이상향 운
동의 한 갈래이다. 그것은 인간 본성의 잠재되어 있는 완
전성을 강조한다. 이 운동의 사상적인 배경은 영국을 비
롯한 북미의 영향이다. 모리스(Maurice)나 킹슬리
(Kingsley) 등의 기독교 사회주의가 미국에서 사회윤리의
정립에 적용된 셈이다. 철학 또는 신학적인 입장을 보면
리출의 반 형이상학적인 하나님의 왕국개념이 저변에 깔
려 있다. 이 사회복음적 관심은 풍요하고 개인주의적인 미
국사회가 빈곤에 대한 부정적인 자세를 취하고 있기 때문
에 강한 반발을 만난다. 더욱이 로렌스(Lawrence)의 "부
의 복음"이나 카네기(Carnegie)의 "승리의 민주주의"에 묘</td></tr>
</table>

사된 개인의 부는 새로운 방종적인 사회에 만연된 부정에 대해 공격적인 사회복음 운동과 공존할 수는 없었다.

이 운동에 영향을
준 인물들과 사상
설명

이 운동의 전초적인 인물로는 일찍이 방종적인 자본주의에 대한 긍정론이 일어날 때 날카로운 예언자적 비판을 했던 배스컴(Bascom)의 사회 조직론이 개인주의의 비판과 함께 미국사회의 단결을 강조했었다. 다른 중요한 선구자들은 미국 사회제도를 비판했던 헨리 조지(Henry George)와 다윈주의의 적자생존론을 사회 분석과 계획에 작용하자는 이론을 적극 반대했던 워드(Ward)가 있다. 그는 사회적으로 자연적인 원인에 대한 결과와 어떤 목적을 가진 행동의 결과로 나타난 것들은 근본적으로 다르다는 것을 지적했다.

사회복음의 주요사
상을 사회윤리와
비교해서 설명한
다.

사회복음 운동의 핵심적인 개념은 "하나님의 왕국"이다. 하나님의 왕국은 교회와 동일시되지 않는다. 하나님의 왕국은 하나님의 통치의 결과로, 인간의 본성이 점차로 완전해지고 사회적인 부정이 점점 제거되면서 사회에 이루어질 수 있기 때문이다. 이러한 하나님의 왕국의 윤리적인 성격을 강조하는 견해는 자연히 내재론(immanence)을 강조하게 된다. 즉 하나님은 이 세상에 깊이 내재되어서 사회를 점차로 완전하게 한다는 이론이다. 이 운동은 아주 낙관적인 입장을 가지고 하나님의 왕국이 결국 이 땅에 이루어지고야 만다는 종말론적인 태도를 표명했다. 결국 사회복음의 신학자들은 종교와 윤리는 하나라고 보았는데 특히 이 견해는 라우센부쉬(Rauschenbusch)의 작품에 분명히 나타나 있다.

이 운동의 지도자
들과 그들의 사상
을 요약해서 주제
만 소개

사회복음 운동의 가장 중요한 인물은 워싱턴 글래든(Washington Gladden) 등이 있다. 글래든은 이 운동 초기의 인물로서 이기주의와 이타주의를 혼합시켜서 사회분석, 비평, 해석의 원리로 사용하였다. 그는 그리스도의 가르침보다는 십계명에 사회윤리를 의지했고 다른 자유주의자들처럼 계명과 그리스도의 가르침을 좀더 율법적으로 이해해야 한다는 태도를 취했다. 글래든은 어떤 의미에서 보면 근로 계급과 낮은 계급의 보호자였다. 그는 공정한 임금과 자본주의 사회와 개념을 위해 싸웠다. 그의 입장은 마르크스처럼 자본주의의 폐지가 아니고 개혁이었다. 그는 부의 집중에 대해 날카로운 비판을 했고 영국의 기독교 사회주의의 전례를 잘 연구해서 미국에 적용시키려 했었다. 라우센부쉬는 전통적인 기독교 교리를 많이 거부하고 사회 속에 하나님이 내재하신다는 이론을 대단히 강조하였다. 그에게 있어서는 교회는 사회 속에 하나님의 왕국이 실현되게 하는 도구로밖에 인정되지 않았다. 그는 종교와 윤리를 동일시했고 글래든처럼 자본주의의 개혁을 주장했다. 죠시아 스트롱의 명성은 그의 감동적인 설교에 있었다. 스트롱은 가난한 자들을 돕기 위한 초교파적인 운동을 불러 일으켰고 그 자신이 복음주의 역할(Evangelical Alliance)의 총무로 일하면서 그 운동을 실행에 옮겼다.

이 운동의 결과, 미친 영향 등의 서술로 끝맺는다.

　　사회복음주의 운동의 결과는 다양하다. 그것은 종교적 인본주의, 근본주의 발트의 변증신학, 그리고 특히 니버의 기독교 이상주의(「도덕적 인간과 부도덕적인 사회」에서 나타난)의 공격에 의해 기독교 자유주의와 함께 사양길에 들어갔다. 긍정적인 결과는 20세기 초 경에 카톨릭 내의 노조운동 등의 입장에 끼친 영향을 들 수 있다. 또한 사회 복음주의 운동은 교회 연합회(Federal Council of Churches)설립의 주요 원인이 되었다.

독자를 먼저 생각하는 정직한 출판

시대의창이 '좋은 원고'와 '참신한 기획'을 찾습니다

쓰는 사람도 무엇을 쓰는지 모르고 쓰는
그런 '차원 높은(?)' 원고 말고
여기저기서 한 줌씩 뜯어다가 오려 붙인,
그런 '짜깁기' 원고 말고

마음의 창을 열고 읽으면
낡은 생각이 오래 묵은 껍질을 벗고 새롭게 열리는,
너와 나, 마침내 우리를 더불어 기쁘게 하는

땀으로 촉촉이 젖은 그런 정직한 원고,
그리고 그런 기획을 찾습니다.

시대의창은 모든 '정직한' 것들을 받들어 모십니다.

시대의창 WINDOW OF TIMES 분야 정치·사회 / 역사·문화
서울시 마포구 동교동 113-81 (4층) (우)121-816
Tel : 335-6125 Fax : 325-5607 sidaebooks@hanmail.net